Zeit im Sand

Alles vergeht im Winde der Zeit.

Ich widme dieses Buch allen, die keine Zeit haben.

Kay Fischer

Zeit im Sand

25 Geschichten im Winde der Zeit

und Vergänglichkeit

Bibliographische Information der Deutschen Bibliothek:
Die Deutsche Bibliothek verzeichnet diese Publikation in der
Deutschen Nationalbibliographie; detaillierte Informationen sind im
Internet über
<http://dnb.ddb.de> abrufbar.

© 2006 Kay Fischer
Satz, Umschlagdesign, Herstellung und Verlag: Books on Demand
GmbH, Norderstedt
ISBN 10: 3-8334-4459-2
ISBN 13: 978-3-8334-4459-3

Inhalt

Vorwort

Jeden Tag, jede Stunde und vor allem, wenn jemand von uns gegangen ist, fühlen wir ganz deutlich, daß unsere Zeit begrenzt ist. Dann, nach einiger Zeit, vergessen wir diesen Umstand, wir leben unseren Alltag und tun alles, um die Stunden entweder schnell hinter uns zu bringen, oder wir versuchen, sie auszudehnen, etwas hinauszuzögern. Natürlich ist das alles Augenwischerei. Nicht die Zeit, sondern unsere Wahrnehmung und unsere Empfindung verändern wir − und genau an diesem Punkt stelle ich mir oft die Frage: Welche Empfindung entspricht der realistischen Spanne zwischen Anfang und Ende? Sicher keine einfache Frage. Natürlich, manch einer von Ihnen wird jetzt den Kopf schütteln und diese Frage möglicherweise als überflüssig bezeichnen. Aber das glaube ich Ihnen nicht. Sonst hätten Sie sich doch nicht dieses Buch zur Hand genommen, wenn da nicht ein Funken von Verständnis und Interesse wäre.

Lebt ein Hamster kürzer als ein Elefant? Meinen Sie wirklich? Warum werden manche Schildkröten über hundertdreißig Jahre alt? Warum fließt die Zeit vorwärts? Kann man Zeit manipulieren? Was haben Inseln und Ruinen mit Zeit gemeinsam? Und was ist eine Datumsgrenze?

Dieses Buch enthält fünfundzwanzig belletristische Kapitel, die eine Vielzahl von Möglichkeiten bieten, ein Gefühl für Zeit und Vergänglichkeit zu bekommen. Nun könnte man meinen, daß dazu eigentlich alles schon einmal erzählt und aufgeschrieben wurde, daß es gerade zu diesem Thema ein reichliches Angebot gibt. Aber das ist ein Irrtum. Da die Zeit ständig weiterfließt und damit Weiterentwicklungen einhergehen, entdecken wir immer wieder etwas Neues, worüber noch niemand berichtet hat, und so dürfen wir gespannt unserer Zukunft entgegensehen.

Die Geschichten in diesem Buch sind ein bißchen anders als die Storys, die Sie vermutlich bisher gelesen haben. Sie sind unterschiedlich lang, werden aus verschiedenen Blickwinkeln erzählt, jede Geschichte steht für sich allein und bildet trotzdem mit den anderen ein dichtes Netz rund um das Thema Zeit. Sicher ist das ganze ein schwieriges Projekt. Das Thema ist derart kompliziert und vielseitig, daß es schwer auf ein paar Buchseiten paßt. Es ist darüber hinaus keineswegs nur ein trauriger, sondern auch ein spannender, interessanter und zuweilen lustiger Stoff. Schließlich soll diese Lektüre unterhalten, aufklären, nicht zu einfach, aber auch nicht zu schwierig sein.

Naturgemäß haben alle Menschen irgendwann einen Punkt erreicht, an dem sie gut und gerne etwas über ihr Leben und ihre Erfahrungen, eben über ihre vergangene Zeit erzählen können. Das Leben bietet unzählige Beispiele. Oft liest man von dramatischen Erlebnissen in lebensbedrohlichen Situationen, von Zufällen oder auch von dahinplätschernden Jahren zusammenlebender Generationen. Sollte ich eines Tages sehr alt sein und einen weißen Rauschebart tragen, werde ich vermutlich die eine oder andere Geschichte ganz anders bewerten und mich fragen, ob ich das Buch später hätte schreiben sollen. Das ist vermutlich unvermeidbar und wohl auch ein Geheimnis der Zeit. Es gibt immer wieder neue Erkenntnisse, die Sichtweisen ändern sich und es scheint offenbar ein Naturgesetz zu sein, daß wir mit unserem sehr leistungsfähigen Gehirn paradoxerweise an die engen Grenzen unseres Verstandes stoßen und uns somit oft im Kreis bewegen. Der Mensch, der aus heutiger Sicht erst in den letzten Atemzügen der Erdgeschichte geboren wurde, erfindet zwar immer wieder Verblüffendes, und im Rückblick wird klar, daß sich tatsächlich vieles verändert hat und vermutlich noch verändern wird, doch bleibt einiges einfach unerklärbar.

Haben Sie eigentlich während dieser Zeilen auf die Uhr geschaut? Nein? Ein guter Anfang …

Viel Spaß beim Lesen!

Kay Fischer

***

Der Stein

Die Fliege zog große Kreise durch die Luft, summte auf und nieder, um sich dann auf einem Ast auszuruhen. Warmes Licht, orange bis dunkelrot, durchfloß die Stille dieses Abends. Ein zarter Wind bewegte Ast und Laub, als wollte er die letzten Sonnenstrahlen hinwegzaubern, um Platz für die Nacht zu schaffen. Die Fliege rieb sich ihre Beine. War ihr kalt? Oder reinigte sie sich? Eine Weile verharrte sie in Bewegungslosigkeit, dann summte sie den Ast hinunter und krallte sich ein Stück tiefer am Stamm fest, dessen Rinde zerklüftet wie ein Gebirge war. Mit ihren zarten Beinchen ertastete sie etwas scheinbar Unsichtbares, rückte ein wenig zur Seite, um schließlich nochmals aus einer besseren Position heraus zu forschen. Dann erstarrte sie. Dicker Schleim quoll aus dem Stamm hervor und schob sich auf die Fliege, deren Hinterbeine zappelten, weil sie nun am Stamm festklebte. Ein kurzes Zucken noch, dann saß sie endgültig in der Falle. Innerhalb von Sekunden war das Leben der Fliege ausgelöscht. Zäh umschloß der glänzende Schleim die Fliege, bannte sie auf die Rinde. Immer wieder schob sich neue Flüssigkeit hervor, bis die Stelle wie eine alte Kerze aussah, die in einem Flaschenhals steckte.

Die klebrige Masse erhärtete. Farblos hatte sie sich in das Baumrelief gegraben, und wenn der Wind an der Rinde nagte, wenn der Sturm den schweren Stamm zur Seite drückte, ächzte der Baum beängstigend, so als ob er seiner Jahre überdrüssig wäre.

Dann herrschte Ruhe.
Es war still.
Und so blieb es eine Weile.

Nach einer langen Zeit verdunkelte sich der Himmel zu einer bedrohlichen Wand, die in schnellen Schüben vorantrieb. Alles, was Beine oder Flügel hatte, flüchtete vor Angst, diese Wand nicht zu überleben. Der Anblick war furchterregend: Schwere Wolken, dunkel und gewaltig, zogen heran, Böen durchwühlten den alten Wald, der sich in den Jahrmillionen immer wieder verändert hatte. Dann folgte ein starker Sturm, der sich durch das Gehölz peitschte. Für eine gewisse Zeit trotzten die Bäume dem heftigen Wind, bogen sich, knarrten und ächzten, so als ob sie eine schwere Last tragen müßten. Doch bald knickten die ersten Stämme um, krachten hernieder und begruben Strauch und Kleingetier. Immer wieder splitterten neue Äste ab, immer wieder brachen Bäume um, die schwer auf den Boden fielen und auch anderes Gehölz mitrissen. Es dauerte nicht lange, da rauschten wie von Geisterhand herbeigewunken die ersten Wassermassen aus dem Meer in den Wald, der nun vollends wie ein Kartenhaus in sich zusammenfiel, sich der Macht ergab. Ein steter Sog durchtrieb das Land und machte aus dem Paradies ein Massengrab. Was bisher friedlich lebte, verschwand im Nichts und verging in der Unendlichkeit, aus der alles einst gekommen war. Immer wieder wusch das Meer den Erdboden weg und zerbrach das Holz, das sich in den Weg stellte. Doch damit nicht genug: Als die Flut nachließ, floß das Wasser zurück und riß die letzten Bäume um, die sich schnell verkeilten. Manche trieben fort, um an großen Felsen zu zerschellen oder am anderen Ende dieser Welt zu stranden.

Der Boden, matschig, durchwühlt und schwer, hatte eine neue Zeichnung bekommen. Hier und da war die Erde aufgerissen, Buchten waren entstanden und an manchen Stellen hatten sich Seen gebildet. Hin und wieder pfiff der Wind noch über das Land, so als ob er mit seinem Gejaule einen Abschiedsgruß senden wollte.

Dann herrschte Ruhe.
Es war still.
Und so blieb es eine Weile.

Viele Monde, Jahrmillionen sind vergangen, viele Zeiten durchlebte das Land, der Planet, der sich ständig veränderte. Die Kontinente verschoben sich, neue Tiere wuchsen heran und kämpften um ihr Dasein. Pflanzen entwickelten sich, Gesteins- und Erdschichten stauchten sich zu Gebirgen, Flüsse bahnten sich ihre Wege und trotzdem war es dieselbe Erde, derselbe Himmel und dieselbe Sonne. Tag für Tag. Nacht für Nacht. Im Hier und Jetzt.

Lange hat es gedauert, bis der Mensch seinen festen Platz auf der Erde einnahm, bis er einen Entwicklungsstand erreicht hatte, der es ihm zu denken erlaubte. Er bewältigte seinen Alltag zunächst mit Ästen, Steinen und Knochen. Er wohnte in Höhlen, entdeckte das Feuer, entwickelte aus Lauten eine Sprache, formte Waffen aus Metall, erfand das Rad und baute sich Hütten. Mensch und Tier lebten miteinander, voneinander und somit auch gegeneinander, da das Ende des einen das Weiterleben des anderen bedeutete. Das Leben war hart, grausam und kurz. Kriege und Völkerwanderungen durchfurchten das Land. Könige herrschten, unzählige Menschen starben an schlimmen Krankheiten oder ließen auf dem Schlachtfeld ihr Leben. Der Aberglaube trieb die seltsamsten Blüten. Langsam nur breitete sich Aufklärung aus. Unzählige Generationen bewohnten den Planeten, jede zu ihrer Zeit, nicht ahnend, wie viele Menschen noch nach ihnen kommen würden und wie viele bereits vor ihnen existierten.

Und die Zeit verging, zerrann, zerfloß.
Tag für Tag. Nacht für Nacht. Im Hier und Jetzt.

Ein kleiner Junge spazierte am Strand entlang. Mit seinen Eltern verbrachte er die Ferien auf einer Ostsee-Insel, und es gehörte zu seinen liebsten Beschäftigungen, nach Muscheln oder anderen interessanten Strandfunden zu suchen. In Büchern hatte er von wilden Piraten aus alter Zeit gelesen, deren Schiffe untergingen, und so hoffte er, einen angespülten Schatz zu finden, eine Flaschenpost oder gar ein gruseliges Meerestier. Er sah aber nur einen Klumpen, der ihm durch seine Form und Farbe auffiel. Alle anderen Haufen, Steine und Brocken verblassten neben ihm. Der Junge hob den Stein auf und warf ihn in die Höhe. Stolz, ihn wieder gefangen zu haben, spielte er mit ihm, schleuderte ihn abermals in die Luft, um zum Schluß zu einem großen Wurf auszuholen. Doch der Vater, der das Licht im Stein blitzen sah, hinderte ihn daran, den Klumpen ins Meer zu katapultieren. Bedächtig blickte er den Brocken an, der an einigen Stellen uneben, hier und da aber auch vom Meer glattgerieben oder gesplittert war. Dann stopfte er ihn in den Rucksack.

Der bärtige Mann des Heimatmuseums überprüfte mit ernster Miene den Fund, nahm die Lupe, blickte immer wieder kritisch den Stein an und werkelte mit einer Feile an ihm herum. Er war der einzige in der Hafenstadt, der etwas Genaues über den Wert von Strandfunden sagen konnte. Wenn auch Bücher und die modernen Medien viele Informationen boten, diesem alten Opa vertrauten alle mehr. Hatten sie vielleicht einen Goldbrocken aus einer Schatzkiste entdeckt, deren Schloß entzweiging, so daß die Meeresströmung den Inhalt in alle Meere verteilte? Oder war es nur ein gewöhnliches Gestein, das durch die Laune der Natur in eine solche Form gebracht worden war?

Strahlend zeigte der Museumsmann schließlich auf einen Fleck. »Eine Inkluse!« triumphierte er. »Eine Fliege!«

Der Junge wußte damit nicht viel anzufangen, aber der Vater erklärte ihm: »Wir haben einen Bernstein gefunden, in dem eine tote Fliege gefangen ist.«

»Richtig!« bestätigte der Museumsmann. »Bernstein ist Harz aus einer Bernsteinkiefer, die in grauer Vorzeit wuchs. Und der tote Fliegenkörper ist eine Inkluse.«

Wißbegierig lauschte der Junge den Worten dieses schlauen Mannes, der nicht zögerte, weitere Informationen kundzutun und dabei ständig seinen Rauschebart kraulte: »Das erstarrte Harz wurde unter Luftabschluß im Boden konserviert, und als die Eiszeit kam, schoben die Gletscher auch diesen Bernstein hinweg. Es gibt Funde, die vierzig bis fünfzig Millionen Jahre alt sind, auch zweihundertzwanzig Millionen Jahre alten Bernstein hat man schon entdeckt. Jedenfalls«, so schränkte der Mann ein, »soweit man das überhaupt ermitteln kann.«

Der Junge nickte und schwieg. Er konnte sich die vielen Jahre nicht vorstellen, der Zeitraum war zu groß, um ihn in eine greifbare Form vor Augen zu bekommen.

Der Bernstein wurde in eine Vitrine gelegt und mit einer Lampe angestrahlt. Zwar wollte der Junge, nachdem er von der Seltenheit seines Fundes erfahren hatte, den Stein eigentlich behalten, doch da er für die Nachwelt von Bedeutung war, blieb er im Museum, damit ihn viele Menschen sehen konnten. Zur Belohnung bekam der Junge Freikarten und dazu noch ein Bernstein-Buch geschenkt, das er zwar wißbegierig, doch mit leichter Wehmut durchlas. Neben dem Ausstellungsstück hatte man noch ein Schild in der Vitrine aufgestellt, auf dem der Finder und der Fundort zu lesen waren.

Viele Besucher bestaunten nun den Fund und einige phantasierten. Manche hatten großen Respekt vor dem Alter der eingeschlossenen Fliege, die vor Jahrmillionen starb und noch immer mit ihrem toten Körper im Gestein festsaß. Sie stellten sich vor, wie sie damals gelebt hat. Und nun, wenn auch in einer anderen Form, existierte sie noch immer. Andere sahen nur den käuflichen Wert, wieder andere gingen gelangweilt an der Vitrine vorbei. Bücher und Kataloge zeigten das Schmuckstück, Plakate und Ansichtskarten warben, machten viele Leute neugierig. Und die Welt veränderte sich weiterhin.

Dann herrschte Ruhe.
Es war still.
Und so blieb es eine Weile.

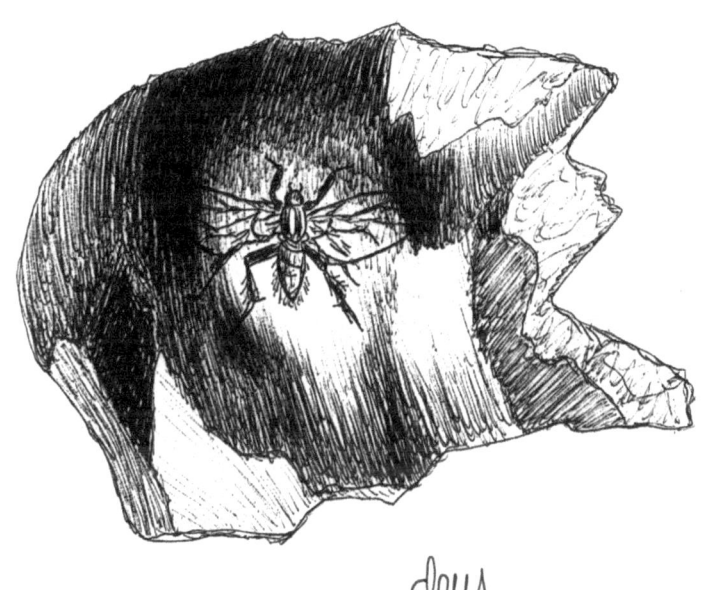

Wie groß ist die Ewigkeit?

Was war vor dem Anfang, und was kommt nach dem Ende?

Die Jahrmillionen vergehen. Jedes Hier und Jetzt verfällt in der Vergänglichkeit und die Zeit zerrinnt im Fluge. Somit wächst die Vergangenheit, und die Zukunft schrumpft, bis von ihr nur noch ein kleines Häufchen übrigbleibt.

Fünf Milliarden Jahre später bläht sich die Sonne zu einem roten Riesen auf und verschlingt die Erde wie eine Schlange, die ein großes Ei frißt. Dann schrumpft sie zu einem weißen Zwerg, einem Schneeball ähnlich, mit wenigen Tausend Kilometern Durchmesser. Alles verschwindet nun im Nichts, so als hätte niemals etwas existiert. Nicht die Fliege, nicht der Bernstein. Nicht der Junge, nicht die Zeit. Und auch nicht dieses Buch.

Und so bleibt es eine Weile …

***

Mr. Quick

Der Glockenschlag grub sich stark in sein Gehör, so stark, als ob ein Keil sein Trommelfell durchstoßen wollte. Kein Ruf, kein Vogel. Nur das dumpfe »Bimm« durchdrang die Stille, die sich in dem Zimmer ausgebreitet hatte. Mit müden Schritten schlurfte er zum Fenster, dessen Scheibe das Licht der Nachttischlampe reflektierte. Schaute hinaus, in die Dunkelheit der Nacht, dieser scheinbar niemals endenden Unheimlichkeit. »Was bedeutet diese Nacht?« fragte er sich immer wieder. »Ist sie das Ende eines Tages – oder ist sie sein Neubeginn? Ist das Ende auch immer gleich der Anfang?« Der müde Mann wußte, daß die Sterne ihrer Laufbahn folgen, daß die Natur den Rhythmus braucht, um sich zu regenerieren. Er wußte, daß man morgens zur Arbeit geht, abends, wenn sich die Sonne dem Horizont nähert, in der Wohnung Abendstullen ißt. Doch was hatte das mit dem zu tun, was man sich unter einem sinnvollen Leben innerhalb einer gewissen Zeitspanne vorstellte?

Er schlich zurück und ließ sich in sein Bett fallen. Was sollten diese schweren, sinnlosen Gedanken in der tiefen Nacht? Wozu überhaupt denken? Er knipste das Licht aus, faltete die Hände zu einem Gebet, bewegte dann die Lippen und flüsterte einen Text. Und nach einiger Zeit lag ein sägendes Schnarchen in der Luft, dessen Rhythmus dem der Glocke ähnelte, die vor kurzem noch geläutet hatte. Genau in den Abständen, in denen der schwere Knüppel den metallenen Hohlkörper getroffen hatte, durchpflügte sein Schnarchen nun die Stille der Nacht.

*

»Nun trink doch etwas!« sagte Max zu seinem Vater, der in sich zusammengesunken am Küchentisch saß und müde auf die geschnittenen Brote starrte.

»Laß mich!« erwiderte er und verharrte in seiner Körperhaltung.

»Du mußt etwas trinken. Trinken ist wichtig. Wichtiger als essen.«

»Ja, ja, ist wichtig!« Dann atmete der Vater tief durch und schüttelte den Kopf. »Gibt es einfach nicht«, murmelte er.

»Dein Frühstück kommt gewiß ohne dich aus, aber umgekehrt ist nicht drin!«

»Hör zu, Max, ich kann nichts essen. Auch nichts trinken. Jedenfalls nicht viel. Ich bin einfach zu erschöpft dafür.«

»Wir haben heute einen harten Tag. Und wir müssen diesen Tag überstehen. Und den nächsten. Und auch den übernächsten.«

»Alles umsonst«, resignierte der Vater, stand auf, um zum Schrank zu gehen und eine alte Sanduhr herauszuholen. Max verdrehte die Augen. ›Schon wieder‹, schien er zu denken, als der Vater »Wenn ich doch bloß zaubern könnte« in die Stille brubbelte. Langsam rieselten die Sandkörner durch den engen Hals des Stundenglases. Immer wieder schoben sich neue Krümel auf die nächsten und begruben andere unter sich. Und wenn der

Vater sein Ohr ganz dicht an das Glas der Sanduhr hielt, glaubte er, das Rieseln dieses Sandes zu hören, ähnlich dem Ticken einer Uhr, deren Sekundenzeiger unaufhaltsam weiterwandert und den Zeitverlust markiert.

»Du kannst so lange wie du willst auf diese Sanduhr glotzen, du kannst meinethalben bis morgen früh an ihr horchen, aber du kannst die Zeit nicht aufhalten. Du mußt aus deiner Depression heraus! Iß endlich etwas, sonst bringt das alles nichts.«

Der Vater nahm nickend die Rüge seines Sohnes an. »Du hast ja recht«, murmelte er, nahm das Trinkglas und leerte es. Dann griff der Vater zum Messer und bestrich Brote mit Butter, legte schließlich etwas Käse darauf. »Wie sollen wir denn künftig …«, mampfte er zu Max, »… wie sollen wir bloß Ingrid helfen?«

Max nickte stumm und starrte wie benommen auf seinen halbleeren Teller. »Gute Frage«, knurrte er in die Stille.

Schweigen. Nur das Kauen und das stete Wanduhrticken durchbrachen die Ruhe.

»Ingrid helfen«, wiederholte Max. »Ich denke sowieso an nichts anderes mehr. Frühling, Sommer, Herbst und Winter. Heute, morgen und übermorgen. Wieviel Zeit bleibt uns noch?«

Max stand auf und goß sich neuen Tee in seine Tasse. »Zu wenig«, sagte er. »Einfach zu wenig.«

*

Er hatte in der Nacht kaum ein Auge zugetan. Obwohl es schien, daß sein Schnarchen dem Rhythmus der

Glocke ähnelte, wurde der arme Mann immer wieder aus seinen Träumen gerissen und stierte an die Decke. An die weiße, mit Rissen versehene Decke, die schon seit Jahren renoviert werden müßte. Aber er hatte keine Zeit und auch kein Geld dafür gehabt, so mußte er sich folglich mit diesem Anblick zufriedengeben.

Der Mann quälte sich aus dem Bett, schlüpfte in die bereitgestellten Pantoffeln und schlurfte ins Bad, duschte ausgiebig, frühstücktc im Bademantel und schälte sich in seine Klamotten. Wer war er? Der nette Herr aus der Nachbarstraße, der Besonnenheit und Ruhe ausstrahlte? Ein Vorbild für andere? Hielten ihn die anderen Menschen tatsächlich für die Persönlichkeit, die er zu sein glaubte? Oder sahen sie in ihm nur einen ganz gewöhnlichen Bürger mittleren Alters, der mit Lederschürze und Halbbrille seiner Arbeit nachging? Ohne eine Spur im Leben anderer zu hinterlassen?

Der Meister war schon lange im Berufsleben tätig. Die verstrichenen Jahre zählte er nicht mehr, und auch die vor ihm liegenden Tage, Wochen und Monate war er leid, in einen Zeitplan zu fassen.

Die Straße war spiegelnaß. Auf Steinen und Asphaltflächen glänzten Pfützen und gaben das bunte Neonlicht der Stadt zurück, das durch den grauen Morgen drang. Das stete Regentrommeln erinnerte ihn an alte Filme, die im Kino aufgeführt wurden und am Anfang statische Aufladungen hatten ... Plong! Da war doch tatsächlich ein besonders dicker Regentropfen auf seinem Schirm gelandet.

Nach einigen Minuten stand der Mann vor der Tür seines Geschäftes. Braunlackiertes Holz umrahmte die große Fensterscheibe, hinter der er seine Ware anbot. Darüber eine lange Leuchte, die er jede Nacht eingeschaltet ließ, damit nicht nur seine Präsenz gesichert war, sondern auch Einbrecher schnell erkannt werden konnten. Er kramte aus seiner Manteltasche einen langen, verzierten Schlüssel hervor, stieg die kleine Treppe hinauf und öffnete die alte, knarrende Tür. Die Pforte fiel ins Schloß. Der Mann zog hustend seinen Mantel aus und legte den triefendnassen Schirm in eine Wanne.

»Tja«, murmelte er in die miefige Luft, »wieder ein Tag, den es zu füllen gilt.« So betrat er seine Werkstatt, band sich seine Schürze um und rückte sich die Halbbrille zurecht. Als aber sein Werkzeug fest in seiner Hand lag, öffnete sich die Ladentür und eine Dame betrat das Geschäft.

»Guten Morgen!« lächelte sie. »Sind Sie der bekannte Uhrmacher, von dem man so vieles hört?«

Der Mann nickte verlegen. »Ja, Quick mein Name. Steht auch draußen dran: Mr. Quick.«

*

Der Vater rieb sich die Augen. »Wenn das doch alles nur ein Traum wäre. Warum ist das alles wahr?«

Max konnte seinem Vater keine Antwort geben. Wie sollte das auch gehen? Ein Sohn, der seinem um Jahrzehnte erfahreneren Erzeuger Ratschläge gibt? In solchen Dingen? »Wir müssen Hilfe holen«, entgegnete er schließlich in der Hoffnung, rasch eine Idee zu bekommen. »Vielleicht bleibst du bei Ingrid und ich fahre ans Festland?«

Der Vater schüttelte verzweifelt den Kopf. »Nein! Was ist, wenn dir etwas passiert?«

Max verstand nicht. »Was soll mir denn passieren? Sollen wir hier verharren und untätig dabei zusehen, was mit Ingrid geschieht, während drüben alles bereit liegt?«

»Du bist zu jung für solche Abenteuer. Wenn du weggehst, schaffe ich es nicht. Ingrid braucht Hilfe, Tag und Nacht. Wir müssen gemeinsam Schichten fahren.«

»Ja, ja, Schichten fahren. Und dann gibt's hagelweise Vorwürfe, warum wir nicht alles gegeben hätten, warum wir kein Risiko eingegangen sind.«

Unverständliches murmelte der Vater, hustete dann, als wollte er schlappmachen. Max ging hinaus. Er rang der Luft ein paar tiefe Atemzüge ab und versuchte sich für kurze Zeit aus der Realität zu flüchten. Ein paar Schritte ging er umher, doch nach Minuten schon trieb es ihn zurück ins Haus. »Etwas kühl draußen«, murmelte Max, und sein Vater schenkte sich einen Whisky ein.

Ein Stöhnen durchbrach die Stille. Dann ein Schrei. Der Vater rannte in das Nebenzimmer, begab sich an das Bett, in dem Ingrid ruhte. Kreidebleich sah sie aus. Ihr Gesicht war so weiß, als wäre es mit Milch übergossen worden, und an ihrer Stirn rannen Schweißtropfen herunter. »Sie kommen! Sie kommen!« schrie sie den Vater an. »Sie kommen! Schnell! Holt mich raus!«

Max stand an der Tür. Seine Augen verrieten große Trauer, und als er den Blick des Vaters sah, wußte er, daß es ihm genauso ging. Wie viele Tage, Nächte, Stunden hatten sie so verbracht? Wieviel Hoffnung hatten sie aufgegeben, um wieder neue zu schöpfen und sie dann doch wieder über den Haufen zu werfen?

»Sie kommen! Sie kommen!« brach es aus Ingrid heraus, während der Vater ihre Stirn mit einem weißen Tuch abtupfte.

»Ja, sie kommen«, beschwichtigte er. »Bleib ruhig, wir beschützen dich.« Dann atmete er tief durch. Es war eine schwere Last, die auf seinem Buckel ruhte.

Max starrte auf die Bodenschwelle, um den Anblick nicht ertragen zu müssen. Nur weg von hier – oder tätig sein. Aber hier herumhängen? Das konnte nichts bringen. Max ging in die Küche, um ein frisches Tuch mit Wasser zu tränken. Wenigstens das wollte er tun. Wenigstens dieses eine … Der Vater nahm das Tuch dankend an, tupfte wieder Ingrids Stirn ab, und nachdem er mit aller Kraft seine Frau angelächelt hatte, flüstere er zu Max: »Ist schon gut, ruh dich ein bißchen aus.«

Max ging auf sein Zimmer und legte eine Langspielplatte auf.

*

Die Dame stellte ihre Tasche auf den hölzernen Tresen, dessen Front mit einer dicken Glasscheibe versehen war. An den Kanten klemmten Messingleisten, deren Oberflächen stark verschliert aussahen.

»Alterserscheinung«, erklärte Mr. Quick, der den Blick der Dame registriert hatte.

»Ich bin nicht wegen Ihres Tresens hier«, sagte die Dame. »Ich komme wegen einer Uhr.«

»Nein, das ist ja etwas ganz Neues! Wegen einer Uhr kommen Sie? Das hätte ich niemals erwartet.«

Die Dame schaute dem Herrn keck in die Augen: »So, so, ein Meister der Ironie sind Sie also auch, nicht wahr? Was kommen denn noch für Leute zu Ihnen? Brauchen manche etwa einen ärztlichen Rat?«

»Natürlich«, konterte er, »ich werde oft mit einem Urologen verwechselt.«

»Diese Uhr ist es«, sagte die Dame und schob einen wuchtigen Kasten auf den Tisch.

Mr. Quick wechselte die Lesebrille. Er hatte etwa zehn Modelle in der Werkstatt hängen, eine älter als die andere. Trotzdem bewahrte er sie alle auf, damit er immer einen guten Durchblick hatte – so scherzte er.

Die Dame verschränkte die Arme: »Na, überrascht?« stichelte sie.

»Keineswegs«, murmelte Mr. Quick und betrachtete die Uhr von allen Seiten. »Ganz schön schwer«, fügte er noch hinzu.

»Sie ist hübsch. Aber nun geht sie nicht mehr. Es gibt keinen Fachmann, der sie reparieren kann. Außer Ihnen natürlich. So erzählt man zumindest überall …«

Mr. Quick runzelte die Stirn. »Ach, was die Leute immer so reden …«

»Wieviel würde die Reparatur kosten?«

»Tja, schwer zu sagen. Ich mache Ihnen einen Vorschlag: Ich schaue mir die Uhr genau an. Wenn ich Erfolgschancen sehe, melde ich mich. Dann kann ich auch den Preis kalkulieren. Haben Sie Telefon?«

Die Dame gab dem Uhrmacher eine grüne Visitenkarte, die er neugierig musterte. »Sie sind Antiquitäten-Händlerin?«

»Schon seit vielen Jahren. Es macht mir große Freude, mit alten Sachen zu handeln.«

»Dann hat Ihnen vielleicht jemand diese Uhr angedreht?«

Die Frau stutzte. »Wieso sollte mir jemand etwas andrehen wollen?«

Mr. Quick lächelte überlegen: »Ach, wissen Sie, es gibt so viele, verschiedene Menschen. Ich als Uhrmacher lerne sie fast alle kennen – oder kennen Sie jemanden, der keine Uhr besitzt?«

Die Frau schüttelte ihren Kopf, so daß ihre Haarpracht wie ein vom Wind bewegtes Kornfeld wippte. »Und was für ein Typ soll mir die kaputte Uhr angedreht haben? Welchen Grund sollte er dafür gehabt haben?«

Der gute Mann hielt inne und begutachtete nochmals die Uhr, dann atmete er tief durch und kratzte sich die Stirn: »Ja, ja, schon gut. Es wird wohl ein ganz gewöhnlicher Homo sapiens gewesen sein, nicht einer, der irgendwo im Sperrmüll wühlt und dann zum Altwaren-Händler rennt, um sich seine Börse aufzubessern.«

»Sie ist ein Erbstück«, erklärte die Frau, die nach einem Spiegel suchte, um ihre Frisur zu kontrollieren. »Ich möchte die Uhr privat nutzen. Aber sie soll funktionieren, ich will keine kaputte Uhr.« Mit diesen Worten drehte sich die Frau um und ging langsam zur Tür. Kurz lächelte sie noch. »Wir sehen uns«, sagte sie und ging hinaus.

Mr. Quick machte sich sofort daran, den wuchtigen Kasten zu untersuchen. Obwohl er sich eigentlich nochmals bei der Dame melden wollte, um einen Preis auszuhandeln, spürte er die nicht zu bändigende Lust, die Uhr schon jetzt zu reparieren – ganz gleich, wie hoch der Aufwand werden würde, notfalls würde er ihn eben selber tragen. Er wußte nicht, warum das so war. Er spürte aber, daß diese Uhr etwas Besonderes für ihn darstellte. Aufmerksam betrachtete er alle Seiten, dann nahm er einen Schraubenzieher und löste die Holztür des Gehäuses. Anschließend schaute er in das Innenleben dieser mysteriösen Uhr, deren Räder und Streben sogar für ihn unerklärlich schienen. An allen Ecken klemmten seltsame Ösen mit Schnüren dran, ein Treibriemen, ähnlich wie in einem Auto, war ebenfalls eingebaut. Darüber hinaus erkannte er aber auch die »Unruhe« und alle weiteren, für Uhren typischen mechanischen Bestandteile. Er erstarrte. In einer Ecke zwängte sich ein zusammengebundenes Papier mit einer roten Schleife. Das helle Blatt hatte an den Seiten Risse. Seltsamerweise sah es aus, als ob es erst vor kurzer Zeit von jemandem dort hineingesteckt wurde. Sollte das eine geheime Botschaft sein? Oder eine Betriebsanleitung?

Mr. Quick angelte den Zettel mit seinen Instrumenten heraus. Fast wäre das Papier vollständig zerrissen, aber er hatte Glück. Voller Spannung glättete er den Bogen, nachdem er ihn entfaltet hatte, und versank in einem handgeschriebenen Brief:

Es gibt keine Zeit. Wir waren niemals da und werden niemals sein. Alles, was wir sehen, ist bereits Vergangenheit, spielt sich nur in unseren Köpfen ab. Auch diese Uhr, auch diesen Zettel gibt es nicht. Auch den Schreiber dieser Worte, auch den Leser dieser Zeilen gibt es nicht. Denn: Es gibt keine Zeit.

Mr. Quick legte den Zettel zur Seite und blickte irritiert auf den Fußboden. Was hatte er da gerade gelesen? Für Sekunden glaubte er, einen seltsamen Traum zu träumen, dann aber nahm er nochmals den Zettel und las ihn abermals durch: *Es gibt keine Zeit …*

Der Uhrmacher legte ein schweres Buch auf das Blatt, damit der Wind es nicht wegwehen konnte. Schließlich könnte sich jeden Augenblick die Tür öffnen, ein Kunde hereinkommen und die dadurch entstehende Zugluft könnte eben diesen Zettel wegwehen. Er hielt ihn für wichtig, und beim nächsten Gespräch mit der Dame wollte er auf ihn zurückkommen.

Dann werkelte er an der Uhr herum, entfernte hier und da etwas Schmutz und löste Einzelteile heraus, die Ankerbrücke, das Stunden- und Hemmungsrad, die Schneckenkette und das Drehzapfenlager. Als er sämtliche Bestandteile der Uhr auf seinem Arbeitstisch ausgebreitet hatte und in den leeren Kasten blickte, bekam er eher das Gefühl, in eine Schublade als in ein Uhrengehäuse zu schauen. Es war schon ein seltsamer Zeitmesser, den er da erhalten hatte. Mr. Quick untersuchte die einzelnen Teile des Uhrwerks, feilte hier und da und baute dann alles wieder zusammen – bis auf den Zettel, den ließ er unter dem Buch liegen. In der Hoffnung, daß nur der Schmutz der Verursacher für das Stehenbleiben der Uhr war, schloß er den Kasten und zog die Uhr auf. Sie ging nicht. Still wie ein Stein ruhte sie in seinen Händen. Mr. Quick war sich sicher, daß der fehlende Zettel nicht die Ursache dafür war. Trotzdem fühlte er etwas Mysteriöses, und er glaubte, daß dieser Reparaturauftrag eine Prüfung für ihn darstellte.

*

Das Gesicht in den zittrigen Händen vergraben, schluchzte der Vater seinen Schmerz heraus. Seine Liebe zu Ingrid war groß. Warum, in Gottes Namen, mußte seine Frau so leiden? Sie hatte ihr Leben doch immer so vernünftig gelebt. Und was hatte er verbrochen, daß sie ihr Kreuz so tragen mußte? Gab es da überhaupt etwas? War es reines Schicksal? Er wußte es nicht. Er wußte nur, daß er seiner Frau die nächsten Tage so angenehm wie möglich machen musste – und wollte! Er hatte sich noch so viele Jahre mit ihr gewünscht, war voller Hoffnung, als es ihr für eine Zeit besser ging. Nun aber schien ihn der Mut gänzlich verlassen zu haben. Auch die tröstende Hand seines Sohnes schien daran nicht viel zu ändern. Vielleicht war das alles nur ein Spiel? Vielleicht war das alles nur eine Prüfung? Vielleicht gab es doch noch Hoffnung und seine Frau würde wieder gesund werden?

Er küßte sie auf die Stirn und umarmte sie, dann streichelte er ihre Wange. Mit einem Nicken signalisierte er seinem Sohn, daß dieser sich jetzt um seine Mutter kümmern sollte. Dann ging er auf die Veranda hinaus, atmete tief ein und streckte seinen Körper, als ob er einen langen tiefen Schlaf hinter sich gebracht hätte. »Bin geschlaucht«, murmelte er und lehnte sich an das Geländer. »Gibt es einfach nicht.«

Ein paar Vögel zwitscherten, ein Eichhörnchen sauste über den Boden, um schnell auf einen Baum zu springen, und eine graue Maus wetzte über den Weg. Es dauerte nicht lange, bis eine zweite Maus piepsend über den Boden rannte, als ob sie den Anschluß verpaßt hätte und ihren schnelleren Mäuserich einholen wollte. Schließlich gurrte eine Taube auf dem Dach. Es lag ein gewisser Frieden in der Luft, den sich der Vater nicht erklären konnte. Jedenfalls nicht jetzt.

Nach einiger Zeit trat der Sohn zu ihm. »Mutter schläft!« sagte er. Der Vater saß inzwischen auf einem Stuhl und blickte wie benommen auf die rissigen Holzdielen der Veranda. Dann nahm er das Glas und trank ein paar Schlucke Tee.

»Weißt du«, sagte er, »das Leben ist kein Wunschkonzert. Wir alle können uns nicht mehr an unsere Geburt erinnern. Und es gibt naturgemäß auch niemanden, der über den Tod berichtet, mal von Beinahetoten und wiederbelebten Menschen abgesehen. Die Zeit dazwischen nennen wir Leben. Und das tun wir auch, wir leben, mal gut, mal besser und manchmal auch ziemlich schlecht. Ich kann mich allerdings nicht erinnern, daß mich jemand vor meiner Geburt gefragt hat, ob ich auf diese schöne, ereignisreiche, brutale und miserable Welt kommen will. Aber weiß ich das? Weiß ich das wirklich? Wenn wir uns nicht an unsere eigene Geburt erinnern können, woher wollen wir so genau wissen, was vorher nicht war? Vielleicht haben uns irgendwelche Engel erzählt, daß die Erde supertoll ist und wir das Paradies betreten werden. Ich sage dir eins, mein Sohn, die Erde i s t das Paradies! Das Paradies ist nicht irgendwo hinter den Wolken, so wie es uns die Bibel und diverse Ölgemälde weismachen wollen, nein, wir leben bereits im Paradies. Warum? Weil es im Paradies die Schlange gibt. Das Böse ist Teil des Paradieses. Und vom Bösen haben wir wirklich genug. Wir haben auf Erden viele Früchte, Verführungen, Chancen – und wir haben Krankheiten, Kriege und den Neid. Und genau so ist es im Paradies.«

Der Sohn nickte stumm. Er sagte nichts, weil er seinem Vater in diesem Augenblick nicht widersprechen wollte. Eigentlich hätte er das getan. Sein Religionslehrer hatte ihm da neulich ganz andere Dinge beigebracht.

Der Vater ging in den Korridor, öffnete einen Schrank und kramte etwas heraus. Dann kam er damit auf die Veranda zurück und gab seinem Sohn einen Zettel. Max entfaltete das Papier und las die handgeschriebenen Zeilen. Dann schaute er den Vater an, der ihn mit neugierigen Augen beobachtete. »Warum liest du nicht weiter?«, fragte er. Der Sohn tat es. Zeile für Zeile ließ er sich den Text auf der Zunge zergehen: *Es gibt keine Zeit! Wir waren niemals da und werden niemals sein. Alles, was wir sehen, ist bereits Vergangenheit …*

»Woher hast du das?« fragte Max irritiert.

Der Vater lächelte zum ersten Mal unverkrampft. »Den hat mir deine Mutter gegeben«, erwiderte er, »den Zettel hat sie geschrieben, als sie mir eine alte Uhr zur Reparatur gab. Sie wollte wissen, was ich von dem Spruch halten würde. Und als ich ihr antwortete, daß der Text mich zum Nachdenken gebracht hatte und mich als Uhrmacher besonders berührte, kamen wir ins Gespräch, und was daraus geworden ist, weißt du ja ...«

Max lächelte verlegen. »Ihr habt euch ineinander verliebt«, schlußfolgerte er.

»Hmmm«, seufzte der Vater und strich über das Papier. »Es ist schon so lange her. Aber für mich ist es, als wäre es erst gestern geschehen. Ich muß immer wieder an so vieles denken. Wir sind gemeinsam gereist, haben Pläne geschmiedet, sie wieder verworfen und dann wieder neue Pläne gemacht. Wir haben uns geliebt, dieses Häuschen hier gekauft und bauten uns eine neue Zukunft auf. So viele Dinge kommen mir in den Sinn. Kleinigkeiten, die man eigentlich vergessen würde. Ich möchte diese alten Bilder in meinem Kopf wachhalten, sie konservieren, damit sie in meinem Gedächtnis für immer haften bleiben. Ich bringe mir ihr Gesicht von damals immer wieder in Erinnerung, ihre Augen, ihre Haare. Und ihr Gang! Es war eine schöne Zeit.« Dann ging der Vater ein paar Schritte über die Veranda, vielleicht vier oder fünf, verschränkte seine Arme und lehnte sich an das Geländer, das dabei etwas knirschte, als ob es von einem Holzwurm befallen wäre. Er dachte unentwegt an diesen Zettel, den seine Frau einst geschrieben hatte und den sein Sohn jetzt in Händen hielt. *Es gibt keine Zeit. Wir waren niemals da und werden niemals sein ...*

Seine Wange glänzte, vermutlich, weil eine winzige Träne ihre Spur hinterlassen hatte, er wischte sie sogleich weg, wahrscheinlich, weil er sich ihrer schämte. Der Vater holte tief Luft, als ob er mit diesem Einatmen Ruhe in seinen Körper bringen wollte. Es mußte doch

Hoffnung für seine Frau geben! Vielleicht würde alles wieder gut werden? Seine zusammengekniffenen Augen blickten in die Weite, blickten zum Himmel, der Unendlichkeit versprach und schon manche Zuversicht wachsen ließ. »Die Zeit – es gibt sie dennoch«, trotzte er gegen den auffrischenden Wind.

***

Brief eines Hundertjährigen

Liebe Anna, lieber Jürgen,
wenn Ihr diese Zeilen lest, ist es nicht gewiß, ob ich noch
am Leben bin. Sicher, eine Garantie gibt es für kein Alter,
aber mit meinen hundert Jahren darf ich wohl schon mit
einem mehr oder weniger spontanen Ende rechnen. In all
den Jahren habe ich oft zurückgeschaut und mich so furcht-
bar vieles gefragt, was möglicherweise vollkommen sinnlos
war. Kein Mensch kann die wirklich wichtigen Fragen be-
antworten. Es geht nicht um Schwarz oder Weiß, nicht
um das Sichtbare. Es geht um das, was dahintersteckt. Der
Alltag unseres Daseins läßt solche Fragen kaum zu, es gilt,
die Forderungen, die das Leben stellt, zu erfüllen. Aber
sind diese Forderungen wirklich das A und O? Leben wir
vielleicht in einer Scheinwelt, ja, gibt es uns womöglich gar
nicht, sondern ist unser Dasein pure Einbildung?
Ich habe Verständnis, wenn Ihr mich als verrückt ab-
stempelt. Natürlich, ich bin der Alte, der verkalkte, senile
Brocken, der schon aus praktischen Gründen seine Ausflüge
lieber zum Friedhof statt in den Park oder ins Einkaufs-
zentrum planen sollte … Nein, im Ernst: Ich weiß, was
ich fühle, und ich glaube, richtig zu denken. Welche Macht
steuert das Phänomen, daß die letzte Pralinenpackung
stundenlang, ohne daß sich jemand für sie interessiert, im
Regal liegt und sie sich dann plötzlich drei Leute gleich-
zeitig greifen wollen? Wie kommt es, daß zwei Menschen
sich zufällig treffen? Jeder hat seinen eigenen Rhythmus,
seinen Tagesablauf, warum trifft er gerade in der Minute
X jemand Bekanntes, den er lange nicht gesehen hat, und

dessen Tagesablauf völlig anders ist, aber genau in dieser Minute mit dem Rhythmus des anderen so harmoniert, daß sie sich begegnen?

Wir können die Zeit am besten mit dem Wind vergleichen: Der Wind kommt, streift uns und geht dahin. Er kommt niemals zurück. Genau wie der Augenblick. Er entschwindet im Winde der Zeit. Ich möchte gar nicht erst anfangen, darüber nachzudenken, ob der Augenblick zu uns kommt oder wir zum Augenblick, man müßte auch der Frage nachgehen, ob unsere Zukunft vorherbestimmt ist – dies würde den Rahmen dieses Briefes sprengen.

Unsere Emotionen, Erinnerungen, Denkweisen werden vom Gehirn gesteuert. Ich selbst hatte schon oft das Gefühl, bereits etwas vor meiner Geburt erlebt zu haben. Neulich, als ich wieder einmal über die alte Holzbrücke im Park spazierenging, überraschte mich wieder dieses Gefühl. Ich sah mich als meinen Großvater über diese Brücke gehen und glaubte für Sekunden, eine Reinkarnation von ihm zu sein. Ich glaubte, seine Gedanken zu denken, seine Erinnerungen zu haben, ich lebte für Sekunden in einer anderen Zeit. Darüber hinaus bezweifle ich sowieso, ob das, was wir gerade erleben, sehen, hören, wirklich in der Gegenwart stattfindet. Rein technisch schon ergibt sich eine Distanz: Leuchtet eine Lampe auf, meinen wir, in genau diesem Augenblick die Lampe aufleuchten gesehen zu haben, aber das ist ein Irrtum. Es hat immerhin eine gewisse, zugegeben sehr kurze Zeit gedauert, bis das Licht der Lampe auf unserer Netzhaut eintraf und unser Auge die entsprechende Meldung an unser Gehirn weiterleitete.

Altert die Seele genauso wie der Körper? Ich denke, sie verändert sich. Aber ob sie wirklich altert? Ich glaube nicht. Gefühle hat man ein Leben lang. Ich empfinde heute noch so wie als junger Mensch, wenngleich ich vieles anders bewerte, andere Schwerpunkte setze. Manches ist mir egal geworden, was früher für mich sehr wichtig war. Manches wiederum ist mir immer noch so lieb wie damals, oder es ist mir sogar noch wichtiger geworden. Ich erinnere mich an Ziele, die ich verbissen verfolgte, um dann festzustellen, daß alles ganz anders kam. Es war eine schwere Zeit, als viele Arbeitslose eine Beschäftigung suchten. Kriege hatten ganze Familien ausgelöscht. Ich wollte Flugkapitän werden, hatte mich nebenbei immer wieder darauf vorbereitet. Aber nach dem Krieg war alles anders, und die Firma, die Piloten ausbildete, war in Schutt und Asche zerlegt.

Heute weiß ich, daß es sich genau so abspielen mußte und daß mein Wille nicht den nötigen Weitblick hatte. Es ist manchmal gut, wenn etwas nicht gelingt. Oft ist es die Herausforderung, es noch einmal zu versuchen, die uns am Leben hält, oft aber ist es auch die Erkenntnis, daß ein anderer Weg der richtige, bessere ist. Aber diese Erfahrung habt Ihr ja auch schon hinter Euch.

Es gibt, wie Ihr wißt, trotz aller Schöngeisterei einen deutlichen Hinweis auf die dahinschmelzende Zeit: Die Jugend. An ihr erkennen wir, daß wir uns verändert haben, oft zum Guten, manchmal auch zum Schlechten. Vielleicht kennt Ihr die griechische Sage, in der Tithonos sich in eine Göttin verliebt. Eos bittet Zeus, Tithonos unsterblich zu machen, denkt aber nicht daran, ebenfalls um ewige Jugend zu bitten. Wir wollen alt werden. Aber wir wollen nicht kränkeln. Und wir wollen im Alter so jugendlich wie möglich aussehen. Schaut mich an! Nicht, daß ich mich loben möchte, aber es ist ja auch bei einigen anderen alten Menschen zu erkennen, daß sie mit ihren etwa hundert Jahren immer noch so »jung« wie mit achtzig Lenzen aussehen, trotz aller Entbehrungen, Krisen und Rückschläge. Ich wollte den Becher des Lebens immer bis auf den Grund leeren. Ich habe gelebt. Als meine Gudrun starb, habe ich nach der Trauerzeit mein Leben wieder in die Hand genommen. Es geht auch gar nicht anders. Es muß weitergehen! Wenn das aber wirklich so ist, daß die Ausstrahlung, das Erscheinungsbild mancher Menschen sich nicht mehr verändert, also nicht mehr altert, müßte es doch auch einen Schalthebel in den Genen geben, der die vorbeiziehenden Jahre nicht mehr registriert. Ist das vielleicht ein Zeichen für ewiges Leben, das wir in, sagen wir mal eintausend Jahren erfahren dürfen? Werden durch die Genforschung die schlimmsten Krankheiten besiegt und wird das Leben dadurch unendlich? Ich glaube eher nicht. Ich glaube, ich möchte auch gar nicht ewig leben. Ich bin müde geworden vom Rhythmus der Zeit, von der endlosen Wiederholungsschleife. Das Leben fordert alle Kräfte. Und wenn sich auch der Körper immer wieder erholt, sind irgendwann diese Kräfte, diese Reserven verbraucht. Ich will ausruhen. Ich will es ausklingen lassen. So wie eine Welle, die sich am Ufer verläuft, kleiner wird, bis sie flach wie eine Flunder ist.

Ihr, die jung seid, steht noch auf der Krone dieser Welle, die Euch trägt und vorwärts bringt. Habt aber keine Angst vor dem Ende dieser Brandung. Stille Wasser sind tief, und auch wenn sich am Ufer nur wenige Zentimeter Tiefe messen lassen, so ist es das ganze Wasser, das es zu betrachten gilt. Denkt daran, daß jedes Ende ein Anfang bedeutet, daß die Titanic durch ihren Untergang unsterblich wurde, der Kreislauf die Voraussetzung für das Leben ist. Wenn es den Tod nicht gäbe, würden wir keinen Fortschritt erfahren. Stellt Euch vor, es würden auf immer und ewig dieselben Menschen leben. Sie dürften sich wegen der drohenden Überbevölkerung nicht vermehren, was für sie ein starker Verlust wäre, da sie auf gewisse Freuden verzichten müßten. Nun ja, diese Menschen würden also ewig existieren. Was würde passieren? Es gäbe kein Vorwärtskommen! Jeder würde in seiner Gemütlichkeit, seiner Trägheit versinken. Junge Leute bringen aber neue Ideen. Sie wollen noch etwas werden. Der Tod ist also Fortschritt. Ihr erinnert Euch vielleicht noch, wie ich das Telefon vehement abgelehnt habe und wie Ihr es mir schmackhaft machen wolltet? Das Leben wäre heutzutage ohne Telefon kaum vorstellbar. Auch ich käme ohne dieses Gerät nicht mehr zurecht.

Je niedriger, primitiver der Organismus eines Lebewesens ist, desto größer ist seine Chance auf Unsterblichkeit. Nicht, daß eine einzige Qualle Jahrmillionen alt wird, aber sie gehört zu den Tierarten, die sich seit Urzeiten nicht verändert haben dürften und die noch heute in ihrer ursprünglichen Form existieren. Andere Lebewesen waren in der Hierarchie höher angesiedelt, waren intelligenter, entwikkelten sich weiter – oder starben zum Teil aus, wie zum Beispiel die Dinosaurier. Andererseits habe ich neulich erst gelesen, daß der Hai schon vor den Dinosauriern existierte und daß er für das biologische Gleichgewicht noch heute von hoher Bedeutung ist. Seltsam: Den Hai gibt es auch heute noch, von den Riesenechsen existieren keine mehr. Krokodile haben vielleicht ihre Nachfolge angetreten, auch sind es möglicherweise die Vögel, die aus den Urzeitdrachen hervorgegangen sind. In der Natur überlebt zunächst der Stärkere, dann derjenige, der sich am besten an die Umgebung und deren Bedingungen anpassen kann. Wie war das nun bei der Qualle? Was ist in dieser langen Zeitspanne mit ihr passiert?

Man könnte darüber hinaus aber auch meinen, daß große Tiere, also einzelne Geschöpfe, älter als kleine Lebewesen werden. Doch stimmt das? Vergleichen wir zum Beispiel einen Hamster mit einem Elefanten. Ist Euch schon mal in den Sinn gekommen, daß der kleine Nager genauso alt werden könnte wie der Elefant? Mit welchem Maße meßt Ihr? Mit den von uns eingeteilten Stunden, Jahren? Vergeßt diesen künstlichen Kram, auch wenn heute Abend um eine bestimmte Uhrzeit ein Fußballspiel übertragen wird und Ihr diese Minuten um keinen Preis verpassen wollt. Ein kleines Tier, sagen wir mal ein Vogel, hat in seinem Leben genauso oft gefühlt wie der große Elefant. Er hat getrauert, sich gefreut, hat gelebt. Aber was ist beim Elefanten anders? Er bewegt sich in der Regel sehr langsam. Er hat für alles mehr Zeit. Es dauert einfach länger, bis er eine Strecke mit seinem massigen Körper bewältigt hat, der Vogel aber schafft das in Windeseile, er ist geradezu hektisch. Ein Spatz hüpft immer schnell über den Boden, der Elefant schreitet. Die Kraft eines Elefantenherzens ist viel größer, und es dauert erheblich länger, bis es den Lebenssaft durch den wuchtigen Körper gepumpt hat, als es beim Vogel der Fall ist. Bezogen auf die Gefühle, die Atemzüge und die Herzschläge leben also, grob gesagt, alle Wesen gleich lang, denn jedes Herz eines großen oder kleinen Tieres leistet die gleiche Arbeit: Nämlich dieselbe Menge Herzschläge während eines Lebens.

Andererseits:

Wenn man aber die Größe eines Tieres außer Acht läßt und sich nur an der Regsamkeit orientiert, kann man feststellen, daß langsame Lebewesen tatsächlich sehr alt werden. Schildkröten zum Beispiel erreichen oft ein Lebensalter von über hundert Jahren. Sie kriechen mit einem sehr langsamen Tempo. Und genau das gleicht die Natur wieder aus. Ich frage mich oft, wie diese Tiere ihr hohes Alter eigentlich empfinden. Als tatsächlich hundert Lebensjahre? Oder mehr? Oder weniger? Bei Hunden vergleicht man sieben Hundejahre mit einem Menschenjahr, und eine Eintagsfliege dürfte noch engeren Zeitgesetzen unterliegen.

Wir Menschen aber, die alles hinterfragen müssen, sehen, ticken anders. Unser Leben bewerten wir immer nach der Vergangenheit. Alte Leute, die auf viele Jahrzehnte zurückblicken können, erleben die gegenwärtigen Stunden, Tage, Jahre schneller vorbeiziehend, als es Jugendliche empfinden, die ihr Erleben an einer geringeren Vergangenheit messen müssen. Aber warum ist das überhaupt so? Warum sammeln, registrieren, bewerten wir? Wieso können wir nicht einfach nur existieren? Wahrscheinlich liegt es daran, daß wir die einzigen Geschöpfe der Erde sind, die von Anfang an wissen, daß sie nur eine begrenzte Zeit zu leben haben. Und es liegt wohl auch daran, daß wir uns in unseren Kindern wiedererkennen. Sie sind der Spiegel unserer Vergangenheit und erinnern uns daran, daß wir einst selbst Kinder waren. Wenn ich mir alte Fotos ansehe, auf denen Ihr lächelt, wie Ihr im Sandkasten spielt oder mit der Modelleisenbahn Experimente macht, wird mir weich ums Herz, und ich empfinde gleichsam Wehmut und Freude.

Was war das für eine Zeit, als Ihr mit zerrissenen Hosen vom Spielplatz gekommen seid, weil Ihr die erste Bekanntschaft mit einem kleinen Hund gemacht habt, der sich vor Freude kaum bändigen ließ? Wißt Ihr noch, wie wir unsere erste gemeinsame Reise gemacht haben und wie lustig es war, als wir im verschneiten Park mit dem Rodelschlitten ins Gebüsch sausten?

Es ist ein schönes Gefühl, die eigenen Kinder und Enkel heranwachsen zu sehen, und es sollte sich jeder glücklich schätzen, der in seinen eigenen Kindern und Kindeskindern künftige Erwachsene erkennt, die sowohl ihr eigenes Leben führen als auch die Gene ihrer Eltern und Großeltern weitertragen.

Der natürliche Rhythmus der Zeit wird durch die Sonne geregelt. Es gibt Jahreszeiten. Der Mond hat auf die Tide der Meere Einfluß. Interessant ist die Vorstellung, daß eine Sanduhr auf dem Mond langsamer geht, weil dort die Schwerkraft geringer ist. Das hieße nämlich, daß die Zeit dort anderen Gesetzen unterläge. Würde man auf dem Mond womöglich älter als auf der Erde werden?

Wir Menschen haben nun diesen Zeit-Rhythmus auf unserer Erde nochmals unterteilt. Wir haben die Zeit neu erfunden, haben Sekunden, Minuten und Stunden definiert. Wißt Ihr wirklich, welches Jahr wir zur Zeit haben? Ganz abgesehen davon, daß unsere Zeitrechnung nur lächerliche zweitausend Jahre beinhaltet, müssen wir uns zunächst darüber klarwerden, aus welchem Blickwinkel wir zählen wollen. Christen messen ihre Zeit von der Geburt Jesu an, aber schlaue Leute wollen festgestellt haben, daß Jesus Christus etwa sieben Jahre früher auf die Welt kam, als wir ursprünglich dachten. Wenn man nun von der christlichen Ära ausgeht, beginnt die Zeitrechnung der Juden bei 3761 v. Chr., die Römer rechneten von der Gründung Roms an, also 753 v. Chr., und die muslimische Zeitrechnung beginnt mit der Hedschra 622 n. Chr.

Wenn ich nun die Frage stelle, ob eine Uhr tick-tack oder tack-tick macht, ist das dann wirklich so abwegig, wie Ihr immer meint? Ich denke, solange wir Menschen die Zeit mit Zahlen messen, ist es unbedingt erforderlich, die Dinge zu hinterfragen. Denn in diesem Fall mißt nicht die Zeit uns, sondern wir messen die Zeit: Tick-tack – jede Einheit wird halbiert, das heißt, es gibt einen geteilten Augenblick. Ist nun die erste Hälfte dieses Augenblicks vielleicht die zweite Hälfte, weil wir falsch zu zählen begonnen haben? Ähnlich wie bei den Jahren? Wie viele Ewigkeiten dauert eine Sekunde? Wie viele Sekunden dauert eine Ewigkeit?

Wir können uns über den Urknall unterhalten, wenn es ihn überhaupt in dieser Form gab, wir können versuchen, die Zeit vor diesem Urknall zu ergründen, wir werden das Thema Zeit niemals klären. Wie oft, glaubt Ihr, geht die Welt unter? Wirklich nur einmal? Es gibt niemanden, der uns von einem solchen Spektakel, meinethalben von einem anderen Planeten, berichtet hat. Stellen wir uns vor, wie der Mond vermutlich entstanden ist: Der Planet Theia krachte auf die Erde. Die Weltkugel wurde größer, und aus den restlichen Trümmern formte sich der Mond. Das würde auch erklären, warum er eine eigene Anziehungskraft hat. Dieser machtvolle Vorgang könnte der erste »Weltuntergang« gewesen sein, und wie sich die Erde später entwickelte, wissen wir ja in etwa. Stellen wir uns nun aber vor, die Welt würde deshalb »untergehen«, weil die

Sonne ihre Feuerkraft verbraucht hat. Was würde passieren? Sehr wahrscheinlich würde es sehr dunkel und sehr kalt auf der Erde werden. Menschen, Pflanzen und Tiere würden umkommen. Aber wir wissen, daß es auch unter den extremsten Bedingungen Leben gibt: In der tiefsten See, wo kein Licht herunterdringt, wo es sehr kalt ist und wo der Wasserdruck enorme Belastungsfähigkeit erfordert — gespensterartige Fische leben in solchen Tiefen. Und auch in der Wüste, in der es tagsüber kochendheiß und nachts sehr kalt ist, gibt es Leben. Sogar am Nord- und Südpol existieren Lebewesen. Warum sollte also nicht auch eine Spezies nach »dem« Weltuntergang weiterexistieren können?

Ich bin mir sicher, daß Wissenschaftler meine Gedanken als Altweibergewäsch abtun würden und sie diese oder jene Gegenbeweise hätten. Sie würden mit mathematischen Formeln »alles« erklären können und mir das Gegenteil von meinen Betrachtungen vor Augen führen. Aber was ist schon wahr? Der Mensch, der laut der Wissenschaft aus dem Tier entstanden ist, hatte ursprünglich die gleichen Eigenschaften, Sinne, Instinkte wie die anderen Tiere dieser Welt. Aber sein Gehirn entwickelte sich weiter, was auf Kosten des Gebisses ging. Manchmal weiß ich nicht, ob das gut war, denn durch diese Weiterentwicklung verloren wir die ursprünglichen Instinkte. Tiere können oftmals Unwetter vorausahnen. Wir Menschen benötigen dazu Computer, Satelliten, Statistiken. Unser Gehirn kann zwar vieles, aber nicht alles. Niemand hat jemals einen Menschen gleichzeitig trinken, reden, singen, lernen und fernsehen erlebt. So etwas funktioniert eben nicht. Auch nicht mit einem Superhirn. Ganz zu schweigen von der Seele, die alle mit dem

Verstand erarbeiteten Dinge erst einmal verdauen muß,
bevor der Mensch vernünftig handeln kann. Trotz orbita-
lem Kortex und diverser anderer Bestandteile des Zentral-
nervensystems. Ist also Intelligenz eine Belohnung oder eine
Strafe? Ich weiß es nicht. Wenngleich meine Überlegungen
durchaus von logischer Natur sind, kann ich trotzdem ge-
waltigen Irrtümern erliegen.

Ich habe an diesem Brief sehr lange geschrieben, viele Stunden an vielen Tagen, habe Euch damit gerne einen Teil
meiner kostbaren Zeit geschenkt. Aber jetzt möchte ich zum
Ende kommen, meine Hände wollen nicht mehr diesen alten Griffel führen, den ich schon in meiner Schulzeit be-
nutzt habe. Ich möchte in den Garten gehen, den Vögeln
beim Singen zuhören, den Wind und die Sonne auf meiner
Haut spüren.

Das Leben ist kurz. Es ist wie eine Pflanze, die gepflegt
und gegossen werden muß. Man muß der Zeit schließlich
auch Zeit geben!
    Und Ihr solltet Euch auch nicht allzuviel fragen. Das ha-
ben schon Newton, Einstein, Aristoteles, Kant und Heideg-
ger getan. Ihr solltet vor allem eines tun: Ihr sollt leben!

Viele Grüße – Euer Siegfried.

***

Die Geisel

Die Knarre hat er unterm Gurt festgeklemmt. Seine Hände halten sich ebenfalls am Gürtel fest. Wie Old Shatterhand steht er da und blickt aus dem Fenster. Dieser Saukerl! Sein Gesicht ist von einer Maske verhüllt, die mittels Löchern seinen eiskalten Blick freigibt. Weiter unten sieht man durch ein großes Loch die schlechten Zähne.

Ich hocke auf dem Boden. Arschkalt ist er, weil die Heizung nicht aufgedreht werden darf. Meine Hände sind am Rücken gefesselt und ein Knebel steckt mir im Mund. Verdammte Scheiße! Wenn ich heute nur fünf Minuten später aufgestanden wäre … Ja, dann … Es nützt alles nichts. Das Schicksal wollte es so. Ich konnte nicht wissen, daß ich eine Geisel werden würde. Daß ich nur noch zwei Stunden zu leben habe. Was soll ich tun? Meine Blicke wandern zur Decke. Ich versuche, mich abzulenken, mir etwas auszudenken. Irgendwas muß doch in meine Birne rein. Sonst werde ich noch wahnsinnig. Was ist mit dem Riß dort an der Decke? Reicht der für eine Phantasie? Ist er ein Fluß? Eine Landkarte?

»Schnauze!« brüllt es hinter mir. Ich zucke zusammen. Meine Würde ist in den Müll geworfen worden. Wie ein Tier kauere ich hier am Boden. In diesem kahlen, kalten Raum.

»Schnauze!« kommt es nochmals von hinten. Wen meint er? Ich kann doch nichts sagen mit dem blöden Knebel im Mund. Was ist hier los?

Ein Typ betritt den Raum. Sogleich wird er von einem Bewacher abgefangen. Beide besprechen sich. Was erzählen die? Noch zwei Stunden … Aber sind es wirklich noch zwei Stunden? Ich kann ja nicht auf meine Armbanduhr schauen. An der Wand hängt zwar eine Uhr, aber an der fummelt der Dicke immer herum, so als ob sie nicht richtig funktionieren würde. Wann sind die zwei Stunden wirklich um? Entscheiden die Typen das?

Heute bin ich extra früher aufgestanden. Ich wollte unbedingt den Sieben-Uhr-Zug bekommen. Es ist immer so knapp morgens bei uns. Heute findet eigentlich eine Sitzung statt, ich war besonders darauf erpicht, pünktlich anzukommen. Verdammtes Timing! Wenn doch die blöden Heinis vom TÜV endlich mal mein Auto fertigkriegen würden. So fiel ich als erster in die Hände dieser Piraten. Sie empfingen mich mit Knarre und Messer. Ich, der Bank-Direktor, wurde in den Tresorraum genötigt. Aber woher sollen die auch wissen, daß man dafür zwei Leute braucht, einer alleine kann den Schrank nicht öffnen. Und sie forderten unseren Partner aus Japan. Der sollte auch heute zu der Sitzung kommen. Abgefangen! Die haben den bestimmt aufgegabelt und ihm ebenfalls Fesseln angelegt. Irgendwo. Verdammt. Die glauben mir nicht, daß der Kollege erst um dreizehn Uhr kommt, weil wir heute die Bank nur nachmittags öffnen. Sie glauben, ich würde Märchen erzählen. Ich erklärte es ihnen immer wieder, aber sie brüllten nur: »Nichts da! Schleimer! In drei Stunden bist du platt wie 'ne Flunder, kapiert?« Dann stopften sie mir diesen Knebel rein.

Lieber Gott, verzeihe mir die Fehler meines Lebens. Bitte laß mich nicht allein. Ich kann diesen Weg nur mit dir gehen. Ich brauche dich. Vielleicht hast du Erbarmen und befreist mich aus dieser Lage. Vielleicht werde ich verletzt, vielleicht bleibe ich unversehrt. Ich bitte dich: Hilf mir! Ich danke dir für die schönen Stunden, all die Tage, die ich erleben durfte. Ich danke dir, daß ich Jessica, meine Frau, kennengelernt habe. Ich danke dir für meine Tochter, die jetzt zu Hause mit den Puppen spielen wird. Die wahrscheinlich nichts von dem hier ahnt – wie auch Jessica … Ich weiß, daß du eine Entscheidung treffen wirst. Ich weiß, daß deine Entscheidungen von langer Hand geplant sind. Ich weiß, daß deine Entschlüsse gut sind, wie auch immer sie ausfallen mögen. Amen.

Wieviele Minuten habe ich noch? Bin ich eingenickt? Haben die Typen wieder an der Uhr gedreht? Wenn die wollen, schieben die einfach den Zeiger weiter. Ich weiß nicht einmal, um welche Lösegeldsumme es geht. Nur, daß sie die Polizei erpressen, das weiß ich. Und daß ich hier bald adieu sagen muß … Ich hatte noch so vieles vor. Eine Winterreise wollten wir machen, Jessica, ich und unsere Tochter. Im Frühjahr wollten wir einen Garten kaufen und Apfelbäume pflanzen. Apfelbäume …
Was wäre, wenn man denen die Knarre an die Schläfe halten würde? Wenn die sich so aus der Welt begeben müßten? Fänden die das gut? So wie Terroristen, die sich nach dem Paradies sehnen? So mit zehn Frauen oder so? Wenn ich doch heute nur verschlafen hätte …
Plitsch. Irgendwo tropft ein Wasserhahn. Brotverkäufer hätte ich werden sollen. Keine Verantwortung. Keine Kidnapper. Nur die tägliche Arbeit, ein bißchen backen,

fegen. Weiter nichts. Kein Meeting. Keine Anrufe mitten in der Nacht von irgendwelchen Aktienbossen. Es wäre so schön mit Jessica. Wir hätten dann zwar auch keinen Mercedes – aber wir hätten uns. Und das ist das Beste, was man erwarten kann.

Plitsch. Ich versuche, ruhig zu atmen, meine Nerven zu beruhigen. Irgendwie muß ich mich in die Reihe kriegen. Es ordentlich machen. Das ist nicht einfach mit meiner Nase, die nur etwas Luft durchläßt. Ich will meine Gedanken formen. Meinen orbitalen Kortex steuern. Angst bringt Unruhe. Angst verschleiert den Kopf. Immer ruhig atmen. Es wird alles gut.

Ich schüttele mich. Funken von Erinnerungen prasseln auf mich herab. Leitsätze aus Wirtschaftsseminaren kommen mir in den Sinn. Was haben wir damals nicht alles gelernt. *Zeit hat man nur, wenn man keine Zeit für alle Dinge hat!* Und: *Kalkulierte Verspätung ergibt Pünktlichkeit.* Was nützen mir jetzt diese schlauen Worte? Ja, was?

Der Typ mit der Knarre kommt ganz dicht an mich heran. Seinen Atem kann ich riechen. Wie Pfeile durchstechen mich seine Augen. Was will der? Soll der meine Pupillen untersuchen? Oder ist der schwul? Ich weiche dem Blick aus. Da nimmt er mein Gesicht in seine verschwitzten Finger. Drückt mir die Backen rein. Dieses Schwein! Dieses gottverdammte Schwein! Dann spricht er irgendetwas Ausländisches zu mir. Was sagt er mir? Jetzt läßt er mein Gesicht los, macht sich vom Acker, schimpft und wirft eine Zeitung in die Ecke.

Plitsch. Es heißt, daß in der letzten Minute eines Lebens alle wichtigen Erlebnisse vor dem geistigen Auge erscheinen. Wie bei einem Videofilm. Ich will das aber nicht! Ich will leben. Ich will überleben. Mein Hintern schmerzt. Vorsichtig verändere ich meine Lage, versuche, mein Gewicht auf nur eine Pobacke zu verlagern. Es ist so arschkalt hier. Es klopft. Der Dicke ruft ein lautes Wort. Die Tür geht auf. Ein Mann mit einem Koffer betritt den Raum. Alle gestikulieren. Sie wuchten den Koffer auf den Tisch, öffnen ihn. Quietschend rasten die Scharniere ein. Dann wühlen sie in dem Koffer und holen ein Gewehr heraus.

Verdammt! Ich dachte, es wäre das Lösegeld. Aber wer sagt mir überhaupt, daß die mich am Leben lassen, wenn sie das Geld bekommen? Vielleicht ist denen auch die eigene Ehre egal? Der Dicke nimmt das Gewehr und richtet es auf mich. Die knallen mich ab! Hilfe! Nein! Aufhören! Schluß! Sie grinsen. Schweiß läuft mir am Gesicht herunter. Tropft mir in den Kragen und läßt das Hemd an meiner Haut kleben. Was spielen die? Drückt ab. Dann ist's vorbei. Na los, macht schon!

Plitsch. Das Telefon klingelt. Ein Typ geht ran. Er brüllt in den Hörer, als würde er jemanden ausschimpfen. Ich sehe dabei seine Spucke aus dem Mund fliegen. Mit der Faust haut er auf den Tisch. Dann noch einmal, er brüllt nochmals in die Muschel, knallt schließlich den Hörer auf die Gabel. Dann rennt er zu mir und schüttelt mich, dabei brüllt er seine Wut heraus. Jetzt bin ich Zielscheibe für seine Wut, für seine Spuckefäden, die mein Gesicht benetzen. Immer wieder schreit er mich an. Was will er? Sind die zwei Stunden um? Hat ihn jemand reingelegt? Was ist los?

Von hinten streift mich eine Hand. Sie bewegt sich langsam hin und her. Irgendwo höre ich eine Stimme flüstern. Der Film! Die letzte Minute! Mein Atem rasselt. Den Knebel will ich wie einen Kirschkern ausspucken. Raus damit. Raus! Dann noch einmal: Ein sanfter Zug, zart wie Seide. »Ist ja gut«, höre ich jemanden sagen. Hallus. Ich hab Halluzinationen! Das Ende kommt. Schluß. Vorbei. Ich blinzle. Blicke in die blauen Augen einer Frau. Erschlagen liege ich im durchschwitzten Hemd. Neben mir blondes Haar. Der Wecker steht auf zwei Uhr, es ist noch dunkel.

»Du hast geträumt«, sagt die Frau mit einem Lächeln. »Du hast noch viel Zeit, kannst noch vier Stunden schlafen.« Es ist Jessica.

***

Die Großstadt

Die Straßen sind voll. Niemand hat die Ruhe, die er zum Atmen braucht. Überall eilen die Menschen, sie haben keine Zeit. Andere verharren in ihren Autos, weil der Verkehr wegen des Staus im Schneckentempo kriecht oder ganz zum Erliegen kommt. Viele Fußgänger rempeln sich an. Ein Bettler gammelt in einer Ecke und streichelt seinen Hund. Zitternd blicken beide zu den Passanten, die nur manchmal einen Cent in die Schale werfen. Überall Hupen, Quietschen, Sirenen, Türklappern und Motoren. Die U-Bahn quillt über. Eng an eng kleben die Fahrgäste in den miefigen Zügen. Dann ein Signal, die Tür schiebt sich zu. Der Zug fährt an. Mit ohrenbetäubendem Lärm quält sich die Bahn durch den Tunnel, vom Zugführer kommt eine Durchsage. Keiner versteht sie. Es ist zu laut.

Draußen ist das Wetter unbeständig. Mal scheint die Sonne, mal kommen Massen von Wasser herunter. Nicht wirklich ein Vergnügen für den Musiker, der melancholisch auf seiner Geige spielt. Die Einkaufszentren sind übervoll. Kaum jemand hat zwar Geld für einen Einkauf, aber jeder will gucken und vielleicht doch noch etwas mitnehmen. Schließlich sind die Schnäppchen wichtig. Es könnte ja der wirklich allerletzte Tag sein, an dem man etwas kaufen kann. Die Luft quält sich zäh in die Lungen. Kein Tageslicht. Viel Neon. Rieselnde Musik.

Der wirklich allerletzte Bus fährt gerade ab? Sechs Leute sind nicht mitgekommen. Wütend sind sie. Die zehn Minuten, die sie jetzt warten müssen, werden von ihrem Leben abgezogen. Quasi eine Strafe, eine Rechnung für den Sarg. Nur nicht innehalten. Man könnte ja in sich hineinhorchen. Das wäre Zeitverschwendung. Ablenkung ist alles. Weglaufen. Das ist die Devise. Wer nicht mitmacht, ist selber schuld. Er gehört nicht zu der Elite, die immer rennen muß. Er ist ein Außenseiter, ein Träumer, eine Person, die nichts gilt. Schließlich sind die anderen aktiv, meinen, ihre Zeit zu nutzen, markieren ihre Position.

Ein Stau löst sich auf. Mit lautem Geschimpfe startet jeder Fahrer sein Vehikel. Endlich wieder fahren. Und wenn es die allerletzte Fahrt im Leben sein sollte …

Wer stillsteht, fürchtet den Rückschritt. Wer vorwärtsprescht, glaubt an die Zukunft und hofft, vor den anderen in ihr anzukommen. Aber das ist ein Irrtum. Niemand kann vor anderen in der Zukunft ankommen. Und wer stillsteht, geht nicht zurück. Er ist auf dem Nullpunkt der Plusminus-Skala, kann sich noch für eine Richtung entscheiden. Wer stillsteht, kommt deshalb oft besser an, weil er die Zeit am besten nutzt, indem er besonnen abwägt und den richtigen Weg auswählt.

Massen von Menschen stürmen das Hochhaus, quetschen sich in den Fahrstuhl. Ihre Aktenkoffer sind prall gefüllt. Handys klingeln. Ein wichtiger Termin. Sie verharren vor den Bildschirmen, wollen up to date sein. Bloß nichts versäumen. Könnte ja katastrophale Folgen haben … Das Essen wird ausgelassen. Schnell noch eine Zigarette. Ist der Kaffee schon fertig? Bitte mit viel Zukker. Und natürlich schwarz. Sitzung um halb zwölf. Das Meeting muß stimmen. Nur wenige Kompromisse. Es geht um Geld. Und es geht um Zeit. Um viel Zeit, denn wer sie einsparen kann, glaubt, mehr Zeit als andere zu haben, glaubt, mehr Zeit zu haben als jemals zuvor. Aber was macht man bloß mit dieser Zeit? Kann man sie sammeln? In einen Topf mit Erde tun und wachsen lassen?

Der Regen nimmt zu, und er wird kälter. Hagelkörner, groß wie Tennisbälle, stürzen auf die Stadt. Die Menschen flüchten, schreien, haben Angst. Plötzlich bebt die Erde. Hier und da bröckelt der Putz herunter, Wände reißen ein. Glasfassaden brechen, zerbersten auf der Straße. Lampen und Leuchtreklametafeln brettern auf die Erde, zersplittern und verletzen viele. Funken sprühen. Dann hört das Beben auf, aber vom Himmel fallen weiter harte Kugeln. Manche Menschen stürzen, werden von den Hagelkörnern fast erschlagen. Krauchend retten sie sich unter ein Betondach oder flüchten in ein Haus. Überall Gehupe, Geschrei. Jeder rennt. Autos fahren ineinander, quetschen sich zu Schrott. Schwerverletzte liegen auf den Wegen. Das Regenwasser füllt die U-Bahn-Schächte. Manche Hagelklumpen poltern wie Bocciakugeln die Treppen hinunter. Ein streunender Hund bellt und eilt davon. Gullys laufen über und Kinder weinen. Doch es kommt schlimmer. Ein Tornado saust auf die Stadt zu. Wirbelnd droht er mit der größten Konsequenz. Der starke Sog zieht alles nach oben. Kein Stein bleibt auf der Erde. Wie von Magneten angezogen, dreht sich alles in die Höhe, so als ob jemand an einem Flaschenzug zieht, Marionetten nach Belieben in Bewegung bringt. Der zivile Flugverkehr wird eingestellt. Dann: tosendes Gedonner! Tonnen von Wasser stürzen vom Meer in die Stadt, wühlen sich gurgelnd in die Häuser. Türme stürzen ein. Überall kracht es. Die Menschen schreien. Sie haben Angst. Autobusse werden vom Wasser gegen Wände geschleudert, Lkws entleeren ihre Laderäume, verkeilen sich und klemmen in den Ruinen, die vor kurzem noch prächtige Tempel waren. Hubschrauber eilen zur Hilfe. Jeder, der ein Handy hat, versucht, seine Verwandten, Freunde zu erreichen. Panik! Panik! Möbel und Fahrräder werden durch die Straßen gejagt, Ölfässer und undefinierbares Altmetall sausen durch die Stadt, zerschlagen die höher montierten Fensterscheiben, hinter denen Ware weggespült wird, so als würde sie fürs Klo bestimmt sein.

Der Pegel steigt schnell. Überall Hilferufe, Angst und Gebrüll. Wer wird überleben? Gibt es eine Chance? Großraumbüros stehen unter Wasser. Möbel und ertrunkene Menschen schweben darin. Offen sind ihre Münder, die Augen starren weit aufgerissen in die Leere. Die Angst steht ihnen in ihre maskenhaften Gesichter geschrieben. Blaß wirken sie. Erschrocken. Es kam alles so überraschend. Niemand hatte geglaubt, daß es so kommen könnte. Vor allem nicht zu dieser Zeit. Baumstämme werden gegen die Fenster gestoßen und zerbrechen das Glas, das den Wassermassen bisher standhielt. Das letzte Bürohaus wird durchflutet. Die Geräusche sind beängstigend – als ob das Haus einen qualvollen Tod stirbt … brechend, jaulend, krachend. Dann ist alles still.

Die Stadt liegt unter Wasser. Die Straßen sind nicht mehr voll. Jeder, der nicht überlebte, hat nun die Ruhe, die er aber nicht mehr zum Atmen braucht. Kein Mensch eilt mehr, niemand verharrt im Auto. Kein Hupen, Quietschen. Keine Sirenen, kein Türklappern. Keine Motoren. Die U-Bahn fährt nicht mehr. Die Kaufhäuser sind leer. Die Stadt hat alle Zeit der Welt. Aber kein Mensch kann sie mehr nutzen. Nur Wale tauchen durch das Labyrinth, singen ihre Laute, die durch die vielen Häuser umgeleitet werden oder auch in den Kirchen widerhallen. Der Schall ist stärker als in der Luft. Es hört sich dramatisch an. Überall blubbert es, und wenn ein Haus einstürzt, geschieht es langsam, wie in Zeitlupe, weil das Wasser mehr Widerstand als die Luft hat. Fische glubschen durch die letzten, heilen Schaufensterscheiben und bestaunen das Sonderangebot. Ganze Schwärme ziehen durch die Stadt, Muränen finden neue Behausungsmöglichkeiten. Seesterne kleben in den Ecken, Quallen schweben durch die Straßen, Algen wachsen an den Wänden, und eine Krake lauert in einem Autobus.

Hat die Natur etwas falsch gemacht? Welche Zeitepoche folgt nun?

***

Zeit im Sand

Der Wind pfiff stark über die sandigen Hügel, deren Oberflächen hinweggewirbelt wurden. Kein klares Licht, sondern eine riesige Staubwand türmte sich wie Nebel auf. Unendliche Weite. Nur Himmel und Sand. Gottverdammte Hitze. Seine verschlissenen Schuhe schlurften langsam über den weichen Boden, ihre Zeit war längst abgelaufen. Monotones Schleifen, Schritte, die immer kürzer wurden. Dann stand er still, fingerte mit der rechten Hand die zerbeulte Wasserflasche aus seinem Hüftgurt, der auch ein Messer und anderes Werkzeug beherbergte. Einige Schlucke Wasser rannen durch seinen Hals, nicht zuviel, das wäre gefährlich, falls er länger bleiben müßte. In der Wüste konnte man sich immer wieder verlaufen oder mußte eine längere Pause einlegen, und wenn dann die letzten Wasservorräte verbraucht wären, könnte man sich gleich eine Kugel in den Kopf schießen.

Damit hatte er nicht gerechnet, daß er hier landen würde. In dieser verlassenen Einsamkeit, in dieser sandigen Hölle. Nicht auszudenken, daß abenteuerlustige Touristen hier manchmal Urlaub machten, daß seit geraumer Zeit Einheimische hin und wieder mit Kamelen durch die sandige Weite pilgerten. Daß Reisekataloge für diese Gegend Werbung machten, für diese gottverlassenen, kargen Sanddünen, die eigentlich kein normaler Mensch durchmißt. Was hatte er hier verloren?

Einheimische. Er erinnerte sich daran, wie einmal ein Wilder auf die Frage, wann er geboren wurde, eine verblüffende Antwort gegeben hatte. Jeder erwartete eine Aussage im Sinne von »vor soundso viel Monden« oder ähnliches, aber der Wilde sagte schlicht: »Im Sommer«. Was waren Wilde, also Ureinwohner, doch für glückliche Menschen, die ohne die von der Zivilisation geschaffene Zeiteinteilung existierten. Sie lebten in und mit der Natur, glaubten an ihre Götter, atmeten, fühlten, waren eins mit ihrem Land, ihrer Insel – ihrer Wüste … ihrer Zeit …

Er war allein. Keine Menschenseele kreuzte seinen Weg. Blickten seine müden Augen zurück, sahen sie nur noch schemenhaft die Fußspuren, die er hinterlassen hatte. Der Wind pustete das Profil sofort weg. Er fühlte sich verlassen. Die weggewehten Fußabdrücke betrachtete er wie den Zerfall seiner selbst. Jeder Mensch hinterläßt schließlich in der Zeit seines Lebens Spuren, und viele glauben, daß diese Spuren für immer oder zumindest sehr lange bleiben. Aber mitnichten. Spuren verwehen. Spuren vergehen. Und bis dahin hinterlassen sie oftmals einen verfälschten Eindruck. So erinnerte er sich an die Geschichte, in der Gott einem Wanderer sagt, daß er während seines ganzen Lebens bei ihm sein werde, Seite an Seite. Was war das für ein bitterer Augenblick, als der Wanderer zurückschaute und nur seine eigenen Fußabdrücke sah. Von den Spuren Gottes war nichts zu erspähen. In seiner schwersten Not ließ Gott ihn allein. Doch dieser widersprach: »Die Spuren, die du dort siehst, sind nicht deine. Es sind meine. Ich habe dich getragen.«

Was sollte er anderes tun, als laufen, laufen? Er redete sich immer wieder ein, leicht wie eine Feder zu sein, wenn seine müden Füße in den weichen Sand einsanken. Um solche Strapazen durchzustehen, mußte man fit im Kopf sein, mußte sein Gehirn in andere Bahnen lenken – nicht Kraft und Schnelligkeit waren wichtig, sondern Entspanntheit und eiserner Wille spielten eine große Rolle, auch wenn sich diese beiden Voraussetzungen gegenseitig ausschließen könnten. Mehr als zwölf Kilogramm trug er auf dem Buckel, und seine Schultern waren schon wundgescheuert. Medizin, Kleidung, eine Plane, Kochgeschirr und Nahrung füllten seinen Rucksack, Trockenobst, Riegel und ein paar Fertiggerichte. Verflucht hatte er jenen Augenblick, als er den Verlust einer seiner Wasserflaschen feststellte. Im Wüstensand ging sie verloren.

Wie gerne würde er sich ausruhen, die Zeltplane auspacken und schlafen. Das wäre sowieso besser, in dieser Hitze unter einer Plane auszuharren, als wie ein Irrer durch die Unendlichkeit zu wanken. Nachts könnte er marschieren, genau wie jetzt mit einem Kompaß, und er hätte die Sterne, die ihm den Weg weisen würden. Genauso wollte er es tun. Jetzt gleich. So packte er seinen Rucksack auf den Boden, kauerte sich mit dem Rücken zum Wind, damit kein Sand in seine Augen kam. Mit müden Händen wurschtelte er das Zelt heraus, entfaltete und befestigte es mit starken Heringen in einem Sandtal. Er hatte Angst. Was wäre, wenn der Wind ihn während des Schlafs zuwehte? Würde er ersticken, bei lebendigem Leibe begraben werden? Diese Sorge ließ ihn kein Auge zumachen, trotzdem versuchte er, sich zu entspannen. Er griff Fotos aus seiner Tasche, Bilder von seiner Frau, seinen Kindern. Sie hatten ihm immer Halt gegeben, waren ihm Stütze in seelischen Notlagen, Engpässen gewesen. Sein Gemüt brauchte diese Bilder, um sich in eine andere

Welt zu flüchten, sich abzulenken, zu träumen. Irgendwie mußte es doch klappen. Irgendwie!

Der Wind pfiff noch immer stark über die sandigen Hügel. Fast wie Motorengeräusch klang es. Immer und immer wieder. Wie lange war er schon unterwegs? Wann würde sein Ziel vor ihm liegen? Er wußte es nicht mehr. Er hatte kein Gespür mehr für die Zeit. Seine Haut war überall eingerissen, sie schmerzte bei jedem Zupacken, aber er unterdrückte diesen Schmerz, versuchte, nicht daran zu denken.

Er konnte es nicht lassen: Wenngleich er sich am Tage eigentlich ausruhen wollte, trieb ihn irgendeine Macht, auch tagsüber weiterzulaufen. Vor seinem geistigen Auge sah er Totenköpfe tanzen, glaubte hin und wieder, Häuser zu erkennen, die eine Stadt sein könnten. Aber mitnichten. Es waren keine Häuser, es waren Sandhügel, bestenfalls steinige Brocken, die in den Himmel ragten und ihn an der Nase herumführten. So fragte er sich manches Mal, was von der Realität tatsächlich real war. Sonnenstrahlen zum Beispiel, die es in dieser Wüste im Überfluß zu geben schien, würde man nicht sehen können und müßte sie eigentlich als nicht real bezeichnen. Trotzdem ist sich auch heute jeder ihrer Existenz sicher und bewußt, da sie auf der Haut zu spüren sind. Mit Lichtgeschwindigkeit fließen sie innerhalb von acht Minuten auf die Erde, durchdringen Haut und Sand. Unvorstellbar, was diese Sonne anrichten kann: Sie spendet Leben und kann Leben vernichten. 149,5 Millionen Kilometer trennen sie von der Erde, sie hat etwa das 330.000fache der Erdmasse.

Und das alles ist ganz gewiß keine Fata Morgana.

Irgendwann kam wieder die Nacht, die sich wie ein Handtuch über die Wüste legte. Es war stockdunkel. Und es war kalt. Eiskalt. Die Temperatur schwankte wie ein Aktienkurs. Am Tage glühte die Luft so heiß wie in einem Backofen, in der Nacht glich sie dem Klima eines Gefrierschranks. Warum tat er das? Und wie lange tat er es schon? Und wie lange würde er es noch tun können? Er marschierte weiter. Immer geradeaus, sofern es die hügelige Landschaft zuließ. Weiter. Weiter.

In seiner Erinnerung tanzten Bilder von alten Sanduhren herum. Damals gefiel es ihm, den durch das Licht funkelnden Sand zu betrachten, wie Krümel um Krümel durch den engen Hals hinabwanderte. Er dachte daran, wie er den oberen Haufen in der Sanduhr als Verlust, den unteren als Gewinn bezeichnete. Auch fiel ihm ein, daß eine alte Sanduhr, die er mal geerbt hatte, schneller lief als die neuen, weil die Körner sich in all der langen Zeit gegenseitig abscheuerten und das Glasinnere an Reibefläche verlor. Dann kamen ihm Abbildungen von verschütteten Städten ins Gedächtnis, Gemäuer, die von der Magma eines Vulkans begraben worden waren. Jede neue Stadt wurde auf der Asche der vorangegangenen aufgebaut, still schlummerten die alten Steine in der erkalteten Lava, in dem tiefen Sand. Forscher fanden bei Ausgrabungen nicht nur die Überreste früherer Menschen, sondern konnten sich aufgrund von Färbung und Beschaffenheit der Erde auch ein Bild von der damaligen Welt machen. Dies wiederum ließ Rückschlüsse auf die Lebensweise der Menschen zu, wie alt sie geworden waren und welche Krankheiten sie gehabt hatten. Besonders weit zurück reichen die Spuren des Erdöls: Kleinpflanzen und Kleintiere der Urzeit gingen massenhaft zugrunde, zersetzten sich – heute stellen wir daraus Treibstoff her. Die Zeit hatte sich in der Erde ein Denkmal gesetzt. Jede Erdschicht, jeder Sand gleicht einer Visitenkarte der Vergangenheit, einem Geschichtsbuch, das gelesen werden will. Diese Spuren blieben. Sie wurden nicht hinweggeweht. Die Zeit, die unwiederbringliche, zerrinnende Zeit war im Sand vergraben. Dort ruhte sie, bis sie gefunden wurde. Die Zeit im Sand ...

Urlaubsreisen auf einsame Inseln kamen in sein Gedächtnis zurück. Damals hatte ihn seine Familie dazu angehalten, eine Tüte Sand als Souvenir mitzunehmen. Das war etwas Kostbares. Etwas Ideelles. Ein Quentchen Erinnerung, in einem Glas behütet. Eine Welt für sich. Aber jetzt war er in einer anderen Welt zu einer anderen Zeit. Jetzt hatte er genug Sand um sich herum. Er könnte jetzt die ganze Menschheit mit Sanduhren versorgen.

Wie alt war diese Wüste? Wie oft schon wurden die Sandschichten umhergewirbelt, wurde die Wüste umgegraben? Hieß es nicht immer, daß Wüsten einst fruchtbare Landschaften gewesen waren, die sich im Laufe der Zeit zu trockenen Unendlichkeiten verändert hatten? Was bedeutet schon ein Jahrhundert? Und was würde aus einer Wüste werden, wenn sie lange genug Wüste gewesen war? Könnte sich wieder neues Leben entwickeln? Oder besteht dann die Gefahr, daß die ganze Erde eines Tages zu einer Wüste wird? Für alle Zeit?

Zeit ist ein Abschnitt, dessen Begrenzung mit den Worten »von« und »bis« markiert wird. Zeit ist das, was verhindert, daß alles auf einmal geschieht. Es hat nichts mit Ewigkeit zu tun. Ewigkeit ist einfach da, sie muß nicht geschaffen werden, sie baut sich nicht auf und sie kann nicht vergehen.

Er begriff nicht, warum er noch keine Oase gefunden hatte, warum er noch immer durch diese Unendlichkeit dahintraben mußte. Ihm schmerzten die Knochen. Ab und zu meinte er, daß sich Skorpione durch seine Luftröhre schälten, so sehr quälte ihn der Durst, und es dauerte einige Zeit, bis er sich wieder die Wasserflasche griff. Seine Disziplin war unglaublich. Endlich. Allein das Gluckern in der Flasche verführte und machte glücklich. Trinken! Trinken! Seine zittrigen Finger öffneten den Drehverschluß und führten den Flaschenhals an seine aufgeschälten Lippen. Dann stürzte er. Die Flasche fiel aus seinen Händen und landete im hellen Sand. Verdammt! Das Wasser quoll heraus und versickerte, verlor sich in den Krümeln der Vergänglichkeit. Schreiend bückte er sich, wühlte den Sand zur Seite, um noch ein paar Tröpfchen für sich zu retten. Aber es war zu spät.

Der Wind pfiff stark über die sandigen Hügel, deren Oberflächen hinweggewirbelt wurden. Der Mann war müde, ausgelaugt bis auf die Knochen. Seine Glieder brannten und sein Atem röchelte erbärmlich. Mit blinzelnden Augen sah er zum Himmel, als wollte er ihn anflehen. Er wußte, daß es hier unendlich viel Zeit gab. Nur wieviel Zeit ihm noch blieb, das wußte er nicht.

***

Perpetuum mobile

Mr. Slow saß schon lange in seiner Bastelstube, einer kleinen Hütte im Garten des feudalen Hauses. Er grübelte. Seine Notizen sahen wild aus. Überall lagen Zeichnungen herum, Formeln und Texte, die hier und da durchgestrichen und auf anderen Bögen wieder aufgelistet waren. Wie zum Teufel konnte des Rätsels Lösung gefunden werden? Gottlob hatte er sich von der wahnsinnigen Idee verabschiedet, nur mit Kerzenlicht zu arbeiten, weil ihm, wie er immer sagte, nur durch dieses flackernde Biolicht die besten Einfälle kämen. Mr. Slow hatte sich tatsächlich eine Stromleitung legen lassen, jedoch behielt er die Kerzen weiterhin als Reserve im Schrank – natürlich nur, um auch im Falle eines Stromausfalls agieren zu können. Dabei kam ihm wieder einmal der Kerzenwecker in den Sinn, den er einst geschenkt bekommen hatte: Eine lange Kerze mit Strichmarkierungen und ein Stab, der wie der Ast eines Baumes aus der Wachssäule hervorstach. Brannte die Kerze ab, fiel der Stab in eine metallische Schale und das scheppernde Geräusch sollte den Schlafenden aufwecken.

Aber trotz seiner Entscheidung, alten Techniken und Hilfsmitteln den Rücken zu kehren, mußte Mr. Slow sich zu dem Entschluß, einen Computer zu kaufen, doch noch durchringen, und er fühlte, daß trotz seiner großen Bemühung, dies in die Tat umzusetzen, sein Ziel noch in weiter Ferne lag. Er scheute nicht die Kosten, sondern einzig allein die Mühen, die Umstellung. Sein innerer

Schweinehund war stark, und Mr. Slow spürte, daß er seiner Zeit hinterherhinkte.

Nun saß er also in seiner Bastelstube und grübelte. Das vergilbte Papier, dessen Enden sich in die Höhe bogen, sah wie eine alte ägyptische Papyrusrolle aus. Da lediglich eine kleine Lampe eingeschaltet war, die nur um eine Winzigkeit heller als die ausgediente Kerze leuchtete, zeigten sich die Schriftzüge undeutlich. Das selbsthergestellte Papier war darüber hinaus ohnehin schwer zu glätten, und die Unebenheiten bremsten jeden Stift, der zügig über das Blatt geführt werden sollte. Nach einer Weile stand Mr. Slow auf, goß sich einen Kaffee ein und setzte sich wieder. Er rührte den Kaffee um, obwohl er weder Zucker noch Sahne hineingetan hatte, und schlürfte den Becher geräuschvoll aus.

Ein großes Rad hatte er gezeichnet. Am äußeren Rand waren bewegliche Stangen montiert, an deren Enden jeweils ein Gewicht hing. Die Abstände zwischen diesen Stangen waren kurz, so daß sehr viele von diesen Gewichten untergebracht werden konnten. »Perpetuum mobile« hatte Mr. Slow darüber geschrieben. Natürlich wußte er, was dieses Wort und diese Zeichnung bedeuteten. Er hatte eine Maschine skizziert, die stark dem Bild eines gewissen Villard de Honnecourt ähnelte. Schon in frühen Jahren wollte man diese Maschine bauen, die ohne Energiezufuhr ewige Zeit laufen würde. Man glaubte, daß sich das Rad nach dem ersten Anschub ständig drehen würde, weil die flexiblen Gewichte der Schwerkraft folgen müßten und so neuen Schwung brächten. Aber dies war ein Irrtum. Man wußte damals nichts von der Reibung, die stärker als die Kraft der fallenden Gewichte ist. Eine

Maschine, die ewig ohne Energiezufuhr von selbst läuft, konnte und wird es nie geben. Die Erfinder glaubten damals, ihrer Zeit voraus zu sein, aber sie täuschten sich.

Doch Mr. Slow war da anderer Meinung. Er glaubte, daß diese Maschine gebaut werden könnte, und er fühlte, daß er der richtige Mann für dieses Projekt war. Die Zeit vergeht doch auch ohne Energiezufuhr, ging es ihm immer wieder durch den Kopf. Also mußte es doch auch in diesem Fall funktionieren. Schließlich gab es viele Dinge, die sich nicht erklären ließen. Er erinnerte sich an Völker, die damals riesige Bauwerke mit großen Steinen schufen, zwischen die nicht mal eine Messerklinge paßte. In jener Zeit gab es keine Maschinen, die eine solche Perfektion möglich gemacht hätten, alles mußte mit der Hand getan werden. Ihm fiel ein, daß es früher sehr viele Völker gab, die ihrer eigenen Zeit voraus waren: Die Ägypter hatten ihre Mumien so konserviert, daß sie nach Tausenden von Jahren noch gut erhalten waren, mit Mitteln, die die fortschrittliche Welt von heute vermutlich nur in Teilen kennt. Indianer wußten Pflanzen so zu verarbeiten, daß sie selbst tödliche Krankheiten besiegten, das waren Kenntnisse, die ihnen keine moderne Hochschule vermittelt hatte. Wie konnten es die Chinesen schaffen, ihre weltbekannte Mauer zu errichten? Ohne Computer und moderne Maschinen? Wie erreichten es die Naturvölker der Südsee, aus Baumstämmen und Blättern ein Schilfboot zu bauen, das hochseetüchtig war? Ohne aufwendige Formeln oder sonstige technische Hilfsmittel?

Mr. Slow wußte, daß sich in der Weltgeschichte die Dinge ständig wiederholen. Nicht die Zeit spult sich wie ein Tonband von neuem ab, das man nach Belieben eingestellt hat, sondern das Ereignis wird in eine spätere Epoche transportiert und neu durchgespielt. Sicher, die Chinesische Mauer würde nicht noch einmal gebaut werden, nicht in dieser Form und auch nicht mit diesen Mitteln, aber ein ähnliches Ereignis dürfte woanders unter ähnlichen Voraussetzungen stattfinden. Schließlich hatten auch Kriege und diktatorische Herrscher in der Welt immer wieder wirken können. Mr. Slow schlußfolgerte somit, daß er irgendwann diese Maschine tatsächlich bauen würde. Er dachte, daß die Zeit noch kommt, in der das Unmögliche möglich wird. Schließlich hatte sich vor hundert Jahren niemand vorstellen können, mit einem winzigen Handy Fotos zu speichern und diese über Funk zu versenden. Schließlich wären die heutigen Logiken in früheren Jahrhunderten nicht nachvollziehbar gewesen, weil damals der Verstand noch nicht an den gegenwärtigen, jetzt gültigen Wissensstand heranreichte. Vieles, was heute nicht erklärbar ist, wird morgen eine ganz logische Antwort finden, und die Leute in dieser Zukunft werden sich darüber amüsieren, daß wir uns die Köpfe darüber zerbrechen mußten.

»Perpetuum mobile«, murmelte Mr. Slow, nahm noch einen ordentlichen Schluck Kaffee und fertigte wieder eine neue Zeichnung an. Die Zeit vergeht auch ohne Energiezufuhr, dachte er immer wieder. Es gibt nichts, das die Zeit beschleunigen oder verlangsamen kann. Die Zeit zerrinnt, nichts hält sie auf!

Immer wieder stand er auf, ging in der Hütte auf und ab, durchwühlte sein volles Haupthaar und blickte aus dem Fenster. Er erspähte nicht viel. Vielleicht einen Stuhl und einen Gartentisch, auf dem eine alte Blumenvase stand. Seine Haushälterin hatte immer für die richtige Dekoration gesorgt, damit es überall gemütlich aussah. Auch der Obstkorb mit seinen roten, gelben, grünen und violetten Früchten durfte nie fehlen. Dann setzte sich der von Gedanken gepeinigte Mann wieder auf den Stuhl und spielte mit dem Bleistift. Dies war nicht nur eine Geschicklichkeitsübung für seine Finger, sondern es schien auch eine Art Stimulation für sein Gehirn zu sein. Er rutschte mit dem Hintern an die Stuhlkante, so daß er wie ein Waschbrett auf dem Stuhl hing. Ab und zu gönnte er sich diese lässige Haltung, da sie seinen Rücken entspannte. Sein Blick fiel auf eine Zeitung, die er vor wenigen Tagen in die Ecke geknautscht hatte. Er griff nach ihr, weil ihn eine Überschrift neugierig machte: »Weltall dehnt sich aus!« stand in fetten Buchstaben zu lesen. Mr. Slow entfaltete das Papier und streifte den Bogen glatt, damit er den Artikel gut sehen konnte. Er hielt den Atem an, denn was er gerade las, überwältigte ihn.

Wissenschaftler hatten festgestellt, daß Planeten sterben, indem sie in sich zusammenfallen. Die Sonne wäre eigentlich viel kleiner, wenn sie keine Hitze ausstrahlen würde, und wenn diese Energie in etwa fünf Milliarden Jahren verbraucht wäre, würde dieser Feuerball zusammenschrumpfen und sich in ein schwarzes Loch verwandeln, aus dem es kein Entrinnen gäbe. Auch die eigene, zu starke Schwerkraft könne die Ursache für den Tod eines Planeten sein. Dieser Zustand wäre eine Unordnung, an deren Anfang die Ordnung stünde. Vergleichbar wäre das mit einem Glas, das auf den Boden fällt und zersplittert. Den Urzustand könne man nicht mehr herstellen, das

Glas bliebe für alle Zeit unordentlich, auch wenn es mit Leim gekittet werden würde. Es existiere also ein Fluß vom idealen Zustand in das Chaos. Auch der tägliche Staub, den man wegzuwischen habe, wäre ein Beweis für diese Zeitrichtung. Das bedeute, daß seit der Geburt des Universums, welches zu diesem Zeitpunkt kleiner als die Erde gewesen sein müsse, aus der Ordnung die Unordnung gleichsam mit dem Universum heranwachse. Jeder wisse schließlich, daß das All unvorstellbar groß sei. Und da immer noch Planeten sterben, wäre dies ein Beweis für das noch heute wachsende Chaos, und da sich das Universum in alle Richtungen gleich ausdehne, könne die Zeit nur vorwärts laufen. Viele Wissenschaftler fragten sich, wann das Ende dieser Ausdehnung erreicht wäre und was danach passieren würde. Manche vermuteten, daß die Zeit langsamer fließen würde, gleich einem Ball, der irgendwann zu rollen aufhört. Andere meinten, daß es eine Umkehrung gäbe, so daß die Zeit so lange rückwärts liefe, bis der Punkt des Urknalls erreicht wäre. Die Menschen würden sich dann womöglich an ihre Zukunft und nicht an ihre Vergangenheit erinnern, weil die Vergangenheit zur Zukunft geworden sei. Die Gelehrten berichteten außerdem, wie man in früheren Jahren das Weltall zu erklären versucht hatte. Es existierten viele Ideen. So dachte man, daß ein kompliziertes Räderwerk die Sterne in Bewegung brächte, später glaubte man, daß die Planeten in einem Zusammenhang zueinander stünden und voneinander abhängig wären. Jeder Stern hätte eine eigene Anziehungskraft, die den anderen Planeten an sich zöge, wenn nicht ein nächster Stern diesen wiederum durch seine Anziehungskraft davon abhielte. Da aber bei einer angenommenen Endlichkeit des Alls irgendein Stern der letzte in dieser Beteiligungskette wäre und dieser Kraft nicht widerstehen könne, weil er keinen Stern als Nachbarn besäße, der wiederum ihn ins Gleichgewicht brächte, sei das All gezwungen, sich ständig auszudehnen, neue Planeten zu bilden, um ein Untergangsspektakel, das ein Aufeinanderprallen wahrscheinlich aller Planeten sein dürfte, zu vermeiden. Und genau das wäre der Grund, so glaubte man, warum es Zeit gäbe und warum die Zeit nur vorwärts fließen könne.

Mr. Slow grübelte. Hieße das, daß bei einem möglichen Zusammenschrumpfen des Weltalls alles rückwärts fließen würde, somit jeder Mensch sein Leben vom Tod bis zu seiner Geburt erleben würde, weil der Urknall plötzlich am Ende stünde? Mr. Slow dachte, daß es sicher nicht lange dauern würde, bis andere Forscher gegenteilige Ergebnisse lieferten, und daß man der Presse nicht allzuviel Glauben schenken sollte – trotzdem faszinierten ihn diese kaum vorstellbaren Gedanken.

Mr. Slow ging nochmals zu dem Fenster und blickte zum Himmel, den er jetzt mit anderen Augen wahrzunehmen glaubte. Dann schloß er die Lider, atmete tief durch und blickte abermals ins Universum, setzte sich wieder an den Schreibtisch und spielte mit dem Stift. Er hielt ihn senkrecht und klopfte ihn im Rhythmus einer Uhr auf die Tischplatte. Was war das Leben doch kompliziert. Für einen Moment kam ihm eine Zeichnung in den Sinn, die einen Clown mit langen Haaren zeigte. Dieser Clown jonglierte lachend mit großen Bällen. Um ihn herum ruhten noch größere Bälle, auf einem von ihnen stand ein kleiner Mann, der dem Geschehen ängstlich zuschaute. Das Besondere daran war, daß jeder Ball einen Planeten darstellte und daß dieser Clown der Herr der Gestirne, der Zeit war.

»Schon seltsam«, murmelte Mr. Slow und kratzte sich dabei am Hinterkopf. Ein paar Schritte ging er umher, vielleicht fünf oder sechs, dann blieb er wie ein Roboter stehen, den jemand ausgeschaltet hatte. Plötzlich ging Mr. Slow ein Licht auf. Kurz überlegte er, dann ließ er den Griffel auf das gewellte Papier fallen und strahlte über das ganze Gesicht. Es fiel ihm wie Schuppen von den Augen. Das Ziel war zum Greifen nahe. Mr. Slow hatte es geschafft! Er hatte das Perpetuum mobile gefunden! Er hatte es schon immer besessen. Es war schon immer da und wird auch immer existieren.

Mr. Slow trank den Becher Kaffee leer, zog sich seinen Mantel über und verließ das Haus. Mit straffen Schritten ging er durch die nächtliche Stadt spazieren, erquickte sich an der frischen Luft. Am liebsten wäre der gute Mann vor Freude in die Höhe gesprungen und als er die nächste Ecke passiert hatte, pfiff er ein Lied. Die Blicke einiger Passanten machten ihm nichts aus, denn der Grübler war glücklich wie ein Kind, das einen ganzen Sack voll Lutscher geschenkt bekommen hatte. Schließlich konnte er von sich behaupten, ein großes Weltproblem gelöst zu haben und wollte von jetzt an seinen Mitmenschen ein unfaßbares Ergebnis mitteilen: Die Zeit selbst war die Maschine.

***

Die Reise

Mein Vater rührt den überzuckerten Tee zum x-ten Mal um. Kein Mensch kann von dem süßen Kram so viel verdauen wie er. Ihm macht das nichts aus. Trotzdem habe ich das Gefühl, daß mein Vater älter geworden ist. Seine ohnehin schon weißen Haare kommen mir noch heller vor, so als hätte er sich zu viele Sorgen gemacht. Gründe gab es dafür genug. Schließlich litt auch meine Mutter unter alldem. Wenn man aber Sorgen mit Haarwuchs in Verbindung bringen wollte, müßte ich jetzt eine Glatze tragen …

Ich blicke auf das Brötchen vor mir, das mit Wurst und Käse belegt ist. Endlich etwas Deftiges. Bloß keine Marmelade mehr!

»Nun bist du wieder bei uns, Florian«, resümiert mein Vater, »es ist vorbei. Die Zeit liegt hinter dir.«

Seine Worte hallen noch lange in meinen Ohren nach. Wie lange habe ich auf diesen Augenblick gewartet … was war das für eine Reise, die nun unwiderruflich Vergangenheit geworden ist?

Ich werde niemals den wippenden Gang von Dodo vergessen, wie sie kaugummikauend durch das Foyer des Hotels wankte. »You are welcome!« blubberte sie mich an. Ich wußte in jenem Augenblick, daß mir Schweres bevorstand. Das Reisebüro hatte sich geirrt. Nicht Deutsche, sondern Amerikaner, Afrikaner, Australier, Kanadier und Briten waren die Mitglieder meiner

Reisegruppe, in der ich der einzige aus Germany sein würde. Ein »Tedesco«, wie man mir später verriet …

Es hatte schon am Flughafen so merkwürdig begonnen. Nachdem ich durch die endlosen Plastik- und Blechgänge geirrt war, kam ich an die frische Luft. Angekommen, endlich da! Aber es zeigte sich kein Taxi. Nach langer Zeit erschienen Busse, die aber nur für bestimmte Hotelgäste reserviert waren – damit konnte ich nichts anfangen. Ich wartete lange, bis ein seriös gekleideter Herr sich und seinen schwarzen Mercedes anbot, mich für den Fixum-Preis von 60.000 Lire ins Hotel zu kutschieren. Das war mein Mann, schnell stieg ich in die Limousine ein. Er kurvte mich durch halb Rom, machte Vollbremsungen, fuhr manche Strecken wieder zurück und hielt Funkkontakt. Zwischendurch wühlte er in seinem Handschuhfach, und ich glaubte, der Typ würde nun einen Revolver hervorkramen. Aber es war nur der Stadtplan, den er wie ein Analphabet studierte. Als wir das Hotel erreichten, wollte er dann 120.000 Lire haben. Aufschlag: Einhundert Prozent! Es hat alles nichts genützt. Meine Verhandlungskünste waren der berühmte Tropfen auf dem heißen Stein, und so zahlte ich die doppelte Zeche. Dabei war mein Schulenglisch eigentlich ganz gut, aber hier konnte ich mich doch als Außerirdischen bezeichnen. Vor allem die Internationals sprachen nicht, so wie man es im Allgemeinen tut, sondern sie blubberten ihre Wortfetzen im Schnellverfahren heraus, und wenn man ihr Gesülze auf Tonband aufgenommen und dieses langsam abgespielt hätte, hätte man vermutlich geglaubt, einem Froschkonzert beizuwohnen. Unvergessen, wie manche einen »Tisch«

bezeichneten – »Table«? Aber nein, sie hatten Formulierungen, die ich in keinem Wörterbuch jemals gelesen habe.

Dodo war die Schnellste. Ihre Reden waren hektisch wie ein Maschinengewehr. Sie machte keine Pause. Ohne Betonung, ohne Zeichensetzung, einfach nur im Schnelldurchlauf ließ sie ihr Geblubber auf uns herab, und ich glaubte, daß sie dies aus extremer Zeitnot tat ... Gut habe ich die Szene in Erinnerung, in der sie einmal so schnell sprach, als wollte sie fünf Sätze gleichzeitig in einem unterbringen. Hatte sie diesen Schwall vollbracht, flirtete sie mit einem Kellner, für den sie alle Zeit der Welt zu haben schien. Schon bald dämmerte es mir: Wir waren Dodo lästig. Sie war das blonde, blauäugige, selbstgefällige amerikanische Sportgirl, das ständig Wabbelflummies malträtierte und am Dauergrinsen war. Nicht die Reise, nicht wir waren wichtig, sondern sie selbst war es. Ich hatte das Gefühl bekommen, daß diese Frau, wenngleich sie mit uns reiste, stets in einer anderen Dimension, auf einer anderen Zeitschiene lebte und nur mit ihrer körperlichen Hülle zugegen war.

Hätte ich umkehren sollen? Wo ich doch Venedig sehen wollte und Tom, ein Kalifornier mit Deutschkenntnissen, dabei war? Ich sinnierte aus dem Zimmerfenster des Hotels, erblickte die Kuppel des Vatikans, sah einem Schwarm Vögel zu, der seine Kreise zog. Dann stellte ich mir die versteckten Blickwinkel vor, auf die ich mich so freute. Venedig, Florenz – irgendwo da draußen mußte die Antwort zu finden sein ... meine ganz persönliche Antwort. Nein. Ich setzte mich natürlich in diesen Aircondition-Bus, der von einem sehr besonnenen Fahrer geführt wurde und der das ganze Gegenteil von Dodo war. Während sie nur auf ihr Äußeres bedacht war, erinnerte mich der Fahrer an einen unscheinbaren Mann aus dem Nachbarhaus in meiner Heimatstadt: Halbglatze, Brille, Pullunder und ein Gesicht, mit dem er ohne weiteres auch in einer Bank hätte arbeiten können. Ich hatte Hoffnung.

Wir fuhren. Langsam bewegte sich der Bus durch die enge Stadt und rollte dann die endlose Straße entlang. Ich erzählte Tom die Sache mit dem Fixum-Mafioso. Er schüttelte nur den Kopf und lümmelte sich in den Sessel. Bald schlief er ein und murmelte Unverständliches, etwas, was ich niemals übersetzen könnte, da es aus verschiedenen Sprachen bestand. Träumte Tom von einem guten Rotwein? Oder von Venedig? Nach einiger Zeit und vielen gefahrenen Kilometern döste auch ich in dem monoton brummenden Bus ein, träumte von mir und meinem Lederkoffer. Von meinem Rucksack, der mein einziger Kumpel war und den ich immer fest an mich drückte. Er hatte gute Lederriemen und war aus doppeltem Leinenstoff gefertigt. Überhaupt sah er aus, als besäße er ein Gesicht. Auf ihn konnte ich mich immer verlassen. Jedenfalls redete ich mir das ein. So manchen Sturz überlebte er problemlos, im Regen weichte er auf und trocknete anschließend wieder, und die geplatzte Apfelsaftpackung hatte er mir auch verziehen. Das gute Stück zählte schon einige Jahre, und ich hoffte, meinen Freund noch lange gebrauchen zu können. Trotzdem wußte ich: Auch seine Zeit würde demnächst abgelaufen sein, die ersten Risse bahnten sich schon ihren Weg durch den Leinenstoff. Und so würde ich mich bald nach einem neuen »Kumpel« umsehen müssen.

Irgendwann wachte ich auf und erblickte die endlose Weite. Um mich herum allgemeines Geschnarche. Jeder war müde. Manche hatten es sich in den bequemen Sesseln gemütlich gemacht und hörten Musik über Walkman oder blickten auf die Landschaft, die immer schneller an uns vorbeirauschte. Doch bei dieser Monotonie blieb es nicht: Zwei lange, quälende Stunden hatte uns Dodo auf dieser ersten Fahrt vollgedröhnt, so daß mein Trommelfell noch lange Zeit danach vibrierte. Zunächst fing sie damit an, ins Mikro zu pusten, uns sanft zu wecken. Aber dann kam der endlose Schwall: Wie Bomben krachten ihre Zungenresultate auf uns hinab, Hagel von Wortfetzen ergossen sich ohne Ende. Es war, als würde man eine Brausetablette in einem Glas Wasser auflösen, als ob man schutzlos in ein Unwetter geraten wäre. Erst versuchte ich mich darin, einige Worte mitzuschreiben, um mir später im Hotel die eigene Suppe zusammenzukochen, quasi wie ein Buchhalter, der fragwürdige Zahlungseingänge auf einem Zwischenkonto parkt und sich später damit beschäftigt. Aber das funktionierte hier nicht. Rückfragen waren sinnlos. Dodo donnerte ihre Oralpakete heraus, und wir, die wie Tiere im Viehtransport eingesperrt waren, mußten viele harte Brocken schlucken. Der ganze Zeitplan hatte sich geändert. Die Hoteladressen waren nicht mehr gültig, Eintrittspreise wurden eingefordert und eine Stadt fiel ebenfalls aus der Tour heraus. Was hätte ich ohne den Wisch Papier getan, den wir nach diesen zwei Stunden

Dodo-Gewitter bekommen hatten? Ich glaube fast, daß ich ohne diesen Papierfetzen besser gelebt hätte, denn er strotzte vor Widersprüchen und Ungereimtheiten. Anfangs juckte es mich noch, wie eine blutdürstige Mücke bei Dodo angerauscht zu kommen und sie zu fragen. Anfangs tat ich es sogar. Aber das war etwa so sinnvoll, als wollte man einer Kuh Französisch beibringen. Dodo ließ mich in einem neuen Wortschwall baden, der mich fast ersäufte.

Das Schlimmste aber war, daß Tom die ganze Zeit gepennt hat. Nicht eine Silbe hat er von Dodos Ausbruch registriert. Meine Hoffnung, von ihm etwas in zumindest rohem Deutsch mitgeteilt zu bekommen, hatte sich in Luft aufgelöst, und so sah ich meine Zuversicht dahinfließen, gleich einem Wasserwirbel, der gurgelnd in das Loch der Badewanne treibt.

Wir fuhren nach Siena, lauschten einem Reiseführer, der ebenfalls zu schnell sprach. Ich stellte mir das daheim Gelesene in Tagträumen vor: Wie hier ein Wettrennen die Gemüter erhitzte, wie Pferde, reich geschmückt, um diesen Platz galoppierten, angefeuert von ihren Reitern und von dem Volk. Welches Pferd würde gewinnen? Jeder Bezirk hatte sein eigenes Roß, und so hatte jeder seinen eigenen Favoriten.

Tagträume, das war alles, was ich hier erleben konnte, abgesehen von den Menschen, die sich in meiner Wahrnehmung fast in Zeitlupe bewegten. Schon bald mußten wir in unseren Bus zurück, die Fahrt ging weiter.

Manchmal, wenn sich Dodo unbeobachtet glaubte, konnte ich sie gut betrachten, sie ansehen, wie sie schwieg. An manchen Tagen bildete ich mir ein, daß ich das alles nur fantasierte. Für einen Augenblick dachte ich sogar, daß Dodo eine Terroristin sei, die uns entführte, uns als Geiseln nahm. Sie würde nur zum Schein eine Reiseleiterin mimen und uns langsam, aber sicher in die Hölle führen. Dabei fiel mir ein, daß Kreuzfahrtschiffe manchmal von Piraten überfallen werden, auch heute noch. Es wäre nicht das erste Mal, daß eine Reisegruppe fanatischen Irren in die Hände fiele … Für einen Moment erschien mir dieser Gedanke der logischste von allen zu sein. Dies war die Lösung. Dodo war vom Geheimdienst, von dunklen Mächten, die uns Touristen aushorchen wollten. Erst wird man eingeladen, dann kann man nicht mehr weg, ständig wird man provoziert und dann knallt es!

Wir kamen schließlich nach Florenz, wo wir zwei Nächte blieben. Die meisten hatten sich abends in eine Preßluftgrotte verkrümelt, um die Technomusik, die sie unterwegs schon durch ihre Walkmans gehört hatten, hier noch einmal in der erhöhten Lautstärke zu erleben. Was wäre das Leben ohne Disco? Aber die meisten wollten das halt so. Nur, wenn man sich anbrüllen mußte, weil die Musik zu laut war, machte es ihnen Freude. Nur dann bekamen sie den Kick.

Florenz ist eine schöne Stadt. Aber unser Zeitplan war derart eng gestrickt, daß ich mich fragte, warum wir nicht durch die Stadt gerannt sind. Massen von Touristen, viele mit Videokameras bewaffnet, strömten durch Florenz, und überall erhallten Stimmen – oftmals Eltern, die ihre Kinder suchten. Unvergeßlich der

Leder-Heini, der mit seinem Hammer ständig auf einen Lederfetzen einschlug, gleich dem Pendel einer viel zu lauten Uhr, und dabei murmelnd seine monotonen Erklärungen abgab, die selbst jeden Italiener zum Gähnen gebracht hätten. Meine Internationals ließen sich von dem Gehämmere tatsächlich nicht anstecken, obwohl es ihrer Musik, die sie letzte Nacht in der Preßluftgrotte gehört hatten, stark ähnelte und sie gerade hier so richtig hätten abtanzen können.

Wir bekamen dann Freizeit. Die meisten stürmten die Schuhgeschäfte und kauften fast das ganze Sortiment leer. Die Verkäuferinnen waren schon arg genervt, weil jeder fast jeden Schuh durchprobierte, so als hätten sie in ihrer Heimat keine Zeit gehabt, sich mit Schuhen einzudecken. Mit vollgepackten Tüten gurkten sie durch die Stadt, als wären sie Obdachlose, die ihren Haushalt stets mit sich führten. Dem einen riß die Tüte, so daß sein ganzer Kram auf die Straße fiel. Er nahm dann auch noch seine Baseballmütze vom Kopf, schlug sie in den Haufen und tanzte wie ein Indianer drum herum, der einen Geist vertreiben wollte. Er war zudem der Sportlichste von allen, und so feuerten die anderen ihn an, bis sie am Ende leidenschaftlich applaudierten. Anschließend besichtigten wir den Dom. Dort waren wir recht lange. Ab und zu konnte ich einer deutschen Reisegruppe auflauern, deren Sprecher nicht ahnte, wie gut mir seine klaren Worte taten, die er mit großem Eifer aussprach: Historische Details, die mich brennend interessierten, und die mir von Dodo vorenthalten worden waren.

Es war auch jener Tag, an dem viele von uns wieder mit Dodo sehr sauer wurden. Wir hatten einen Fototermin, und Dodo ließ den Fahrer zu früh abfahren. So kamen manche nicht mit aufs Bild. Das aber war für viele wichtig. Ein Foto, das den Augenblick festhält und später an diese alte Zeit erinnern soll – die meisten waren ganz scharf darauf. Doch dies sollte nicht das Schlimmste gewesen sein. Aus für mich unerklärlichen Gründen stauchte Dodo ein Mädchen unserer Truppe zusammen. Es hörte sich furchtbar an. Das Mädchen war erst still wie eine Maus, wehrte sich dann aber und schrie zurück. Schließlich mußte sie von den anderen zurückgehalten werden, damit keine Rauferei entstand. Weiß der Teufel, worum es ging. Weiß der Geier, was das Girl falsch gemacht hatte – es rechtfertigte keinesfalls den Wutausbruch von Dodo. Die beiden gingen sich seitdem immer aus dem Weg.

Endlos fühlten sich die Fahrten an, unser Bus rollte wie die Kugel einer Murmelbahn-Uhr. Ich erinnere mich noch gut an diesen Zeitmesser, den ich mal auf einem vergilbten Foto gesehen habe: Eine polierte Stahlkugel kullerte im Zick-Zack-Kurs in einer schiefen Bahn, dabei wurde jede Sekunde durch die Umlenkung angezeigt. Waren 15 Sekunden verstrichen, hatte die Kugel das Ende der Ebene erreicht. Die Uhr stammte aus England und wurde in der zweiten Hälfte des 19. Jahrhunderts gebaut, ihre Ganggenauigkeit war allerdings eher gering.

Genauso rollten wir mit unserem Bus durch die Landschaft, oft im Zick-Zack-Kurs und vielleicht auch auf einer schiefen Bahn …

Es ging nach Pisa, wo wir kurz pausierten. Hier erkannte ich die Japaner wieder, die schon in Florenz ein

Auge auf mich geworfen hatten und am Dauergrinsen waren. Ich stellte mir vor, daß ihre Nasen deshalb so platt waren, weil sie eben immer grinsten und sich somit ihre Gesichtshaut derart spannte, daß dem Riechkolben nichts anderes übrigblieb, als zu verflachen. Sie baten mich mit Gesten, sie zu fotografieren, und obwohl ich ihr japanisches Gesinge nicht übersetzen konnte, entspannte mich ihre Sprache, weil ich wußte, daß sie mich nichts anging.

Ich begnügte mich damit, mir vorzustellen, wie Galileo Galilei damals seine Forschungen betrieben hat und die Fallgesetze entdeckte. Dieser gute Mann mit hoher Stirn wurde 1633 von der katholischen Kirche zum Widerruf gezwungen, weil er der allgemeinen Meinung, die Erde würde im All ruhen und alles würde sich um sie herumbewegen, widersprach. Der viel zitierte Ausspruch »Und sie bewegt sich doch« soll aber von jemand anderem als Galilei stammen, genau weiß man das nicht. Galilei konstruierte auch ein Fernrohr, mit dem er die vier großen Jupitermonde entdeckte. Schon damals hatte man sich also mit dem Sonnensystem beschäftigt und damit eine Basis für das Zeitverständnis geschaffen.

Pisa war zur Zeit des Mittelalters eine bedeutende See- und Handelsstadt. Angefangen hatte es mit einer etruskischen Siedlung. Seit 1406 war Pisa unter florentinischer Herrschaft. Da der Hafen versandete, verlor die Stadt an Bedeutung, und die Zeit forderte ihr Recht auf Veränderung ein. Wir aber sahen hier nur diesen schiefen Turm und das monumentale Bauwerk daneben, das einem aufgeschnittenen Baumkuchen ähnelte. Für andere Dinge hatten wir keine Zeit. Mir schien, als wären wir auf einer Flucht. Nur, vor wem wir eigentlich wegrannten oder gegen wen wir uns im Wettlauf befanden, das wußte ich nicht. War es tatsächlich die Zeit, an der wir uns zu messen hatten?

Dann fuhren wir nach Como. Überall große Berge, auf denen hohe Tannen wuchsen, deren Spitzen fast den Himmel kitzelten. Überall aber auch lange Autostraßen, die sich durch die Berge bohrten. Was hatte unser Fahrer für ein Geschick bewiesen, als er einmal durch den engsten Tunnel wollte. Ein Lkw kam uns entgegen, so musste unser Bus im Schneckentempo kriechen. Der geringste Fehler hätte unser Vehikel stark beschädigt, da die Wände mit Steinvorsprüngen versehen waren. Mich erinnerten diese dunklen Röhren an das Leben im eigentlichen Sinn. Nicht nur, daß man Tage und Nächte, also helle und dunkle Zeitabschnitte, wahrnimmt, sondern auch deshalb, weil dunkle Tunnel das Gefühl des Untergangs vermitteln, die Depression, das Gefangensein. Dann kommt man aber wieder an das Tageslicht und alles sieht plötzlich wieder freundlich aus. Genauso ist die eigene Existenz. Genau wie dieser Bus durch Italien rauschte, durchreisen wir unser Leben, unsere Zeit, und das Fahrzeug sind wir selbst. Unsere Lebenszeit verbringen wir in einer Hülle, unserem Körper, der so etwas wie ein Mietwagen ist. Und manchmal fahren wir damit zu schnell …

Nach jeder Fahrt klebten tote Fliegen an der Frontscheibe des Busses. Insekten, die als letzten Blick unsere Internationals ertragen mußten, wie sie mit Baseballmützen und grinsenden Fratzen ihre Langeweile vertrieben, wie sie kaugummikauend, den Walkman auf der Hirnschale befestigt in den Bussesseln herumlümmelten. Junge Leute, die irgendeine Highschool besuchten und von ihren Eltern diese Reise spendiert bekommen hatten. Typen, die nur sich selbst liebten, die sich in ihrer eigenen Gleichgültigkeit wohlfühlten. Hatten sie ein Foto mit ihrer Pocket gemacht, war das Ziel für sie erreicht. Sie konnten jetzt beweisen, daß sie in Europa gewesen waren. Wirkliches Interesse für die eben abgelichteten Mauern hatten sie nicht. Keinen Funken von echter Neugierde beim Erreichen einer Stadt. Nur stetes Wortblubbern, Kaugummikauen und Sonnenbrilletragen. Spaß haben – das war die Devise.

Zwischendurch pausierten wir in einer Service-Station, die ich an der »frischen« Luft mit großen Schritten durchmaß, um meinem Körper eine Abwechslung zu geben. Nach einer Weile blickte ich zum Einkaufszentrum: Da saßen meine Internationals, draußen, kauerten sich zigaretterauchend auf die kalten Steintreppen, so als hätten sie einen Drei-Tage-Marsch hinter sich. Niemand dachte darüber nach, sich mal etwas zu bewegen, nachdem alle wie nasse Säcke im Bussessel ausgeharrt und dem Technogerülpse der Walkmans gelauscht hatten. Nein, es mußten diese Treppen sein, neben dieser Schnellstrecke, auf der sich brummend und abgasschleudernd Lkws und vor allem Busse abquälten. Wer ist schneller als sein eigener Schall? Wer schafft die Strecke in der kürzesten Zeit? Blecherne trojanische Pferde, die von einer zur nächsten Sehenswürdigkeit jagten und ihre Touristen herausließen. Touristen, wie auch ich einer war …

Die Nacht in Como war schlimm. Nach dem Essen gingen wir gleich in unsere Zimmer, weil der Himmel sehr bedrohlich aussah. Das Gewitter explodierte und hallte lange in den Schluchten nach, so daß auch meine Holztür stark knirschte. Der Blitz war so hell, daß ich im sonst dunklen Zimmer hätte lesen können. Massen von Regenwasser stürzten die abfallenden Straßen hinunter, da ich Parterre wohnte, konnte ich es gut sehen. Hin und wieder hörte ich Hilferufe, Schreie. In den schummrigen Gängen des alten, ehrwürdigen Hotels, in dem fast nur weißhaarige Evolutionsbremsen wohnten, knarrten die Dielen stark, weil viele Gäste unruhig wurden. Wie gefangene Tiere liefen sie in den Fluren und Zimmern ständig hin und her. Es wird doch nicht Dodo gewesen sein, die hier ihr Unwesen trieb? Die Superterroristin aus dem Reisebus mit Aircondition und eingebauter Wortfabrik? In jener Nacht klopfte es oft an meiner Tür, wenngleich niemand vor meinem Zimmer stand. In jener Nacht träumte ich von schwarzen, venezianischen Teufeln, die mich auf einer Gondel heimsuchten, um mein Herz mit einem Dolch zu durchbohren.

Am nächsten Morgen ist mir beim Frühstück das eingeschweißte Hörnchen aus den Fingern gerutscht und hat Schwabbelbackes Marmeladenbrot auf dessen Schoß befördert. Er grinste. Der Typ war der dickste von allen, wurde oft gehänselt, aber seinen Humor behielt er trotzdem. Wenn er auch von allen Seiten gleich aussah, nämlich so, als hätte er sich Gummireifen um den Körper gelegt, war er mir sehr sympathisch – ja, ich mochte ihn mehr als Tom. Warum auch immer. Die Tüten waren also zäh wie Nylon und die Hörnchen fühlten sich weich wie Schaumstoffbälle an. Man bekam stets einen Krampf in den Fingern, schon allein deshalb, weil für das Frühstück kaum Zeit reserviert war. Dodo war mal wieder schuld am Chaos. Sie hatte sich in der Zeitkalkulation verrechnet, so mußten wir mit Sack und Pack den Frühstücksraum betreten, nachdem wir wie die Gejagten unsere Zimmer zu verlassen hatten. Vor lauter Hektik rutschte mir die Seife aus den Fingern. Weil ich sie in der Luft auffangen wollte, fiel ich über meinen Rucksack, der sich vollständig entleerte. Wir beide, die Seife und ich, landeten mit voller Wucht auf dem harten Boden – ja, so wollte ich schon immer mal reisen.

Dodo war unschlagbar. Sie hatte immer Überraschungen parat. Manchmal bekam ich allerdings das Gefühl, daß Dodo vielleicht auch nur die Zeit totschlagen wollte, indem sie unendlich lange über ein Thema sprach. Genau konnte ich es nicht erörtern, da sie oft genug zwei oder drei Wörter in einem zusammengesetzten Sprachballon ausstieß und ich mich somit wieder außerirdischen Sprechblasen gegenübersah. Wenn ich dann zu ihr ging und sie um eine langsamere Aussprache ihrer stundenlangen, donnernden Worthülsen bat, dann grinste sie mich und alle anderen mit ihren aufgeblähten Hamsterbacken an und sagte: »You are welcome!«

Ja, ich glaube, sie hörte sich gerne, hatte Freude an ihrem schnellen Sprechen und mir schien, daß es ihr gefiel, wenn unsere jungen Hirne qualmten. In solchen Augenblicken mußte ich mich stark beherrschen, sie nicht an ihren blonden Haaren zu ziehen und sie aus dem fahrenden Bus zu werfen. Die enttäuschten Blicke meiner Internationals verrieten mir, daß es ihnen genauso erging. Erstaunlich, daß es keine Meuterei gab.

Trotz allem blieb ich erlebnishungrig und versuchte, immer wieder das Beste aus der Situation zu machen, mich für Geschichte zu interessieren und alles wie ein ausgetrockneter Schwamm aufzusaugen. Jede Stunde war kostbar, war ein Abschnitt in meiner Lebenszeit.

In Verona gingen wir durch einen urinverseuchten Gang und gelangten in einen Hof. Das Hinterhaus hatte einen Balkon, auf dem sich dicke Weiber von ihren unten stehenden Männern fotografieren ließen. Es war ein Andrang wie an einer Kinokasse. Schnell wurde mir klar, daß wir vor Julias Haus standen, doch die Romeos, die sich hier tummelten, machten keine Anstalten, den Balkon zu erklimmen. Ich stellte mir vor, wie Romeo heimlich seine Liebste aufsuchte, die Wand hochkletterte und einen Stein gegen die Scheibe warf. Ich zauberte in meinen Kopf die vielen Touristen weg und tauchte in die selbsterschaffene Vergangenheit ein. Früher war das sehr dramatisch. Die beiden Familien waren verfeindet gewesen, niemand durfte zarte Bande knüpfen. Schließlich verliebten sich die Teenager ineinander, doch ein Gift sollte sie für immer trennen. Die Zeit hatte die beiden Liebenden eingeholt. So jedenfalls habe ich die Geschichte in Erinnerung.

Ich konnte nicht lange bleiben. Nicht nur, weil wieder einmal die Zeit zu knapp war, sondern auch deshalb, weil meine Zunge am Gaumen klebte, als hätte man sie mit Uhu-Hart eingeschmiert. Mir brannte vor Durst fast die Sicherung durch, schließlich war die Klimaanlage unseres Reisebusses ausgefallen, und mein Trinkvorrat ging zu Ende. Ganz zu schweigen von dem ständigen Hungergefühl, das nicht nur mich plagte, da die Hotels nur Miniportionen servierten und die Hörnchen, wie gesagt, in Tüten eingeschweißt waren. Wahrscheinlich hätte man sie gleich mit der gesamten Folie auffressen sollen. Unverzeihlich auch der Umstand, den Gästen als Belag nur Marmelade anzubieten. Natürlich hatte ich nicht genug Geld dabei. Wie ein Bekloppter verließ ich das Gedränge und eilte zu dem Wasserbrunnen, den ich fast leer trank. Was war ich für ein Unbedarfter …

Auf der Fahrt nach Venedig wurde mir übel. Um meinen Schädel spannte sich ein Drahtnetz, das sich immer fester zusammenzog. Manchmal hatte ich das Gefühl, daß kleine Bohrer meinen Kopf durchstießen, während der Bus die kurvenreichen Straßen entlangeierte. Was machte Tom? Dieser schwarzhaarige Kalifornier? Er lümmelte sich, wie fast immer, in seinem bequemen Bussessel und schlief. Wenn auch Tom auf dieser Fahrt dabei war, so war er mir tatsächlich keine Hilfe. Auch er schien, wie Dodo, in einer anderen Dimension, auf einer anderen Zeitschiene zu existieren. Aber damit nicht genug. Dodo nahm wieder breitbeinig ihren Platz vorne im Bus ein und spuckte ihre Wortbomben ins Mikro. Ganze Oralpakete purzelten herab, viele – Tom natürlich nicht – kramten Zettel aus ihren Taschen und schrieben mit. Hastig glitten ihre Stifte über das Papier, als würden sie die letzten Worte ihres Lebens schreiben, weil ihre Zeit gekommen war und sie zum Schafott müßten. Manche runzelten die Stirn, andere grinsten, ein Girl ließ den Stift bewegungslos in der Hand ruhen, so als ob es ein Blitz getroffen hätte. Nichts von dem Gekrakel war zu entziffern. Alles hatte Pfeile und Symbole, Schriftzüge, die schon fast Zeichnungen oder Formeln glichen. Nur eines konnte ich klar und deutlich lesen: Venedig. Aber dieses Wort war durchgestrichen! Was um Himmels willen hatte diese Frau getrieben? Warum grinste sie in ihrer Schadenfreude, schüttelte den Kopf, als wollte sie »nein« sagen? Warum waren viele so betrübt, manche sogar wütend? Hinter mir brüllte jemand Dodo an. Einige standen auf und schmollten, gingen ans Ende des Busses und beratschlagten sich. Andere stießen mit voller Wucht gegen eine Tasche, um sich ihre Wut abzureagieren. Ihre Blicke waren grimmig. Die Stimmung lag ganz unten, und Dodos Stimme, die plötzlich erstaunlich tief klang, schmetterte eine kräftige Standpauke zurück, die etwa so stark wie drei normale Reden von ihr war. Ich bekam noch mit, wie jemand Dodo einen Vogel zeigte und sie dies wie gewohnt mit einem fetten Grinsen quittierte. In jenem Augenblick flog eine Cola-Dose durch den Bus, die verdammt nahe an Dodos Gesicht vorbeischmetterte. Nun war es deutlich: Wir alle mochten dieses Weib nicht. Aber Dodo rülpste weiter grinsend ihre Oralitäten in die Menge, erdrückte uns mit ihren Wortfetzen, die niemand verdauen wollte. Mein Blick auf meine Uhr verriet mir die Wahrheit: Fast eine Stunde hatte dieses Weib den Monolog geführt, aber mein Gefühl vermittelte mir mehr.

Wir machten vor einem grauen Haus Halt. Sicher eine Service-Station, dachte ich. Mit müden Beinen kletterte ich aus dem Bus. Dodos Blick verriet mir, daß wieder etwas schiefgelaufen war, und mir war ihr Blick niemals unangenehmer als jetzt. Wenn ich mich auch nicht für das Desaster verantwortlich sah, fühlte ich die dicke Luft, die zwischen uns lag. Aber ich war zu müde, um darüber auch nur einen weiteren Gedanken zu verlieren. Dann ging ich ein paar Schritte und ergriff meinen Koffer, dessen Griff sich schwerer als sonst in meine Hand eingrub. Es fühlte sich so an, als ob der Koffer mich am Weitergehen hindern wollte. Auch der Rucksack zog wie ein Irrer an meinem Rücken. Ich schleppte mich zu dieser Glastür, die kurz vor meinem Eintreffen automatisch mit starken Schleifgeräuschen aufging, denn dieses große, graue Haus, das wie ein Gefängnis aussah, war unser Hotel.

Hier war alles aus Plastik. Die Türen, Schränke, Griffe, Wände, Möbel, die Decke, der Fußboden, einfach alles. Und jeder Griff fühlte sich wie Eis an. Hatte ich noch in Como die alte, hölzerne Einrichtung aus einer alten Zeitepoche erlebt, sah ich mich jetzt um Jahrzehnte in die Zukunft befördert. Überall roch es nach Chemie. Das Fenster meines Zimmers in diesem Plastikhotel bekam ich erst nach einer halben Stunde auf, um dann die abgashaltige Luft der vorbeiziehenden Brummies einzuatmen. Aber was war besser: Auspuffluft von außen oder Chemiegeruch von innen?

Meine Kopfschmerzen wurden schlimmer. Wie in Trance griff ich eine Aspirin und ließ sie in einem Glas Leitungswasser auflösen. An diesem Abend hatte ich mir zum ersten Mal in meinem Leben gleichzeitig in die Hose gemacht und mich über der Toilette übergeben.

Immer wieder quälte mich die Faust im Bauch. Das ganze Bad sah wie ein Schweinestall aus. Immer wieder drehte sich mein Magen um, und ich glaubte, von innen zu verbrennen.

Trotzdem wackelte ich zum Bus hinunter, da es heute Abend doch noch in die Altstadt von Venedig gehen sollte. Tom hatte es mir zwischen Tür und Angel zugeflüstert. Ich war erstaunt. Wie kam das jetzt wieder zustande? War Venedig doch nicht gestrichen worden? Weiß der Teufel, wie sich das zusammengebraut hatte. Wenn ich auch fast umfiel, diese Stadt wollte ich nicht verpassen. Mit matten Augen sah ich meine Internationals, die nicht nur mit den Fotopockets, sondern auch mit Anonymitäten-Gläsern bewaffnet waren. Sonnenbrillen? Brauchte man die jetzt auch schon nachts? Wir stiegen ein. Der Bus fuhr die lange Straße mit dem Ziel hinunter, in was-weiß-ich-wieviel Stunden am Hafen von Venedig anzukommen. Der Bus schwankte sehr, ähnlich wie ein Kamel, und ich versuchte, durch Betrachten der Kimm meine Magenwallungen im Zaum zu halten. Ein bißchen glückte es mir, denn obwohl mich die dumpfen Magenschmerzen quälten, erinnerte ich mich während dieser Fahrt an das Lied: »Hoch auf dem gelben Wagen … ich möchte so gerne noch bleiben, aber der Wagen, der rollt«. Wie wahr. Wir fahren und fahren und wir können nicht mehr zurück, weil die Zeit unter unseren Füßen dahinrutscht.

Im Hafen angekommen, übergab ich mich gleich über einer offenen Mülltonne. Der Vitaminbonbon war wohl zu viel für meinen Magen. Niemand interessierte sich für mich, mit Ausnahme der vier Japaner, die mich angrinsten und ein Foto von mir machen wollten, wie ich gerade in die Tonne spie. Wenn ich die Kraft dazu gehabt hätte, hätte ich denen eine gescheuert. Dann besäßen sie gar keinen Gesichtserker mehr! Um mich herum rückten die Leute weg, die gerade ihre Snacks verspeisten. Ein Glück für die, daß ich gleich ins Rohr und nicht auf ihre Teller getroffen hatte. Drei Magenkrämpfe durchwühlten mich, dann gurgelte wieder alles heraus. Das mußten die Oralitäten sein, die Dodo uns zum Fressen gab und die ich mich zu verdauen weigerte. Am liebsten wäre ich in die Tonne gefallen und hätte mich darin verkrümelt, bis der Alptraum ein Ende hatte. Aber ich machte mich trotzdem daran, Richtung Fähre zu schlurfen, auf der ich meine Internationals vermutete. Keine Ahnung, wie ich das geschafft habe. Lautsprecherdurchsagen sorgten eher für Verwirrung, als daß sie Ordnung brachten. Fast wäre ich hingefallen, weil der Asphalt uneben wie Waldboden war. Ganz zu schweigen von der Luft, die sich so heiß wie in einer Sauna anfühlte. Schließlich lag ich in der Fähre auf den Bodenplanken, so konnte ich nicht umfallen. Das Boot legte ab und schaukelte sich über das Wasser. Von den Meinigen war niemand zu sehen. Erst, als wir am anderen Ufer von Venedig anlegten, erkannte mich Tom, der mir seine gekaufte Wasserflasche anbot. Gierig nahm ich sie in meine Hände und leerte sie um einige Schlucke. Was für ein Fehler. Ich übergab mich sofort, und Tom mußte mich stützen. Es ging fünf Schritte nach vorn, dann hielt ich inne und schleuderte die nächste Fuhre aus mir heraus. Dann krochen wir weiter, mußten aber immer wieder ausruhen. Es dauerte lange, bis wir am Markusplatz ankamen. Wie Betrunkene torkelten wir durch die Stadt, inmitten Tausender Tauben, Touristen und Japaner. Vielleicht habe ich auch einen Italiener gesehen. Ich war zu ausgebrannt. Wenn auch der Wille da war, das Fleisch blieb schwach, und so sah ich keine Chance mehr. »I need a doctor«, stammelte ich zu Dodo, die sofort in Panik geriet. Hilflos stand sie mir gegenüber, war außerstande, einen Arzt zu holen. Sie rannte hektisch hin und her und verlor dabei fast ihre Handtasche. Was war das für eine Reiseleiterin! Was war das überhaupt für eine Reise! Dodo stolperte beim Rennen und sah dabei wie ein unter Strom stehendes Huhn aus, das mit Alkohol getränkte Körner gefressen hatte. Auch die zwei Polizisten, die nur tatenlos herumgammelten, konnten nichts regeln. Vogelscheuchen. Das waren alles Vogelscheuchen. Die Zeit dehnte sich wie ein Gummiband. Tom und der Indianer, jener, der in Florenz um seinen Schuhhaufen tanzte, waren bei mir. Aber nicht lange, dann ging der Indianer weg, weil er zu seiner Truppe mußte. Überall erblickte ich unzählige Füße, die hastig über den Steinplatz huschten. Es war trotz des Abends noch immer heiß, und meine Kräfte schienen dahingegangen zu sein. Was würde geschehen?

Nach gefühlten zwei Stunden hievten mich plötzlich zwei Weißkittel in einen alten Holzrollstuhl, der aus einem Museum stammen mußte, so ächzte er unter meinem Fliegengewicht. Wie waren diese beiden Vögel denn hierher gekommen? Wer hatte sie geholt? Sie schoben mich um die Ecke und brachten mich in ein kleines Boot. Darin saß ich nun, mit Dodo und Tom. Wir fuhren. Dann kamen wir an: Ein altes, verfallenes

Kirchengebäude mit großen Fenstern sollte unser Ziel sein. Ein Krankenhaus. Eine bebrillte Frau schrie uns an. Dodo erzählte etwas. Die Frau verstand nicht. Dodo fragte mich, ich zuckte mit den Schultern. Dodo fragte Tom, Tom sprach dann mit mir. Ich antwortete Tom auf deutsch, Tom übersetzte es für Dodo ins Englische, Dodo erzählte es der Krankenschwester auf italienisch. Dann noch einmal: Die Frau schrie mich an, fragte Dodo, Dodo fragte Tom, Tom fragte mich, ich antwortete Tom, Tom sprach mit Dodo, Dodo mit der Frau. So ging das sehr lange, und immer nach dem Motto: Wir stehen uns gegenüber, aber brüllen uns an, als ob wir mehrere Meter voneinander entfernt stünden und ein kräftiger Sturm unsere Worte wegblasen würde.

Kräftige Hände packten schließlich meinen Rollstuhl und schoben mich durch endlose Gänge, deren Rampen den Charme einer hohen Stufe hatten. Fast wäre ich aus dem Holzgestell geflogen, so scharf bogen wir um die Ecken. Über mir sah ich die zerbröckelte Decke, die mit Stahlstangen gestützt wurde, von denen eiserne Ketten herunterhingen. Verrostet. Vergessen. Fensterkreuze fehlten völlig. Und immer wieder das gleiche Spiel: Arzt fragte Dodo, Dodo fragte Tom, Tom fragte mich, ich antwortete Tom, Tom sagte es Dodo, Dodo sprach mit dem Arzt. Wuchtige Instrumente ließen mich erschauern, grimmige Gesichter flößten mir Angst ein. Dann schoben sie mich in einen alten Fahrstuhl, dessen Stahlseile beängstigend knarrten. Nie werde ich den Knall vergessen, der besonders mich zusammenzucken ließ. Ein Fahrstuhlabsturz, dieses Highlight fehlte noch. Als wir ausstiegen, rollten sie mich wieder durch die Gänge. In einem leeren Raum ließen sie mich alleine. Dann kam ein schlanker Arzt und erzählte mir auf deutsch, daß er mal in Berlin gearbeitet hätte. Auf deutsch! Doch bevor ich etwas erwidern konnte, packte jemand von hinten meinen Rollstuhl und riß mich zum Fahrstuhl zurück. Mein Protest brachte nichts, abgesehen davon, daß sie mich noch schneller schoben, wahrscheinlich, um meinem Geschrei ein schnelles Ende zu bereiten … Die hatten alle einen Kurzschluß im Gehirn, einen Totalschaden! Immer wieder brachten sie mich ins nächste Arztzimmer, unvergeßlich der Augenblick, als sie mich vor einem Operationssaal geparkt hatten und zwei Weißkittel meine Unterlagen durchsahen, sich beratschlagten und meinen Puls maßen. Tom und Dodo hatten sich inzwischen von mir verabschiedet. Ich war allein.

Ich wurde in ein altes Zimmer gefahren. Ein mit Bettlaken Vermummter, ein Patient mit vielen Verbänden, der von zwei Polizisten bewacht wurde, und ein alter Mann bewohnten den Raum. Dieser alte Mann stieß ständig Furze aus, die an einen Luftballon erinnerten, dessen Luft häppchenweise ausgelassen wurde. Aus irgendeiner Ecke rülpste etwas, ab und zu vernahm ich einen Ruf, der aus einem der Nachbarzimmer kam. Hier waren sie, meine versteckten Blickwinkel! Ich lag in der Magen-Darm-Abteilung eines venezianischen Krankenhauses. Gut konnte ich die blaue Plastikwindel sehen, die um die Hüfte des Alten gewickelt war. Plastikhotel … Dann kam diese Schwester mit einer dicken, braunen Hornbrille auf ihrer Hakennase. Sie verabreichte mir eine Infusionsnadel in den Handrücken. Natürlich mit Schwung, damit ich es auch mitbekam. Es folgte ein Schlauch.

Am anderen Ende hing die Flasche, deren Flüssigkeit für meine Vene bestimmt war. Aber die Frau schaffte es nicht, die Bottle in Gang zu bringen. Die ganze Flüssigkeit blieb darin, nicht eine Luftblase zeigte sich. Und diese Schwester merkte das nicht einmal. »The bottle is closed. Please open the bottle«, sagte ich ihr mit einem Fingerzeig darauf. Doch diese alte Hornbrille konnte nur die Arme heben, lange auf die Flasche glotzen und Äääh-Rufe ausstoßen. Wie eine Heilige, die zu beten anfing. Immer wieder. Sie ging aus dem Zimmer, ohne etwas zu verändern, kam dann irgendwann zurück. Wieder bat ich sie um die Öffnung der Bottle, aber sie glubschte nur die volle Flasche an und schrie wieder »Äh«. Das ging eine lange, lange Weile so, und ich bekam das Gefühl, daß ich von einer Irren behandelt wurde. Wahrscheinlich war auch noch ihre starke Brille viel zu schwach. Schließlich raffte ich mich auf und brüllte sie auf englisch an. Sie keifte zurück und ein kleiner, schwarzhaariger Pfleger rannte mit hochrotem Kopf ins Zimmer. Der Mann stieß mich ins Bett zurück, weil ich inzwischen aufgestanden war und an den Verschlüssen herumgefingert hatte. Wuchtig knallte ich an die Wand hinter mir, so daß mir mein Rücken stark schmerzte. »NIX INGLISCH!« brüllte er mich an und hielt seine dicke Faust direkt an meine Nase, als wollte er mir eine scheuern. Deutlich roch ich seinen Schweiß. Deutlich sah ich seine behaarten Finger, seine dicken Augen, die mit roten Äderchen durchflossen waren. Auch dieser brutale Mann verstand mich nicht – beide Choleriker brüllten auf mich ein, lauter konnte es beim Militär auch nicht sein. Schlimmer als bei Dodo kreuzten sich die Worte, die wie Hammerschläge auf mich eintrafen. Dann aber studierte er die Flasche und brubbelte seltsame Worte vor sich hin, blickte mich immer wieder böse an. »Nix Inglisch!« zischte er nochmals zu mir, drehte an der Bottle und ging hastig hinaus. Erst, als ich die Luftblasen in der Flasche sah, entspannte sich mein Körper und ich schlummerte ein. Der Brutalo hatte begriffen und die Bottle in Gang gebracht. Endlich hatte ich Ruhe.

Am nächsten Morgen glotzten mich zwei glubschende Augäpfel an, zwischen denen eine lange Hakennase lugte. Der Alte. Er sah mich mit starren Augen an, so als wäre er tot. War er aber nicht. Er bewegte sich, als die Polizisten ihren Mafioso mit den Verbänden herausführten und ein neuer Patient das verlassene Bett einnahm. Die ganze Nacht waren diese beiden Polizisten im Zimmer hin- und hergelatscht, hatten sich nicht aus ihrer Ruhe bringen lassen. Wie schweigende Roboter hatten sie ausgeharrt und rührten sich auch nicht, als mich Brutalo ins Bett stieß und ich angebrüllt wurde.

Die Zeit klebte wie Pech an meinen Händen. Keinen Millimeter wollte sich die imaginäre Uhr verändern, still ruhte der Zeiger auf irgendeiner Zahl. Was müssen Schiffbrüchige empfinden, wenn sie wochenlang auf See treiben, ohne eine Orientierung zu haben? Wie erleben sie die Zeit, die gegen sie oder mit ihnen ist? Ihre schwerste Stunde, die ihre letzte sein könnte?

Immer wieder Schwestern, allen voran die schreckliche Hornbrille und natürlich Brutalo, der es sich niemals nehmen ließ, mir »Nix Inglisch« an den Kopf zu werfen und mich dabei wie ein bitterböser Krieger anzugucken.

Immer wieder aber auch die Furze von dem Alten, dessen Plastikwindel stets mitschlabberte. Sein Stöhnen krönte dies Geräusch. Zwar war ich im Krankenhaus und nicht mehr draußen auf dem harten Stein, zwar hatte ich keine Dodo mehr zu ertragen, aber war das hier ein guter Tausch? Wäre es nicht doch viel schöner gewesen, mit dieser kaugummikauenden Truppe durch Venedig zu gondeln und das Beste aus dem Mist zu machen? In diesen Stunden machte ich mir schwere Vorwürfe, diese Reise angetreten zu haben, und ich erinnerte mich an Fahrten, die besser verlaufen waren. In den letzten Stunden hatte ich das Gefühl bekommen, nicht nur eine Reise ins Ausland, sondern auch eine Reise in die Vergangenheit gemacht zu haben: Eine Stadt, die verfiel, und Menschen, die sich so verhielten, als kämen sie aus dem vorigen Jahrhundert.

Irgendwann kam ein sehr gepflegter Weißkittel in den Raum. Seine schwarzen Haare saßen perfekt, sein kleiner Bart war eine Zierde. Der schlanke Körper wirkte entspannt, und die Krawatte harmonierte mit dem blauen Hemd. Jeden musterte er, blickte immer wieder in die Akte. Bedächtig. Ruhig. Nicht so hektisch wie Brutalo. Immer wieder schaute er zu mir, beschäftigte sich dann aber mit den anderen Patienten. Dann kam er an mein Bett. Deutlich konnte ich sein Schild entziffern: Dr. Mariella. »Do you speak … English?« fragte ich zögernd, da hinter ihm grimmig blickend Brutalo stand. Er war meine letzte Hoffnung. Wenn einer helfen konnte, dann er. Das spürte ich. Dr. Mariella kniff die Augen zusammen und konzentrierte sich stark. Dann nahm er seinen Daumen auf die Zeigefingerkuppe, bewegte seine Hand mit diesem Picobellozeichen und sprach mit langsamer Betonung: »Yes, ... but ... I speak English ... only a ... little bit.«

A little bit! A little bit! Was war ich froh, diesen Mann getroffen zu haben! Ich richtete mich auf, wollte ihn am liebsten umarmen und erzählte ihm alles. Von der ganzen Fahrt, von meiner Übelkeit, von den vielen Ärzten und von was sonst noch. In mir wuchs die grenzenlose Angst, etwas zu vergessen, da mir klar war, daß dieser Mann nicht ewig Zeit für mich haben konnte. Wie das Wasser eines Gebirgsbachs sprudelten die Fragen aus mir heraus, und Dr. Mariella nickte immer wieder lächelnd, fragte nach, spielte mit meiner Hand. Er betatschte sie mit einer freundschaftlichen, nicht allzu starken Kraft. Ich machte daraus ein Spiel: Immer wenn seine Hand die meinige getroffen hatte, ließ ich meinen Arm wegkippen, um ihn dann wie das Pendel einer Uhr zurückzufahren. So konnte er weitere Tatscher geben. Was war das für ein tolles Gefühl! Ich hatte einen Freund im Krankenhaus gefunden. Brutalo versank vor Scham im Boden, und der Alte wandte seine Augäpfel nicht mehr von uns ab. Aber die Zeit, das vergänglichste Kapital, was der Mensch besitzt, reichte leider nicht. Dr. Mariella hatte viel zu tun, und schon bald verließ er den Raum.

Mein Koffer und mein Rucksack waren noch im Plastikhotel. Ich wußte, daß meine Reisegruppe bald weiterfahren würde, und ich ahnte, daß ich im Krankenhaus bleiben mußte. Wie sollte das organisiert werden? Ich hatte keine Ahnung und versuchte, mich abzulenken, Spachtelspuren an Decken und Wänden zu verfolgen und sprach leise deutsche Worte aus, um mir eine kleine Heimat zu geben. »Kühlschrank – Büchersendung – Aktennotiz« – was waren das für schöne Worte. Lauter Banalitäten verwandelten sich zu kostbaren Besonderheiten, zu wertvollem Gedankengut. Ich lauschte außerdem den vorbeiziehenden Schritten und malte mir aus, wem sie gehören könnten. War es eine Schwester? Vielleicht Patientenbesuch? Die Hornbrille? Oder Brutalo? Mit dem Mariella rechnete ich zunächst nicht. Wem also gehörten diese Schritte?

Nach etlichen, langen Stunden kam Dodo ins Zimmer: In einem sexy roten Kleid mit tiefem Ausschnitt, auf ihrem Rücken meinen zerfetzten Rucksack und in der Hand meinen alten Lederkoffer. Ich verstand mich in diesem Augenblick selbst nicht mehr. Wir umarmten uns, Dodo knutschte mich auf die Wange, und wir beide grinsten. Natürlich schmatzte sie einen Kaugummi. Der Alte bekam jedenfalls seine Kinnlade nicht mehr zu, als er dieses Girl sah, wie sie mir die Worte »Father« und »Home alone« an den Kopf warf. Erstaunlich, daß ich aus ihrem Kauderwelsch diese Worte herausfischen konnte. Irgendwie hätte ich ja jetzt diesen Flummi aus ihrer Mundhöhle reißen und ihr in den Hintern stopfen wollen. Da hätte sogar der glubschende Alte mitgemacht, der es sich nun erstaunlicherweise gut verkneifen konnte, Furze in die Geräuschlosigkeit zu stoßen. Aber nein, nichts dergleichen übermannte mich. Ich vernahm statt dessen still, daß ich auf eigene Faust meinen Vater anrufen sollte, in einem Krankenhaus, das keine öffentlichen Telefone hatte. Daß ich meine Flugtickets, die ja ab Rom und nicht ab Venedig galten, selbst umorganisieren mußte, auch, wenn mein Magen dafür noch zu malträtiert war. Und natürlich, daß diese Begegnung der Augenblick des Abschieds war. Was war das für ein Moment. Diese freche Dodo stand vor mir, setzte sich dann auf einen Hocker, den sie, woher auch immer, herbeigezaubert hatte, glotzte im ganzen Zimmer umher, blieb ab und an in den Blicken des gaffenden Alten hängen und blies einen fetten Kaugummi-Ballon aus ihrem Mund heraus. Diese Frau, der eigentlich alles egal war, würde ich nie wieder sehen, das fühlte ich.

Dodo verschwand mit einem letzten Kuß, und ihre Worte hallten noch lange in den hohen Fluren des Hauses nach. Nach einigen Stunden wurde ich von der Infusionsflasche befreit und bekam Zitronenscheiben zum Lutschen. Inzwischen war auch der Verwandtenbesuch des Alten eingetroffen. Ich konnte das an ihren Nasen erkennen, die alle ein Abbild des Zinkens vom Alten waren. Sie schauten mich an, als wäre ich ein Tier im Zoo. Manchmal taten sie das auch aus dem Augenwinkel heraus, wahrscheinlich, weil ihnen der Alte heimlich etwas über mich erzählt hat, vielleicht von meinem Gebrüll in der harten Nacht, von Mariella, der meine Hand betatscht hatte oder von Dodo, die sie bestimmt als meine Freundin bezeichneten. Ein seltsamer Tedesco war da in seinem Krankenzimmer …

Am Abend rüttelte mich die Hornbrille aus dem Bett: »Telefonare«, sagte sie. Mir schlug das Herz bis in den Kehlkopf. Wer könnte das sein? Ich schlüpfte in die Schuhe und hielt mich zunächst am Bettrand fest. Wir gingen ins Büro. Meine müden Augen blinzelten auf das alte Telefon, dessen Hörer aber auf der Gabel ruhte. Totenstille. Wollte mich da nicht eben jemand anrufen? Oder sollte ich von hier aus telefonieren? Ich begriff nichts, blickte die Ordner in den schmalen Regalen an, schaute auf den Kalender, der mir deutlich machte, daß schon viel Zeit verstrichen war, welchen Tag wir eigentlich hatten und genoß es, einmal nicht im Krankenzimmer zu sein, sondern in einem engen Büro. Schließlich nahm ich einen Zettel und malte Europa, Italien und Deutschland darauf. Daneben die Worte »Before-Number« für Vorwahl. Ich hatte diese dämliche Vorwahlnummer tatsächlich vergessen. Irgendetwas mußte ich doch tun. Der Hornbrille schob ich den Zettel hin, aber ihre Reaktion war dieselbe wie sonst auch: »Ääh!« Mein Gott, diese Antwort hätte ich mir auch selbst geben können. Wenn die zu blöd war, mehr als einen Buchstaben mit zwei Punkten auszusprechen, fragte ich mich, warum sie nicht bei den Taubstummen den Hof fegte. Tja, so harrte ich also der Dinge, die da kommen sollten. Da aber nach fünfzehn Minuten immer noch nichts geschah, nahm ich den Hörer einfach in die Hand, weil ich glaubte, jemanden anrufen zu dürfen. Die fehlende Vorwahl war mir plötzlich völlig gleich, nur etwas tun, das wollte ich. Doch da hatte ich nicht mit der Hornbrille gerechnet, die immer noch dabeisaß. Mit einem Holzlineal schlug sie auf meine Hände ein und brüllte »Ääähs« im selben Rhythmus, wie mich das Holzmaß traf. Immer wieder. Ich verließ sofort das Büro und ging im Flur spazieren. Sollte doch diese alte Schrippe bleiben, wo der Pfeffer wächst! Immer den Gang entlang, dann durch die Pendeltür am Tisch mit den Zeitschriften vorbei, dann rechts auf dem Balkongang weiter, raus an die frische Luft, dann am Büro der Hornbrille vorbei, wieder den Gang entlang zum Tisch, danach die Treppe hinunter zu einem geöffneten Fenster, durch das sich die Wassergeräusche hochschraubten. Platsch-Klammklamm. Platsch-Klammklamm. Nach kurzer Pause wieder zurück, den Balkongang entlang und anschließend in mein Zimmer.

Der Alte ließ mich nicht schlafen. Er zeigte mir seine Gabel und sprach dabei ein Wort. Immer wieder tat er das. Dann dasselbe Spiel mit einem Messer. Ich dachte, daß er mit mir ein Spiel spielen wollte, so nahm ich einen Kugelschreiber und hielt ihn an seine Gabel, so als wollten wir fechten. Der Alte grinste, schlabberte mir irgendwelche Worte entgegen. Da sein Gebiß meist nicht richtig saß, verstand ich ihn kaum, ganz abgesehen davon, daß ich der italienischen Sprache etwa so mächtig war, wie ein Spiegelei fähig gewesen wäre, eine Oper zu singen. »Oh, Bambino!« das konnte ich aus seinem Kauderwelsch heraushören. Immer wieder legten wir unsere Instrumente über Kreuz, und dabei lächelte der Alte väterlich. Ich begriff erst später, daß er mir damit seine Sprache beibringen wollte.

Die nächsten Tage vergingen in einem eintönigen Rhythmus: Visite – Frühstück – Furze des Alten – eine keifende Hornbrille – ein miesepetriger Brutalo – ein kranker Tedesco – Grübeln – Mittagessen – dann den Gang entlang, die Treppe runter, am Fenster horchen, dann wieder rauf zum Zeitschriftentisch, den Balkongang entlang, am Büro der Hornbrille vorbei und so weiter. Dies war das einzige Mittel, die Zeit herumzukriegen. Ich merkte, daß ich jeden Augenblick als den längsten meines Lebens sah und daß sich die Zeit wie Kaugummi dehnte. Aber jede Minute, die verging, war auch eine Minute weniger in dieser Misere, in der ich mich befand. Und das wollte ich doch, aus der Misere herauskommen. Wie dankbar war ich, als ich feststellen konnte, daß die Sonne flacher durch das große Zimmerfenster schien und sich somit der Vorabend ankündigte. Was war das für ein Trost. Aber diese Feststellung wurde durch ein Ereignis getrübt, als ich eines Nachmittags auf dem Balkongang draußen ausruhte und in den Hof herunterblickte. Das Piepsen eines kleinen Vogels, der von einer Krähe gekrallt wurde, ließ mich gewahr werden, daß jeder Augenblick der letzte sein könnte. Der wirklich allerletzte! Mir konnte jetzt sofort ein Ziegel auf die Rübe fallen und meinen Kopf deformieren, oder die Balkonbrüstung, die überall tiefe Risse hatte, konnte wegbrechen, so daß ich herunterfiel. Um mich herum waren genug kranke Menschen, die ihre Zeit schon fast hinter sich gebracht hatten. Wenn also auch jede Minute eine Tilgung dieser schlechten Phase war, so stand fest, daß sich mein Lebenszeitkonto dadurch automatisch verringerte. Sollte das heißen, daß man grundsätzlich auch die schlechten Augenblicke genießen sollte? Langsam schlurfte ich weiter und atmete tief durch, damit ich einen klaren Kopf bekam. Und es dauerte nicht lange, bis mir etwas Wunderbares einfiel: Die vergehende Zeit – sie hat ihren Vorteil! Nicht nur, daß die schlechten Dinge auch ihr Ende haben und somit gute Tage folgen, sondern auch, daß sich die guten Dinge, wenn sie denn ebenfalls vergangen sind, gleichsam wiederholen können. Ein schönes Essen, ein guter Film, ein kühles Bad oder eine liebestolle Nacht – all diese Dinge vergehen, aber sie können wiederholt werden. Würde die Zeit nicht vergehen, müßten wir in ein und derselben Situation ausharren, und dies wäre unerträglich. Nicht nur die schlechten Dinge würden uns dann die Lebensfreude nehmen, auch für immer nur Gutes zu erfahren, wäre wohl kaum auszuhalten. Eine leckere Mahlzeit – ohne Ende? Nein. Es muß einen Schluß geben, damit man der Dinge nicht überdrüssig wird und man sich wieder auf die nächste gute Mahlzeit freuen kann. So muß man wohl die schlechten Augenblicke nicht genießen, aber akzeptieren. Sie haben ihren Grund. Und die Zeit ist mit ihnen im Fluß.

Erstaunt darüber, daß ich im Hospital solche Gedanken zu phantasieren in der Lage war, schlich ich in den Flur zurück und führte meine Runde fort. Irgendwann machte ich vor einem Bad Halt. Ich hatte mich lange nicht mehr in einem Spiegel betrachtet. Wie sah ich wohl jetzt aus? Mutig ging ich zu dieser Gewissensscheibe und erblickte mein Face: die Haare zerstrubbelt wie Robinson Crusoe, die Wangen eingefallen wie bei dem Gekreuzigten und die Gesichtshaut war bestoppelt wie eine Kleiderbürste. Kein Wunder, hier paßte mein Rasierer in keine Steckdose, so mußte ich meinen Gesichtspullover sprießen lassen.

Irgendwann rüttelte mich Brutalo aus dem Bett. »Telefonare!« sagte er grimmig, so als hätte ich ihm sein Lieblingsessen weggenommen. Telefonare … Wir verschwanden im Büro. Wieder lag der Hörer auf der Gabel. Ich glotzte lange das Telefon an, das novembergrau aussah und noch eine klapprige Drehscheibe hatte. Ich unternahm nichts, da mir klar war, daß Holzlinealschläge vom Brutalo heftiger ausfallen würden als bei der spindeldürren, schrippengesichtigen Hornbrille. Dann klingelte das Telefon! Brutalo ging ran und brüllte hinein, als ob er einen Schwerhörigen am anderen Ende hätte. Er übergab mir den Hörer mit einer bösen Miene. Hatte ihm der Mariella etwa einen Tadel erteilt? Neugierig legte ich den Hörer an mein linkes Ohr. Dabei knackte und brummte es fürchterlich. Katja war am Apparat, eine Freundin von Carsten, einem Schulfreund von mir. Katja arbeitete im Reisebüro und sprach fließend italienisch. Sie hatte alles organisiert. Sie hatte mit dem Mariella gesprochen, gesundheitliche Risiken geklärt, mein Ticket storniert, Umbuchungen angefragt, den Weg zum Flughafen beschrieben, meine Eltern informiert – einfach alles. Immer wieder mußte ich nachfragen, weil das Telefon so merkwürdig brummte. Aber alles war in bester Ordnung. Ein paar Tage noch, dann dürfte ich abreisen. Und dann würde sie ein neues Ticket ordern, das ich nur noch abholen müßte. Was war das für eine Freude! Diese gute Katja! Wie hatte sie das bloß geschafft? Wer hatte sie eigentlich informiert? Happy Holiday!

Ich konnte nach diesem Telefonat nicht ins Bett. Mein ganzer Körper vibrierte vor Freude. Schmetterlinge flatterten in meinem Magen umher. Was sollte ich tun? Im Zimmer verweilen und in Gedanken schon mal die Koffer packen? Nein. Ich ging den Gang entlang, am Zeitschriftentisch vorbei, dann den Balkongang bis zum Ende, am Büro der Hornbrille vorbei, dann wieder den

Gang entlang, die Treppe zum Fenster hinunter und so weiter.

Jeden Tag kam Dr. Mariella zu mir, spielte mit meiner Hand und ließ meine Hoffnung wachsen, tatsächlich bald gesund zu werden. Immer wieder verfolgten mich dabei die Blicke von Brutalo, aber auch vom Alten, der bald glauben mußte, Mariella und ich seien schwul, wenn da nicht das Verhalten von Dodo mir gegenüber gewesen wäre, das ich ja auch beim Abschied erwidert hatte. Im Flur winkte mir der Mariella manchmal zu, und bei einer seiner nächsten Visiten sagte er: »Looking Venezia!« dabei lächelte er wie nie zuvor. Mir hatte also der Chefarzt Mariella für spätnachmittags Ausflüge in seine Stadt erlaubt, auf die er so stolz war und die ich unbedingt erleben wollte.

Was war das für ein Gefühl! Wie ein Gefangener, der nach seiner Verurteilung durch die Seufzerbrücke geschliffen worden war, der durch vergitterte Fenster die letzten Sonnenstrahlen gesehen hatte, dann eine schier unerträgliche Zeit im feuchten Kerker verbracht hatte und nun endlich wie ein freier Vogel an die Luft kam. Es war herrlich. Die ganze Stadt nahm mich ein, mit ihren Geräuschen, Gerüchen und Bildern. Jede Sekunde ließ ich mir diese Bilder auf meine Netzhaut brennen und atmete das Flair der Stadt ein. Da ich einen kleinen deutschen Reiseführer von zu Hause mitgenommen hatte, kam ich einigermaßen gut durchs Labyrinth der engen Straßen. Zwar konnten meine müden Beine noch nicht so zügig laufen, doch für ein, zwei Rundgänge reichte meine Kraft. Ich ging durch viele Gassen, über den Markusplatz, auf dem ich einst hilflos gelegen hatte, weilte auf der Rialto-Brücke und lauschte den Rufen der Gondoliere, deren Boote wippend auf dem bewegten Wasser fuhren und in der Sonne glänzten.

Venedig ist eine sehr beeindruckende Stadt. Fast jedes Haus steht im Wasser, ist verschnörkelt, und es gibt keinen geraden Weg. Überall Brücken, Gondeln und Touristen. In dieser Stadt wird deutlich, was Zerfall bedeutet. Hier ist die Zeit mit ihren Spuren ablesbar. Überall schält sich der Putz wie Apfelsinenschalen auf, das Wasser nagt an den Gemäuern. Die modernden Gerüche dampfen in der Sommerhitze. Deutlich konkurriert der Charme der Geschichte mit der Gegenwart. Damals, als reiche Kaufleute Venedig mit Leben erfüllten, als feudale Häuser mit neuem Schmuckwerk protzten, unterlag der Alltag anderen Bedingungen als in der heutigen Zeit. Gegenwärtig lebt die Stadt vom Tourismus, der die Spuren dieser Vergangenheit nutzt. Dabei malt sich jeder das »Damals« recht romantisch aus. Vergessen sind die schweren Zeiten, als zum Beispiel Seuchen die Lagunen-Stadt verstummen ließen. In Venedig reibt sich ständig die Gegenwart mit der Vergangenheit, und das wird wohl auch in Zukunft so bleiben. Obwohl die Venezianer heutzutage ihre Stadt erhalten und sich neue Systeme ausdenken, um dem alljährlichen Hochwasser etwas entgegenzusetzen, sind sie die ewigen Verlierer im Wettlauf gegen die Zeit. Und genau deshalb ist diese Stadt unsterblich. Ihr Zerfall, ihr nahendes Ende macht sie zu einem Brennpunkt. Wenngleich der Untergang noch einige Zeit auf sich warten lassen wird, ist es gewiß, daß er irgendwann kommen wird, und wie die Venezianer diese Zukunftsperspektive ertragen, ist für mich beispielhaft: Sie leben als Sterbliche in einer sterbenden Stadt.

Als ich am Ende mein Abendbrot verpaßte, weil ich nicht mehr auf die Uhr geschaut und somit die Zeit vergessen hatte, ließ ich wie eine müde Ente meine Schultern hängen. Ich hatte Hunger, aber nichts zu essen. Ich durfte doch nur Bestimmtes zu mir nehmen, weil mein Magen noch zu empfindlich war. Und Geld hatte ich kaum noch welches. Da blickte mich der Alte an: »Ah! Bambino! Häh? Venezia?« Ich nickte. Der Alte stand auf, wackelte zum verschlossenen Garderobenschrank und holte ein Tablett heraus: Suppe mit Fleisch, Brot und Butter, Salami, Käse und Tee … Was war er doch für ein prima Kerl!

Zwischendurch wankte ich immer wieder die Gänge entlang, bis mich die anderen Patienten und deren Besucher schon mit erhobener Hand grüßten. Mir kam es fast vor, als warteten sie bereits auf mich. Ich mußte so etwas wie ein bunter Hund geworden sein, der brüllende Tedesco, der kein Wort in ihrer Heimatsprache sprach, der mit dem Chefarzt anbändelte, sich darüber hinaus von einer schrillen Frau mit zerfetztem Rucksack besuchen ließ und jeden Tag durchs Krankenhaus latschte.

Irgendwann war es dann soweit: Ich durfte meinen Koffer packen und dieses alte Haus verlassen. Endlich! Der ersehnte Zeitpunkt war gekommen.

Wie war wohl die Reise meiner Internationals zu Ende gegangen? Hatten sie schöne Erlebnisse gehabt? Wird Dodo sich jetzt zurücklehnen, einen Cocktail schlürfen und einen kleinen Urlaub machen? Was unternimmt der Fahrer, dieser souveräne Mann am Steuer? Und was wird aus dem Mariella und dem Alten?

Ich werde es nie erfahren. Wir hatten eine gemeinsame Zeit miteinander. Vor dieser Zeit kannten wir uns nicht, wußten nicht, daß es den jeweils anderen gab. Dann haben wir diese wenigen Tage zusammen verbracht, von denen ich hoffe, daß sie auch im Gedächtnis der anderen haften geblieben waren. Und nun kommt die Zeit, die vor uns liegt und deren Spanne wir nicht ermessen können. Gerne wüßte ich, was aus den anderen in der Zukunft wird.

Mein Vater steht auf. Der Briefschlitz hatte geklappert, der Postbote war da. Schnell eilt mein Vater in den Flur, um die Eingangspost zu sichten. Da ist er immer neugierig. Er kann nicht anders. Mein Blick streift eine Zeitung, die am Tischende herumliegt. Ich greife sie mir und blättere genußvoll darin. Endlich meine Heimatsprache! Ein Fußballbericht ist zu lesen. Vier zu eins haben sie gespielt. Mir doch egal. Ein paar Krawattenträger eröffnen ein neues Einkaufscenter. Als wenn wir nicht schon genug von diesen Bananenbunkern hätten! Ich schlage die nächste Seite auf. Ein Unfall ist geschehen. Irgendwo im Süden. Ein Bus ist einem Geisterfahrer ausgewichen und den äußerst hohen Hang heruntergestürzt. Alle tot!

Am Rande zeigen sie unscharfe Fotos von den Insassen aus glücklichen Zeiten. Manche dieser Fotos stammen von den Personalausweisen, die man aus dem Chaos herausfischen konnte. Wie die das von der Presse immer machen? Kaum ist etwas passiert, haben sie schon alle Recherchen erledigt. Arme Reisende! Die hatten sich einen Urlaub verdient, und nun sind sie alle tot. Die

Unfall-Bilder sehen schrecklich aus. Was für ein Glück, daß unser Fahrer so gut war! Der hätte das souverän erledigt, hätte das Manöver hingekriegt. Wenn dieser Unglücks-Bus von unserem Fahrer geführt worden wäre, würden alle noch am Leben sein. Garantiert. Dafür lege ich meine Hand ins Feuer.

Ich blicke nochmals auf den Artikel und betrachte die unscharfen, schwarzweißen Bilder. Ein Schauer durchfährt mich. Weg vom Tisch. Schnell ans Fenster. Ich öffne es und blicke in den begrünten Hof. Vögel zwitschern und die Luft ist seidig. Was ist das für eine seltsame Welt, die wir bevölkern …? Nach einigen tiefen Atemzügen schreite ich zum Schrank. Die oberste Schublade öffne ich und krame darin herum. Irgendwo muß es doch sein, was ich suche. Ich finde eine alte Schere. Dann greife ich die Zeitung und glätte das faltige Papier. Das ist sehr schwierig, da sich die zerlesene Zeitung kaum ebnen läßt. Ich setze die Schere am Blattrand an und schneide den Artikel aus. Langsam durchtrenne ich den Bogen, damit kein Malheur passiert. Bei dem Foto oben links, das von einem Ausweis stammt, bin ich besonders vorsichtig. Ich umschneide es im großen Bogen. Denn diese Frau, die auf dem Bild so frech grinst, ist Dodo.

***

Das Nichts

Was ist?«

»Ich habe Angst.«

»Warum?«

»Es ist so endgültig.«

»Was meinst du?«

»Wir müssen einmal gehen. Unsere Zeit ist begrenzt.«

»Wie kommst du darauf, bist du krank?«

»Ich glaube nicht.«

Schweigen. Beide atmen tief durch, als ob sie das Problem in den nächsten zwanzig Minuten lösen müssten. Dann spricht Meggie weiter: »Wie kommst du denn damit klar? Es betrifft uns alle. Auch dich.«

Richard sucht nach den richtigen Worten: »Nun ja, weißt du, … ich verdränge das einfach. Wenn ich ständig daran denken würde, eines Tages nicht mehr da zu sein, dann bekäme ich Depressionen, und die sind gegen das Leben. Wir haben die Pflicht, unser Leben zu genießen, das Leben ist ein Geschenk.«

Meggie nickt. Sie weiß, daß auch Richard die Dinge nicht ändern kann. Aber sie will mehr von ihm erfahren, schließlich hatte er Philosophie studiert. »Natürlich will ich mein Leben genießen, Richard. Aber wenn der Kuchen zur Hälfte gegessen ist, dann ist die zweite Hälfte auch bald weg.«

»Du kennst die Sache mit dem halbleeren Glas?«

»Ja. Wer kennt dieses Beispiel nicht?« stöhnt sie.

»Versuche, das Glas halbvoll zu sehen, nicht halbleer. Die zweite Hälfte geht vermutlich schneller weg, vom

Gefühl zumindest, aber du bist erfahrener als in der ersten Hälfte und kannst die Zeit besser nutzen.«

Meggie schaut nachdenklich auf den Fußboden und spielt mit einer Erbse, die vom letzten Essen weggekullert war. Sie erinnert sich an die vielen Dinge, die ihr zeitlebens widerfahren waren. »Ich möchte mich am liebsten rächen. An allen, die mir früher immer die Zeit gestohlen haben und die ich jetzt gerne wiederhätte.«

»Erzähle keinen Unsinn, Meggie. Niemand hat dir deine Zeit gestohlen. Die Zeit vergeht so oder so. Wir machen alle Fehler, ohne Fehler gäbe es keinen Erfolg. Wir brauchen den Verlust, um Gewinn definieren zu können. Und überhaupt: Rache ist etwas völlig Sinnloses. Du vergeudest deine Kraft und deine Zeit. Gehe strategisch vor, so daß der andere etwas erkennt, oder warte einfach, bis das Schicksal es erledigt. Die Zeit erledigt das von ganz alleine. Jeder bekommt sein Fett weg.« Dann grübelt er kurz und ergänzt: »Irgendwann zumindest…«

Meggie schaut auf, so als ob sie einen tröstenden Pater ansieht: »So nach dem Motto ›Eile mit Weile‹?«

»Genau. Eile ist nichts weiter als Panik. In diesem Angstzustand macht man mehr Fehler als sonst, verschwendet seine Zeit noch mehr. In der Ruhe liegt die Kraft.«

Meggie nickt. »Das ändert aber nichts an der eigenen Vergänglichkeit«, fordert sie Richard heraus.

»Mhmm«, murmelt er, »so war es, und so wird es bleiben.« Dann ist er für eine gewisse Zeit still und fügt kapitulierend hinzu: »Wir sind vergänglich.«

»Siehst du! Du kannst noch so viel philosophieren, du wirst es nicht ändern können.«

Richard steht auf und geht ans Fenster. Draußen spielen Kinder mit einem kleinen Hund, Enten stelzen mit sehr großem Sicherheitsabstand an ihnen vorbei und ein Opa liest eine Zeitung, die der Wind ständig flattern läßt. Ab und zu kommt ein Spatz herbei, um ein paar Brotkrümel zu ergattern, die die Enten übersehen haben oder an die sich die watschelnden Tolpatsche wegen des Hundes nicht herantrauen. Richard atmet tief durch, als er diese Szene sieht. Ein alter Mann, eine Zeitung, der Wind – das sind für ihn Boten der Vergänglichkeit. Die Zeitung, die nur einen Tag aktuell ist, wobei sie auch nur das Gestrige berichten kann, der Wind, der wie der Augenblick nie mehr zurückkehrt, und der alte Mann, der vielleicht an seine Jugend denkt … aber sich daraus das richtige Süppchen zu kochen, das ist dann schon eine andere Geschichte. »Meggie, wir Menschen sind intellektuell allen anderen Wesen der Erde überlegen. Das ist ein Privileg. Wir haben dieses Privileg nicht im Supermarkt gekauft, nein, wir sind mit einem bestimmten Erbgut geboren worden, lernten, guckten Dinge von anderen Menschen ab, entwickelten uns ständig weiter. Und dann verlassen wir die Welt. Wir wissen das von Anbeginn an. Tiere leben zwar auch auf dieser Erde, können aber nicht diese Gedankengänge vollbringen, wissen folglich auch nichts über ihr eigenes Ende. Jeder Vorteil hat eben auch einen Nachteil. Wir Menschen sind klug, wissen aber, daß wir gehen müssen. Tiere sind gedankenlos, können aber nichts erwarten.« Richard bewegt sich, während er spricht, im Raum hin und her, so als wäre er ein Lehrer, der seiner Schulklasse einen Vortrag hält.

»Du willst mir doch nicht erzählen, daß Tiere keine Todesangst haben?« forscht Meggie und stemmt ihre Hände dabei in die Hüften.

Richard staunt immer wieder, wie diskutierfreudig seine Meggie doch ist. Das war schon immer so. Damals, als sie durch das Land getrampt sind, hatte sie auch immer viele Diskussionen angezettelt. »Im Augenblick der Gefahr schon«, sagt er, »aber vorher nicht. Der Tiger, der ein Zebra oder eine Gazelle jagt, hat schließlich auch nicht vor, sein Opfer zu töten, nicht in erster Linie, er will nur seinen Hunger stillen.«

»Ach so? Hast du die Gedanken eines Tigers gelesen oder hat dir das Katzitatzi ein paar Geheimnisse anvertraut?«

Richard grinst. »Nein, natürlich nicht«, sagt er, »Sterben gehört zum Leben und gleichzeitig auch wieder nicht.«

Meggie steht auf und fahrt mit der Hand über die Tischplatte. Aber sie tut dies keineswegs, um die Staubschicht zu überprüfen oder Untätigkeit zu überspielen, sondern eher, um eine sinnliche Erfahrung zu bekommen. »Was soll denn das jetzt wieder heißen?«

Richard hält kurz inne. Wie soll er das Geheimnis des Lebens in wenige Worte fassen? Etwas, wonach Gelehrte jahrhundertelang geforscht hatten und worauf sie auch heute noch keine endgültigen Antworten gefunden haben. Er selbst hatte sich auch schon länger damit beschäftigt. Es waren die Gefühle, die ihn immer wieder übermannten, und so hoffte er, durch Wissen seine Ängste verarbeiten zu können. Schließlich würde die Angst vor dem Ende unbegründet sein, wenn die letzte Stunde nicht mehr gefürchtet wird. Denn wer seinen schlimmsten Feind akzeptieren kann, ist für alle Zeit ohne Furcht. Jedenfalls dachte sich Richard das so … »Einzeller zum Beispiel pflanzen sich durch Zellteilung fort, so entstehen zwei Einheiten, die sich wieder teilen, und so weiter. Einzeller können eigentlich ohne Ende existieren, weil aus ihrer eigenen Substanz immer wieder eine neue entsteht. Das ist so, als ob du einfach in einen anderen Zug umsteigen oder einen Ableger von deiner Pflanze in die Erde stecken würdest. Für diese Spezies gibt es keinen Tod. Aber mal im Ernst: Möchtest du ein Einzeller sein? Ich jedenfalls nicht. Bei uns Menschen, bei allen höher entwickelten Tierarten ist es anders. Wir können uns nicht teilen. Wir müssen uns vereinigen. Wir brauchen den Beischlaf. Das ist zwar schön, aber es hat seinen Preis, und dieser Preis ist das Ende.«

Meggie runzelt die Stirn: »Soll ich jetzt ein schlechtes Gewissen haben, wenn wir uns miteinander amüsieren?«

»Nicht doch, Schatz.«

Beide lächeln sich an.

»Also ist das Ableben für uns so etwas wie eine Strafe, und somit gehört der Tod zum Leben. Du sagtest aber, daß er auch gleichzeitig nicht zum Leben gehört. Mal von den Einzellern abgesehen. Wie soll ich das verstehen?«

Wieder blickt Richard aus dem Fenster. Die Kinder spielen noch, aber der Opa ist mit seiner Zeitung verschwunden. Richard hätte den Rentner gern noch länger beobachtet. Ob er ihn jemals wiedersehen wird? Diesen alten Herrn mit seinem verschmitzten Lächeln, mit seinem verständnisvollen Blick, wenn die Kinder ein bißchen zu laut herumtollten und anderen auf die Nerven gingen? Wie er den Sonnenuntergang genoß und dem naheliegenden Fluß lauschte, dessen Wasser die letzten Lichter reflektierte und den Tag hinwegspülte, bis am nächsten Morgen neues Licht emporstieg. »Sagte ich, daß der Tod nicht zum Leben gehört? Ich meine damit, daß er nicht zum ›Erleben‹ gehört. Stelle dir vor, wie es war, bevor du gezeugt wurdest. Was hast du zu dieser Zeit empfunden?«

»Du bist mir ja einer! Was soll ich denn darauf antworten, Richard?«

»Siehst du, da war nämlich nichts. Und dieses Nichts hast du naturgemäß nicht gespürt. Dann kam dein Leben, später deine Wahrnehmung. Irgendwann gehst du. Dann herrscht wieder das Nichts. Du spürst eben gar nichts mehr. Leben bedeutet, Gefühle zu haben. Das eigene Ende hebt diese Gefühle auf. Der Tod entspricht dem Zustand eines Menschen vor seiner Zeugung. Wenn er da ist, ist der Mensch nicht da. Ist der Mensch da, ist er weg.«

Meggie überlegt. »Ja, dein eigenes Ende ist da. Aber die anderen Menschen sind auch noch da. Die anderen trauern um dich.«

»Es gibt Völker, die feiern ein Freudenfest, wenn jemand ›vorausgegangen‹ ist. Sie glauben, er betrete eine bessere Welt. Meinethalben das Paradies.«

Meggie schweigt und blickt auf die Tischplatte, als würde sie von einer Schlange hypnotisiert werden. Plötzlich durchfährt sie ein seltsamer Gedanke, den sie kaum auszusprechen wagt, sich aber dann doch traut: »Könnte es vielleicht sein, daß wir Menschen die Summe aller Zellen sind?«

Richard hält inne, will antworten, aber Meggie spricht hastig weiter: »Daß jeder Mensch nur eine Zelle darstellt und die gesamte Menschheit eigentlich nur ein einziges Wesen ist? Stell dir vor, wir würden unser Dasein völlig überbewerten und wären in Wirklichkeit nur ein kleines Mosaiksteinchen. Andererseits heißt es aber auch, daß jeder kleinste Körper ebenfalls ein großes Universum ist, also quasi Mikroorganismen beherbergt, die die Rolle einnehmen, die wir Menschen in unserem weltlichen Lebensbild haben.« Meggie hält inne. Sie glaubt, mit ihren Ansichten etwas zu weit gegangen zu sein, sich im Labyrinth verlaufen zu haben. Dann blickt sie aus dem Fenster, schaut zum Himmel, an dem watteartige Wolken vorüberziehen, die sie an Schafe erinnern. Tief atmet sie ein, seufzt und sagt: »Laß uns die Wege immer zusammen gehen. Es soll niemand ›vorausgehen‹. Aber selbst, wenn es doch sein muß: In unserer Religion heißt es doch, daß wir auferstehen, daß es ewiges Leben gibt. Jesus Christus ist für uns alle am Kreuz gestorben und auferstanden. Es heißt, wir sehen uns in der Ewigkeit wieder. Unsere Seele verläßt den Körper, so wie wir unser Haus verlassen, sie wandert in den Himmel. Es muß einen Gott geben. Da ist irgend etwas, ich spüre das. Was soll denn bitte sonst vor dem vielzitierten Urknall gewesen sein? Ein Ururknall vielleicht? Wer einmal eine schwere Krankheit überwunden hat, ist ein anderer Mensch geworden, glaubt plötzlich an Gott, lebt, fühlt anders als vorher. Die Summe aller Seelen findet sich in der Ewigkeit wieder, da ist viel mehr als das Nichts.

Wir verwandeln uns in eine neue Gestalt und leben ohne Ende!« Dann atmet Meggie nochmals tief durch und ergänzt: »Bleibt noch zu hoffen, daß der Weg dorthin nicht allzu steinig ist.«

Richard nickt. Meggie hatte philosophiert. Und sie hatte einen wunden Punkt angesprochen: Das Dahinscheiden kann sehr verschieden ausfallen. Kann weich und auch steinig sein. Insofern ist dieses Ende ein Bestandteil des Lebens, weil es den Übergang in das Nichts darstellt. Das Jenseits aber, das danach erst existiert, hat mit dem Leben nichts mehr zu tun. Jedenfalls nichts mit dem irdischen Leben. Alles, was nicht mehr erklärbar ist, ist nur durch den Glauben zu erfahren oder aber durch die stille Annahme dieser Ungewißheit. Richard kann Meggies Ansicht zwar nicht gänzlich teilen, aber widersprechen kann er auch nicht. Die Dinge sind zu verworren, und es wird, so glaubt er, noch sehr viel Zeit vergehen, bis sie klarer ins Bild passen. Es ist ein langer Weg dorthin, so wie eine hohe Leiter, die nur Sprosse für Sprosse erklommen werden kann, und dabei ist nicht einmal klar, ob dieser Weg der richtige ist, und ob die Menschheit sich dazu berufen fühlen darf, das Rätsel zu lösen.

Richard gibt ihr einen Kuß, steht auf und holt die Teekanne. »Laß uns das Glas halbvoll füllen«, sagt er, »wir trinken es dann gemeinsam aus.«

***

Der Clown

Das Publikum applaudierte. Der tosende Beifall wollte nicht enden. Schließlich gab es Standing Ovations. Noch einmal mußte sich Jimmy verbeugen, winken und als Zugabe eine Grimasse schneiden. Er beherrschte die Mimik wie kein anderer. Folglich war er der Star im Zirkus. Ihm wurde wehmütig. Zwar genoß er diesen Augenblick, aber er wußte auch, daß diese Vorstellung die letzte war. Nicht, daß der Zirkus weiterziehen mußte, nein, er mußte ganz aufhören. Die Städte bauten ihre letzten Häuserlücken zu, Plätze wurden umgestaltet, und so wurde es fast unmöglich, einen vernünftigen Zeltplatz zu bekommen. Draußen auf dem Land war sicher noch genügend Freiraum, aber da gab es die gewünschte Nachfrage nicht. In einer Zeit, in der die elektronischen Medien wie Fernsehen und Internet den Unterhaltungsmarkt dominierten, war es für Wandertheater schwierig geworden. Ohne ausgeprägten Idealismus wäre das Ganze ohnehin schon lange nicht mehr möglich gewesen.

Der Clown ging also zum letzten Mal den Weg aus der Manege zu seinem Wohnwagen zurück, bedächtig, langsam, immer an diesen letzten Auftritt denkend, den er gerade beendet hatte. Dann öffnete er – fast in Zeitlupe – die Tür, betrat seine Bleibe und ließ sich in den Sessel plumpsen. »Ach jaaa«, seufzte Jimmy traurig, »alles hat ein Ende, nur die Wurst hat zwei«, ... als ob dieser Spruch ihm helfen könnte. Kein Windzug, kein Geräusch, nur die Stille herrschte in dem kleinen Wagen. Was sollte er jetzt tun? Wie schön war die Zirkus-Zeit gewesen. Lachende Kinder, glückliche Eltern, süße Düfte, viele Affen, Elefanten, Tiger, Pferde, Artisten und das ständige Umherziehen – all das sollte nun der Vergangenheit angehören? Sicher, der Auf- und Abbau des großen Zeltes war oft nervenaufreibend gewesen, es gab viele Umstände, die das Zirkusleben sehr schwer machten. Manchmal hatten sich einige gewünscht, seßhaft zu werden und künftig nur noch in einem Büro zu arbeiten. Aber wenn dann alles an seinem Platz stand, wenn das Zelt von innen beleuchtet und von außen angestrahlt wurde, wenn die Musik ertönte, dann war jeder Schmerz vergessen, und niemand wollte etwas anderes in seinem Leben tun, als in diesem Zirkus mitzuwirken. Der Clown erinnerte sich an seine Jugend, wie er im Zirkus aufgewachsen war und was es für lustige, aber auch ernste Herausforderungen gab. Wie er einst auf einem Elefanten ritt, das Balancieren lernte, »ohne auf die rote Nase zu fallen«, wie sein Lehrer immer zu scherzen pflegte. Damals nannten ihn die Kollegen immer »Tomaten-Face«, weil er seine rote Knollpappnase nie ablegen wollte. Es war alles so schön gewesen. Die erste Liebe, ein Mädchen, das später Visagistin wurde, die ausgebüchsten Affen und der alte Opa aus dem Publikum, der unbedingt in der Manege seine Zeitung lesen und das Kreuzworträtsel lösen wollte. Der Opa war schon ein seltsamer Kauz.

Dies war nun endgültig vorbei. Für alle Zeit. Der Clown wußte, daß das Leben weitergehen würde. Nur wie, das wußte er nicht. Er zog die langen, krummen Latschen aus und räkelte seine müden Füße. Dann schminkte sich der müde Mann ab und duschte im kleinen Bad des Wohnwagens. Auf der Couch machte es sich Jimmy gemütlich und nahm ein Buch in die Hand. In seiner Schublade lagen immer einige Schwarten herum: unterhaltsame Belletristik, Sachbücher, auch ernste Literatur, eine Witz-Lektüre und diverse Lexika. Das Cover des gegriffenen Buches zeigte eine Uhr. »Das ist jetzt die richtige Lektüre«, murmelte der Clown und hoffte, etwas Interessantes zu erfahren. Zunächst blätterte er alles durch, um ein Gefühl für den Stoff zu bekommen. Er wußte gar nicht mehr, daß er dieses Büchlein überhaupt besaß. Dann blieb sein Blick an einer Stelle hängen, und so versank Jimmy darin wie ein Primus, der seinen Wissensdurst nicht schnell genug löschen konnte.

Ein Witz war zunächst zu lesen: Der Tourist, der eine Stadt regelmäßig bereiste, hatte angefragt, wann denn endlich die große Uhr am Marktplatz wieder richtig gehen würde.

»Sehr geehrter Herr«, bekam er zur Antwort, »die Uhr geht schon seit vielen Monaten richtig, es fehlen nur die Zeiger!«

Auf einer anderen Seite stand eine Anekdote, die von einem kleinen Jungen berichtete, der die Uhr erklärt bekam. »Hier sind die Stunden, die Minuten und schließlich die Sekunden«, erzählte die Mutter ihrem Sprößling, und dieser fragte wißbegierig: »Und wo werden auf der Uhr die Augenblicke angezeigt?«

Der Clown lächelte. Solche Scherze mochte er. Wie gerne würde er diese Nummern in einer Zirkus-Show darbieten. Er blätterte weiter und las interessante Dinge.

So erfuhr er, daß die Worte »Frist« und »First« verwandt sind. Frist bedeutet eine bestimmte Zeitspanne, First kommt aus dem Englischen und heißt »zuerst«. Der Clown stellte fest, daß Jesus Christus vermutlich dreiunddreißig Jahre alt geworden ist und in dieser Zeit die größten Wunder vollbracht hat. Er ging durch das Wasser, verwandelte Wasser in Wein und heilte Kranke. Dreiunddreißig Jahre! Was war das für eine kurze Zeit im Vergleich zu heute, wo die Menschen über siebzig werden. Der Clown erinnerte sich daran, daß Jesus gekreuzigt wurde und daß er noch viel älter hätte werden können. Aber es sollte eben alles ganz anders kommen.

Die Erde umkreist die Sonne. Ist sie einmal herum, ist ein Jahr vergangen. 365 Tage sind damit unwiderruflich verstrichen. Der Clown fragte sich, wie lange ein Tag wirklich dauert. Hält er 24 Stunden, so wie es zu lesen war, oder ist mit dem Tag nur der helle Abschnitt gemeint, den die Sonne regelt? Würde man den Tag allein mit der Sonnenscheindauer definieren, gäbe es mal lange und mal kurze Tage, je nachdem, ob gerade Sommer oder Winter wäre. Der Clown dachte auch daran, daß sich das Sonnensystem wahrscheinlich nicht gleichmäßig bewegt. Somit würde es bei einer Sonnenuhr kleine Ungenauigkeiten geben, die man beim Ablesen berücksichtigen müßte, so hatte er es einmal auf einer Informationstafel in einer Gartenausstellung gelesen. Dabei fiel ihm ein, daß es außerdem noch zweimal im Jahr eine künstliche Zeitumstellung gibt: Im Frühjahr und im Herbst werden die Uhren um eine Stunde manipuliert, so daß das Tageslicht des Sommers besser genutzt werden kann und eine Energie-Einsparung zumindest theoretisch möglich ist. Die 24-Stunden-Regel würde durch solche Verfahrensweisen natürlich über den Haufen geworfen werden, und so ahnte der Clown, daß alles nur eine Frage der Betrachtung war.

Dem Clown fiel ein, daß das Wort »Monat« von »Mond« kommt. Manche Monate haben 30, andere aber 31 Tage. Der Februar hat mal 28, mal 29 Tage. Warum gibt es Schaltjahre? Jimmy erfuhr, daß am Kalender schon viele kluge Köpfe gewerkelt hatten. Papst Gregor XIII zum Beispiel, ein Mönch namens Dionysios Exiguus und auch Julius Cäsar sollen daran beteiligt gewesen sein. Cäsar entschied, daß das Jahr mit dem Januar beginnt. Der Gott Janus hatte nämlich zwei Gesichter, eins blickte nach vorn, das andere schaute zurück. So glaubten die Römer, daß Janus in das alte Jahr zurück- und in das neue Jahr hineinblickte. Dies paßte viel besser als der übliche Monat März, der bis dato für den Jahreswechsel hinhalten mußte.

Der Clown blickte aus dem Fenster hinaus und sah die Pfützen auf der Erde, die von dem Regen in Unruhe gebracht wurden. Es war das erste Mal seit langem, daß sich der Himmel erleichterte. Immer wieder platschten dicke Tropfen in die Lachen, und wenn der Wind heftiger blies, trommelte der Regen gegen die Fensterscheibe. Jimmy, dieser lustige Mann, dessen Leben eben nicht immer nur witzig gewesen war, stellte sich vor, daß der Himmel jetzt weinte und mit ihm den Verlust empfand, den er gerade erfahren hatte. Für kurze Zeit verfiel er nochmals in seine Trauer, dann sah er aber, wie sich die bunten Lampen in den Pfützen spiegelten und sich durch den andauernden Regenguß in tanzende Farbflecken verwandelten. Flecken, die seine Phantasie beflügelten und seinem Gemüt Auftrieb gaben, die sich wie lebende Bilder in eine neue Form bringen wollten, um dann in der später wieder ruhigen Pfütze ihren neuen Zeitabschnitt zu beginnen. Jimmy empfand dies als höchst seltsam, schließlich verfallen viele Menschen bei schlechtem Wetter in eine Depression. Trotzdem konnte gerade er, der mit Gemütsschwankungen sehr gut fertig werden mußte, in dieser Pfütze einen Lichtblick erkennen. Schließlich heißt es doch auch, daß man nur im Dunkeln ein Licht leuchten sehen kann, daß man schlechte Tage braucht, um die guten zu erkennen. Dann erinnerte sich der Clown noch an ein Sprichwort, das besagt, daß die gegenwärtigen Lebensumstände über die Vergangenheit berichten und die gegenwärtigen Handlungen etwas über die Zukunft erzählen.

Handlungen, der Blick in die Zukunft – das waren jetzt die wichtigen Dinge für ihn! Denn alles braucht Zeit, und Zeit verbraucht alles. Es ist eine Frage der Betrachtung, dachte der Clown, man kann sein Leben nicht verlängern, nicht verbreitern, aber man kann es vertiefen. Und alles kommt zu seiner Zeit.

***

Ein Sack Zeit

Mit offenem Mantel und ebensolchem langen zerstrubbelten Haupthaar, die Zeitung unter den Arm geklemmt und die Brille fast auf der Nasenspitze, eilte der Professor in das Antiquitätengeschäft, an dem er schon so oft vorbeigelaufen war. Er öffnete die knarrende Tür und schritt über die schon abgetretenen Bodenschwellen. Die Luft war miefig, in jeder Ecke gammelte ein Möbelstück, ein Bild oder auch ein Spiegel. Hier und da entdeckte der Professor einen alten Plattenspieler, Vasen, Modelle, drei oder vier Spielzeuge, Schaufensterpuppen, Lampen und Teppiche. Vorsichtig schlich er zum Tresen, an dem ein kauziger alter Herr mit bebrilltem Gesicht stand. »Haben Sie einen besonderen Wunsch?« fragte der Verkäufer.

Der Professor blickte sich kurz um, dann schaute er den Mann an und antwortete: »Wie? Was? … Ach so … Ja. Einen Wunsch, … nun gut, also: Ich hätte gerne einen Sack Zeit.«

Der Verkäufer runzelte die Stirn. »Wie bitte?«

Der Professor lächelte und wiederholte nach einer kurzen Schweigepause sein Anliegen: »Ich hätte gerne einen Sack voll Zeit.« Dann rückte er sich die Zeitung fester unter seinen Arm, da sie herunterzufallen drohte. Er räusperte sich, wahrscheinlich bahnte sich ein Husten an, es war auch tatsächlich viel zu kalt draußen.

»Sie wollen Zeit kaufen?« fragte irritiert der Verkäufer, der um seinen Tresen herumging, weil er dem ständig um sich blickenden Professor direkt in die Augen schauen wollte.

»Ist das so ungewöhnlich? Früher besaßen die Menschen viel mehr Zeit, obwohl sie mehr arbeiten mußten und obwohl sie eine geringere Lebenserwartung als heute hatten. Ich habe kaum noch Zeit.«

»Ja, aber ... aber da sind Sie bei mir falsch, guter Mann.«

»Ich? Falsch? Nein, ich bin hier genau richtig.« Der Professor spielte mit einem Globus, der aus dem vorigen Jahrhundert stammen könnte. Sanft gab er ihm einen Stoß, so daß sich die Kugel langsam drehte. Dann drückte er plötzlich drei Finger auf den Globus und schubste ihn in die andere Richtung. »Das war die falsche Drehrichtung«, murmelte er und vergaß dabei, daß er eigentlich in ein Gespräch mit dem Verkäufer verwickelt war.

»Lieber Herr, ich kann Ihnen gerne eine alte Uhr verkaufen, sie ist schon durch die Hände mehrerer Generationen gegangen, und sie funktioniert noch immer.«

Der Professor blickte auf, so als wunderte er sich, daß ihn jemand ansprach. Wo war er noch gleich? Ach, richtig, im Antiquitätengeschäft. »Sagten Sie gerade etwas von einer Uhr?«

»Ja. Soll ich sie holen? Sie ist im Keller deponiert.«

»Äh, nein, danke, ich will keine Uhr. Ich will nur Zeit kaufen.«

Was ist denn das für ein komischer Vogel, fragte sich der Verkäufer, und obwohl er für Scherze immer zu haben war, meinte er, dieser Sache ernsthaft begegnen zu müssen. »Wissen Sie, ich möchte Ihnen zwar gerne helfen, aber ich glaube, Sie wünschen da etwas, was Ihnen niemand verkaufen kann. Sie wissen doch bestimmt sehr gut, daß es Zeit nicht zu kaufen gibt.«

Der Professor betrachtete ein Gemälde, das, statt an der Wand zu hängen, auf dem Boden lag. … Plumps. Da ist doch tatsächlich seine Zeitung heruntergefallen. Langsam beugte er sich, um nach ihr zu greifen und mußte dabei seine wirren Haare immer wieder zur Seite schieben, da sie ihm den Blick versperrten.

»Sie brauchen doch die Zeit gar nicht zu kaufen, sie ist doch schon da! Sogar umsonst. Gehen Sie mit offenen Augen durch die Stadt, Sie werden sehen, Sie haben Zeit«, versuchte der Verkäufer nochmals seinen Kunden zu überzeugen.

Der Professor richtete sich wie in Zeitlupe auf und hatte nun einen knallroten Kopf, weil er zu lange in der gebückten Haltung verweilt hatte. »Irgendwie glaube ich, daß Sie mich gar nicht ernst nehmen«, erwiderte er und rückte sich dabei die rutschende Brille zurecht. »Ich will Ihnen Geld für einen Sack Zeit geben, und Sie versuchen, mich aus dem Geschäft zu locken. Ich sagte doch schon, daß die Menschen früher mehr Zeit als heute hatten, obwohl sie mehr arbeiten mußten und kürzer lebten. Schauen Sie sich doch die alten Bücher an, wie liebevoll Mönche den ersten Buchstaben eines Kapitels zeichneten, etwas, wofür heute niemand einen Gedanken verschwendet. Heute wollen wir alles schnell, rational und am besten gleichzeitig erledigen. Während die Waschmaschine läuft, saugen wir die Wohnung und programmieren den DVD-Player, der kurz darauf einen Film aufzeichnet. Weil wir uns immer mehr vornehmen, müssen wir auch immer mehr lernen, üben und Erfahrungen machen. Ganze Betriebsanleitungen werden zur Abendlektüre, und niemand will irgend etwas verpassen. Wir haben schon richtige Freizeitmanager, alles muß immer kurzweilig und unterhaltsam sein, damit niemand seine Zeit verschwendet und anschließend noch drei weitere Dinge erledigen kann. Deshalb haben wir heute keine Zeit mehr. Damals hatten die Leute also mehr Zeit. Ich war vorhin beim Fleischer, beim Elektronik-Händler, in einem Bestattungsinstitut war ich auch schon, im Buchladen und im Kiosk, aber niemand ist in der Lage, mir einen Sack Zeit zu verkaufen. Nicht mal das Uhrengeschäft um die Ecke. Da dachte ich, wenn die Leute früher mehr Zeit hatten, probiere ich es doch mal in einem Antiquitätengeschäft, die haben doch alle alten Dinge von damals, also gibt es dort sicher auch die Zeit von damals zu kaufen.«

Der Verkäufer lachte: »Ja, den Zeitgeist haben wir schon im Sortiment, aber nicht die Zeit als solche. Ihre Gedanken sind interessant, aber so leid es mir auch tut, ich habe keine Zeit für diese Art von Diskussionen und muß mich jetzt um meine Arbeit kümmern. Schauen Sie sich ruhig um, ich sitze am Tresen.«

»Sehen Sie, jetzt sagten Sie es schon wieder. Sie haben nicht die Zeit als solche. Wie wollen Sie das bloß aushalten?«

Der Verkäufer versuchte, seinen Kunden zu ignorieren.

»Wie wollen Sie das bloß schaffen, so ohne Zeit?« forschte der Professor. »Wollen wir nicht gemeinsam nach Zeit suchen? Vielleicht in Ihrem Keller oder in den Schränken?«

Der Verkäufer reagierte nicht.

»In Ihrem Keller? Oder im Schrank?« wiederholte der Professor.

Immer noch nichts.

»Halllooo!« rief der Professor.

Der Verkäufer knallte nun seinen Kugelschreiber auf den Notizblock, auf den er gerade ein paar Zeilen geschrieben hatte. Na warte, dachte er und sagte: »Also schön. Ich habe da etwas für Sie. Eigentlich darf ich das ja nicht, weil es verboten ist, aber da Sie keine Ruhe geben, mache ich eine Ausnahme. Das bleibt aber unter uns, ja?«

Der Professor nickte grinsend: »Aber natürlich. Unter uns.«

Mit schnellen Schritten ging der Verkäufer in den Keller und holte geschwind einen kleinen Sack hervor, den er rasch mit Streusand füllte. Dann ging er zum Tresen zurück und legte den Sack darauf. »Hier. Ein Sack Zeit! Macht hundert Euro.«

Der Professor hob die Augenbrauen, mit dem Grad der höchsten Aufmerksamkeit begutachtete er den grauen Beutel. »Öffnen Sie ihn. Ich will die Zeit sehen.«

Der Verkäufer aber sagte: »Nein, das geht nicht, wenn ich den Sack öffne, verschwindet die Zeit. Und ich kann im Preis leider nicht heruntergehen.«

Aha, dachte der Professor, ich soll also die Katze im Sack kaufen. »Nur einem geschenkten Gaul sieht man nicht ins Maul«, versuchte er den verzweifelten Verkäufer zu beeinflussen.

»Na schön. Auf Ihr Risiko. Und nur ganz kurz.«

Der Professor beugte sich über das Säckchen, das der Verkäufer für wenige Sekunden öffnete. »Sie schummeln!«, protestierte er. »Da ist keine Zeit drin, sondern Sand!«

»Ja, was glauben Sie denn, wie Zeit aussieht? Soll sie etwa aus Luft bestehen?« Der Verkäufer glaubte inzwischen, einen Fehler gemacht zu haben, da sich der Professor noch immer nicht zufriedengab.

Hustend versuchte der Professor, seine Gedanken zu sortieren, und fast wäre ihm dabei die Zeitung wieder heruntergefallen. »Sand …«, sagte er dann schließlich, »Sand hätte ich mir doch auch vom Ufer eines Sees besorgen können.«

»Guter Mann, der Sand eines Sees ist aber nicht bearbeitet. Deshalb ist er ja auch umsonst. Dieser Sand in dem Beutel aber ist von Fachleuten behandelt, quasi veredelt worden, deshalb liefert er Ihnen Zeit, wie eine Sanduhr. Ich kann den Sack übrigens nicht so lange am Tageslicht belassen. Für ein Stundenglas ist der Sand noch zu jung. Sie sollten ihn auch stets im Dunkeln eines Schrankes aufbewahren. Wollen Sie ihn nun haben? Sonst bringe ich ihn wieder in den Keller zurück.« Der Verkäufer wußte nicht mehr, was er noch für Argumente liefern sollte, um den alten Kauz zufriedenzustellen.

Der Professor fühlte sich unter »Zeitdruck« gesetzt und glaubte, einem Schwindler gegenüberzustehen. Der will mich doch veräppeln, dachte er. »Wie wäre es, wenn wir ein Geschäft machen«, schlug er schließlich vor. »Ich suche Sand von irgendwo, liefere Ihnen diesen Sand wöchentlich in Ihr Geschäft – umsonst natürlich. Sie lassen den Sand veredeln, damit er zu Zeit wird, und geben mir jede Woche so ein kleines Säckchen Zeit – ebenfalls kostenfrei. Wäre das nicht klug?«

Der Verkäufer wollte am liebsten die mittelalterliche Keule aus der Ecke hervorholen, um dem alten Herrn eine überzubraten, doch da er an die daraus möglicherweise folgenden Konsequenzen dachte, ließ er es doch bleiben und hatte zugleich eine neue Idee. So entschuldigte er sich und verschwand nochmals in den Keller. Geschwind kehrte er, die Hände hinterm Rücken versteckt, zum Tresen zurück.

»Ich habe hier noch etwas für Sie«, sagte er in ruhigem, besänftigendem Ton. »Aber Sie müssen sehr mutig sein.«

Der Professor wurde neugierig und leckte sich die Lippen. »Ich bin schon immer ein echter Kerl gewesen«, entgegnete er mit einem breiten Grinsen.

Langsam holte der Verkäufer hinter seinem Rücken einen Schädel hervor und legte ihn auf den Tisch. Dann schwieg er und beobachtete gespannt den Professor. Dieser beäugte den Knochenkopf genauestens und kratzte mit dem Finger an ihm, dann klopfte er gegen die Schädeldecke und schloß dabei die Augen. »Könnte ein Moll-Ton sein«, stellte er fest.

Der Verkäufer schwieg. Es war so, als wollte er Kraft für einen schweren Schlag sammeln.

»Was soll ich mit dem guten Stück?« fragte der Professor, und dabei plumpste die Zeitung nochmals aus seiner Achselhöhle auf den Fußboden.

»Tja«, antwortete der Verkäufer, »ich hatte ja Bedenken, aber da Sie ein echter Kerl sind, beziehungsweise sagten Sie ja, daß Sie mal einer waren ...«

Der Professor wußte mit dieser Aussage nichts anzufangen und schüttelte den Kopf. Sind wir jetzt bei Shakespeare, fragte er sich.

Sanft schob der Verkäufer den Schädel zu dem Professor hin. »Das sind Sie«, erklärte er. Für kurze Zeit hielt der Professor inne, dann aber lachte er lautstark, so daß der Verkäufer in sich zusammenfuhr. »Was ... was lachen Sie denn?« fragte er verwundert.

Der Professor konnte sich kaum beruhigen, dann aber wurde er ernst und schrie dem Verkäufer ins Gesicht: »Ich weiß doch, wer ich bin! Ich lebe. Dieser Kopf ist tot. Das kann unmöglich ich sein.«

Mit langsamen Schritten ging der Verkäufer um den Tresen herum, so als wäre er ein Lehrer oder vielmehr ein Kommissar, der ein Verhör leitet. »Und wenn Sie also wirklich noch leben, warum wollen Sie dann einen Sack Zeit bei mir kaufen? Wenn Sie leben, haben Sie doch Zeit. Nur, wenn Sie tot sind, brauchen Sie neue Zeit! Der Schädel, der der Ihrige ist, beweist, daß Sie tot sind und dringendst Zeit brauchen. Kaufen Sie den Sack für hundert Euro. Es ist ein Sonderpreis, extra für Sie.«

Der Professor faßte sich an seinen linken Arm und klatschte außerdem die Hand an seine Wange, die darauf rosa anlief. »Hier! Fleisch und Blut! Ich lebe. Sie lügen.«

Erbost erwiderte der Verkäufer: »Ich lüge nicht! Ich bin Händler von alten Dingen. Alte Dinge sagen immer die Wahrheit, weil sie ihre Zeit hinter sich gebracht haben und nichts mehr beweisen müssen. Sie als Mensch sind bereits vor Wochen gestorben, dieser Schädel bestätigt das, jetzt sind Sie aus sich herausgetreten und besuchen die Erde als wandelnde Seele, die, warum auch immer, hier sein will. Nicht Sie träumen den Tod, sondern der Schädel träumt Sie.«

Dem Professor war dieser Ton zu harsch, und er befand

die Gedanken dieses für seine Begriffe sehr sonderbaren Verkäufers als völlig abwegig, sogar krank. Er hatte keine Lust mehr, die Diskussion weiterzuführen und beschloß, in einem anderen Antiquitätengeschäft nach einem Sack Zeit zu fragen. »Wenn Sie hier Spielchen mit mir treiben, so verschwenden Sie meine kostbare Zeit, die ich ja eigentlich vermehren wollte. Ich bin mir für so etwas zu schade. Auf Wiedersehen, oder besser: Guten Tag!« sagte er, drehte sich beleidigt um und ging Richtung Tür. Da aber seine Zeitung noch immer auf der Erde lag, rutschte er auf ihr aus und knallte gegen eine Ritterrüstung, die dabei mächtig schepperte und umfiel. Sämtliche Teile, Helm, Arm- und Beinschienen sowie der Brustschutz und ein Schwert schlugen auf den Boden. Der Helm kullerte noch eine Weile, bis er an einer großen Vase liegenblieb. »Heute ist irgendwie nicht mein Tag«, murmelte der Professor, der sich in Zentimeterschüben aufzurichten schien. Der Verkäufer half ihm dabei. »Haben Sie sich verletzt?«

»Nein. Ich glaube nicht. Es geht schon. Danke!«

Der Verkäufer sammelte die Einzelteile der Rüstung ein und stapelte sie zunächst in einer Ecke. Dann griff er den Helm, den er auf einmal wie hypnotisiert anstarrte. Etwas blitzte in ihm. »Was ist denn das?« fragte er in die Stille, die lediglich von dem Gestöhne des Professors unterbrochen wurde. Dieser schaute nun ebenfalls verwundert auf den, oder besser in den Helm. Mit einiger Mühe konnte der Verkäufer das blitzende Etwas herauspulen und hielt einen Ring mit einem funkelnden Stein in der Hand. »Das ist ein Diamant!« stellte der Verkäufer fest.

»Und was für einer! Der sieht toll aus«, ergänzte der Professor, der eben seine Zeitung zu einem kleinen Paket gefaltet und dieses in seine Manteltasche vergraben hatte. Schließlich wollte er die Zeitung lesen und nicht noch einmal mit ihr die Horizontale heimsuchen.

Sofort ging der Verkäufer in die Werkstatt, um den Stein zu überprüfen. Der Professor, der eigentlich den Laden verlassen wollte, fühlte sich ebenfalls von dem Diamanten magisch angezogen, so als hätte dieser Fund eine mysteriöse Kraft. Er fand es spannend, daß in einer Ritterrüstung ein Diamant versteckt war, und er, der Professor, hatte es durch seinen Sturz ermöglicht, daß dieser Stein entdeckt wurde. So vergaß er den Disput, den er eben noch geführt hatte, und der seiner Meinung nach zu harsche Ton des Verkäufers war ihm ebenfalls unwichtig geworden.

Nach einiger Zeit kam der Verkäufer zurück. »Wir haben etwas ganz Besonderes gefunden«, triumphierte er, aber er ließ den Professor zunächst im Unklaren darüber, was es genau war. Stille. Nur eine Fliege brummte durch das Geschäft, knallte gegen die Fensterscheibe und fiel in einen Blumentopf.

»Sie machen es aber spannend. Was ist das denn nun für ein besonderer Diamant?« wollte der Professor wissen, weil er der festen Ansicht war, als Beteiligter etwas darüber erfahren zu dürfen.

Schweigen. Kein Geräusch.

»Sie kennen bestimmt den Spruch, ein Diamant sei unvergänglich«, gab er dem Professor als Häppchenantwort.

»Ja, ein Diamant ist von äußerster Robustheit. Er übersteht die Zeit.«

Die Fliege versuchte nochmals, ins Freie zu surren, aber sie schlug wieder gegen die Scheibe des Schaufensters, was dem Insekt vermutlich nicht sonderlich guttat.

»Hier haben wir es mit einem echten Brillanten zu tun, also einem geschliffenen Diamanten, der in eine Fassung montiert ist. Und sehen Sie: In der Fassung sind zwei Namen eingeritzt, ein männlicher und ein weiblicher. Die Träger dieser Namen feierten einst die Diamantene Hochzeit, das heißt, sie waren 60 Jahre miteinander verheiratet und schenkten sich dann diesen Ring.«

Der Professor nickte. Die Armen, dachte er. »Aber was hat das mit der Ritterrüstung zu tun? Waren Ritter so lange verheiratet?« fragte er.

Schmunzelnd ließ der Verkäufer die Frage zunächst offen. Nach einiger Bedenkzeit aber ließ er den Professor wissen: »Ich denke, daß einer meiner Vorbesitzer dieser Rüstung den Ring dort versteckt hat. In dem eingravierten Jahr gab es keine Ritter mehr. Das hat nichts miteinander zu tun.«

Der Professor gab sich damit zufrieden, wenngleich er den Diamanten am liebsten in den eigenen Händen halten wollte. Obwohl er eigentlich wegen eines Zeitsacks gekommen war, weckte dieser Stein großes Interesse in ihm, und damit seine Aufregung darüber nicht auffiel, vergrub er die zitternden Hände in der Manteltasche. »Also …«, sagte er schließlich, nachdem er sich nun doch wieder an das Streitgespräch erinnerte, »ich werde dann mal gehen. Es ist Zeit dafür. Über den Sack Zeit können wir uns morgen noch einmal unterhalten – sofern ich dann noch am Leben sein sollte.«

Der Verkäufer grinste und verstand die Aussage seines

Kunden. Schließlich hatte er ihm wenige Minuten zuvor klarzumachen versucht, daß er nicht mehr am Leben sei und deshalb neue Zeit kaufen müßte, um weiterexistieren zu können. Und wenn er den Sack Zeit heute nicht mitnähme, weil er noch darüber nachdenken wollte, könnte sein Lebenspensum morgen verbraucht sein, obwohl er ja nach dieser Logik sich schon jetzt im Jenseits befinden müßte. So jedenfalls hatte er ihm das Märchen zu übermitteln versucht.

So verließ der Professor mit offenem Mantel und langem zerstrubbelten Haupthaar, die Zeitung nicht mehr unter den Arm geklemmt, dafür aber um ein paar blaue Flecken reicher, das Antiquitätengeschäft, an dem er sonst schon so oft vorbeigelaufen war, und in dem er eigentlich einen Sack Zeit hatte kaufen wollen.

Der Verkäufer ging in seine Werkstatt zurück und begutachtete den Diamant-Ring, der hell im Licht funkelte, gleich einem Regenbogen, der in allen Farben leuchtet. »Was für ein Prachtstück«, flüsterte er und wollte den Stein gar nicht mehr aus der Hand legen.

Plötzlich ging die Ladentür auf. Nicht noch einmal, dachte der Verkäufer, weil er glaubte, der Professor sei zurückgekehrt. Und so ging er nur zögernd in den Verkaufsraum zurück. Aber er erblickte keinen Professor mit offenem Mantel und langem zerstrubbelten Haupthaar, dessen Brille auf der Nasenspitze ruhte, sondern einen Polizisten. »Guten Tag«, begrüßte dieser den Verkäufer. »Ich möchte Sie nur warnen. Es läuft zur Zeit ein merkwürdiger Herr in dieser Gegend herum, der vorgibt, einen Sack Zeit kaufen zu wollen und der …«

»Der war gerade bei mir!« unterbrach der Verkäufer den Ordnungshüter und hoffte, keinen großen Kriminellen in seinem Laden gehabt zu haben.

»Ach so? Der war gerade hier?« Sofort gab der Polizist über Funk Bescheid, damit seine Kollegen die Verfolgung aufnehmen konnten. »Tja, also«, sprach der Uniformierte weiter, »es soll sich um einen Spezialisten handeln, der Trödlern auf den Zahn fühlt. Hat er dann das Opfer durch seine Fragen abgelenkt, entwendet er Ware, ohne daß es bemerkt wird. Vermissen Sie etwas aus Ihrem Sortiment?«

Der Verkäufer spürte sein Herz kräftiger als sonst schlagen. Um Gottes willen! Er ist zweimal in den Keller geeilt, um den Sack und später den Schädel hervorzukramen. Hatte dieser kauzige Herr währenddessen etwas mitgehen lassen? Hektisch blickte er umher, kontrollierte schnell die wichtigsten Plätze, vor allem die Regale mit den kleinen Antiquitäten, die locker in eine Manteltasche passen würden. »Ich muß eine Bestandsaufnahme machen, um das genau beurteilen zu können«, gab er schließlich zur Antwort.

Der Polizist nickte. »Gut. Hier ist meine Telefonnummer. Fehlt etwas, können Sie Anzeige erstatten. Wir nehmen uns der Sache dann an.«

Der Verkäufer bedankte sich und ging gleich ans Werk, zählte alle Bücher, Hefte, Uhren, Schmuckstücke, Lampen, vor allem die handlichen Dinge. Dann verglich er diese Werte mit seinen Bestandslisten. Es dauerte die ganze Nacht. Immer wieder wurde er müde und mußte mit dem Zählen von vorne beginnen. Da seine Buchhaltung noch mit einer alten, mechanischen Rechenmaschine, manchmal aber sogar noch mit Bleistift und

Papier funktionierte, war es besonders schwierig, in dieser späten Stunde fehlerfreie Ergebnisse zu bekommen. Schließlich kochte sich der Verkäufer einen starken Kaffee, um wenigstens einigermaßen bei Kräften zu bleiben. Dieser blöde Kerl, dachte er immer wieder, soll doch zum Teufel gehen! Obwohl er vom ersten Eindruck her nichts vermißte, war ihm die Gewißheit wichtig, und so freute sich der fleißige Mann, als er mit seiner Inventur endlich, endlich fertig war. Gott sei Dank ist nichts abhanden gekommen, dachte der Verkäufer, das hätte auch anders enden können. Dann öffnete er eine alte Weinflasche und goß sich den Rotwein in das geschmückte Glas. Immer wieder blickte der müde Mann umher, aber nun nicht mehr, um etwas zu überprüfen, sondern um seine Ware zu genießen. Er war nicht nur ein Kaufmann, der sich sein Brot verdienen mußte, sondern er hatte auch ein Herz für die alten Dinge. Das ging auch gar nicht anders. Schließlich mußte er seine Ware mögen, wenn er sie verkaufen wollte.

Der Verkäufer griff sich einen Radiergummi, schnipste ihn übermütig durch die Luft, so daß der Ratzefummel gegen eine Blechwand prallte und die Treppe herunterhüpfte. Danach gab es ein seltsames Geräusch, das der Verkäufer nicht genau deuten konnte. Doch das interessierte ihn auch nicht sonderlich. Der Wein und sein beruhigtes Gewissen waren wichtig und sonst gar nichts. Dann schaute er auf die Sanduhr, die auf seinem Schreibtisch stand. Eine schöne, große Sanduhr, deren Streben goldig glänzten und sich mit pflanzenartigen Verzierungen schmückten.

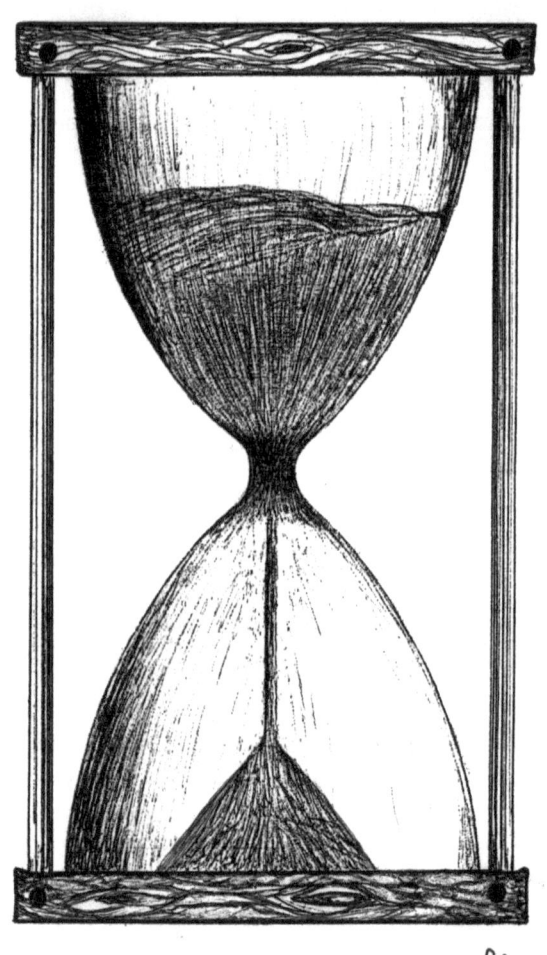

»Aber etwas hat mir dieser Typ doch geklaut«, brummte der Verkäufer schließlich in die stille Nacht, als sein Blick gedankenverloren in einer Ecke ausharrte. Dann seufzte er, goß sich ein zweites Glas Rotwein ein, bewegte dieses Glas sehr langsam, damit sich der Wein im Kreise drehte. Sogleich nippte er am Glas, genoß den edlen Tropfen, ließ ihn auf der Zunge ruhen.

Es war die Zeit, die dieser seltsame Mann ihm gestohlen hatte.

***

Ein Ton und seine Folgen

Nein, so geht das nicht!« rief Mr. Allegro und schlug mit der Faust auf den schon angerissenen Tisch.

»Aber ich tue doch alles, was in meinen Kräften steht!« erwiderte die dicke Dame, die sich am Flügel festhielt.

Mr. Allegro wanderte wie ein Tiger in der Wohnung hin und her. Die Hände auf dem gekrümmten Rücken gekreuzt, brubbelte er Selbstgespräche, die außer ihm niemand verstehen konnte.

»Vielleicht sollten wir eine Pause machen?« versuchte die dicke Dame, den Eigenbrötler wieder in den Dialog zu bringen.

»Gut. Machen wir eine Pause«, willigte er nach ein paar Sekunden ein.

Die dicke Dame setzte sich ans Fenster und machte ein paar Entspannungsübungen. Mr. Allegro ging zum Bücherregal und suchte nach einem Buch. Es war keineswegs das Telefonbuch, das er sonst aus dem Regal herausfischte, um einen kompetenten Arzt für seine blanken Nerven zu finden, sondern es trug den Titel: Der Ton macht die Musik. Unruhig blätterte er darin, bis er die richtige Stelle gefunden hatte: »Ein Ton, also ein Schall, ist ein sinusförmiger Schwingungsverlauf. Die Höhe eines Tones ist von der Frequenz abhängig. Frequenz bedeutet, wie oft Schwingungen innerhalb einer bestimmten Zeit, also in einer Sekunde, stattfinden. Für den Menschen erfaßbare Frequenzen liegen bei 20 bis 20.000 Hertz. Durch die Kombination von mehreren Tönen wird eine Melodie erzeugt. Jeder Ton kann lange oder auch nur kurze Zeit gespielt werden.« Mr. Allegro wußte das natürlich schon alles. Schließlich war er Professor für Musik. Manchmal aber war es nötig, in einem kleinen Lexikon zu blättern, um auf den Boden der Tatsachen zurückzukehren, um sich wieder ein klares Bild zu verschaffen. So vergegenwärtigte er sich also, daß eine gute Musik unter anderem von der Dauer der Töne und vom richtigen Zeitpunkt des Einsatzes abhängig war.

»Pause beendet«, kommandierte Mr. Allegro.

»Ist die Zeit schon um?«

»Ja, meine Dame. Und jetzt üben wir weiter. Ich habe nicht mehr viel Zeit, und morgen Abend ist schon die Premiere. Entweder Sie kriegen das hohe C jetzt richtig hin, oder wir können alle einpacken.«

Die dicke Dame nahm still die Rüge an. Es war schließlich auch eine dicke Rüge. Mr. Allegro hob den Taktstock. Dann nickte er. Die dicke Dame holte tief Luft. Sie wollte es dem ewigen Nörgler so richtig zeigen. Dann schloß sie die Augen und schmetterte das hohe C mit einer Wucht heraus, daß ihm Hören und Sehen verging. Mr. Allegro gaffte die dicke Dame an. Er hatte diesen Urschrei nicht erwartet. Gellend bohrte sich ihr Ruf in sein Gehör. Er ließ den Taktstock zu Boden fallen und hielt sich die Ohren zu. Die dicke Dame bemerkte das nicht, weil sie ihre Augen noch geschlossen hielt. Ihr Atem war lang. Unendlich lange hielt sie den Ton. Das Fensterglas zersprang. Zu stark waren die Schwingungen, die sich in einer Sekunde abspulten. Klirrend fiel die Scheibe auf den Bürgersteig. Die Tauben, die eben noch an dieser Stelle Brotkrümel aufgepickt hatten, flatterten in die Höhe. Ein Radfahrer riß vor Schreck den

Lenker herum und stürzte auf den Boden Die Oma, die sonst alle Zeit der Welt zu haben glaubte, sprang zur Seite, damit der Lenker sie nicht streifte. Ein Auto machte eine Vollbremsung, weil das Fahrrad auf die Straße schepperte. Der Autofahrer hatte es sehr eilig gehabt. Er hatte wenig Zeit. Aufgeregt ließ ein Kellner eine Torte fallen, die er noch schnell an Tisch sieben servieren wollte. Ein junger Knirps rutschte auf ihr aus. Sein Fußball-Netz entleerte sich, und alle Bälle rollten auf die Straße. Zwei Busse hielten an. Da die Kreuzung nun voller stehender Autos war, kamen sie nicht voran. Mr. Q, der um keinen Preis den Flieger verpassen wollte, wurde nervös. Es mußte ja so kommen. Schließlich war er schon heute früh mit dem verkehrten Fuß aufgestanden. Nun also das Chaos. Viele Leute schimpften. Der Flieger flog ohne Mr. Q ab, weil er ihn nicht mehr erreichen konnte. Dummerweise war sein Handy kaputt. Das war schlecht für sein Geschäft. Es hing so viel an ihm. Da er jetzt nicht mehr pünktlich ankam und somit seinen Koffer nicht termingerecht übergeben konnte, ging ihm alles durch die Lappen. Der Auftrag war hin. Das bedeutete Arbeitslose. Werner W. war davon betroffen. Das Geschäft hätte ihm Arbeit und folglich Lohn gebracht. Jetzt war alles futsch. Wie gerne hätte er seiner Frau die goldene Uhr gekauft, die sie sich schon seit langem wünschte. Werner W. ließ sie einst reservieren. Das mußte jetzt rückgängig gemacht werden, der Kauf wurde unmöglich. Der Uhrenverkäufer fand das auch nicht witzig. Schließlich war er froh, endlich einen Kunden für das prunke Stück gefunden zu haben. Nun mußte er es wieder als verfügbar in das

Schaufenster stellen. Zwei Frauen kamen vorbei und bewunderten die wertvolle Handarbeit. Jede wollte die Uhr für sich haben. Sie stritten sich und gingen auseinander. Ihre Ehemänner fühlten sich genervt, weil sie plötzlich hysterische Weiber zu Hause hatten. Was wäre das für ein schöner Abend geworden, wenn diese blöde Uhr nicht im Schaufenster gelegen hätte. So aber verbuchten sie verlorene Stunden. Die Nacht dieser Paare verlief unruhig. Gerädert gingen sie am nächsten Tag zur Frühschicht. Alles verlief mühsam. Endlos zogen sich die Arbeitsstunden hin. Dabei erinnerten sie sich daran, einmal gelesen zu haben, daß die Inkas angeblich eine 10-Tage-Woche gehabt hatten, während man heutzutage nur sieben Tage zählt. Doch dieser Trost half ihnen nicht. Die Zeit schien im Schneckentempo zu kriechen. Doch irgendwann war tatsächlich Feierabend. Mit müden Beinen schlurfte der Gatte zum Fahrstuhl und drückte auf den Knopf. Dabei kramte er seinen Büroschlüssel hervor. Die Fahrstuhltür öffnete sich. Dem Mann entglitt das Schlüsselbund, es fiel in den Fahrstuhlschacht und klirrte in die Tiefe. Der Mechaniker mußte Überstunden einplanen, um den Schlüssel wieder hervorzuholen. Er hatte Konzertkarten, die nun verfielen. Da fiel ihm sein Freund ein. Über das Handy bot er ihm die Karten an. Der Freund schwang sich aufs Fahrrad und holte sich die Konzertkarten ab. Zu dumm, daß er auf dem Rückweg über einen Scherbenhaufen fuhr, neben dem sich viele Tauben tummelten. Platt stand sein Reifen auf dem Asphalt. Dann kam ein starker Wind auf, der ihm die Karten aus der Hand riß und in die Höhe wirbelte. Durch ein kaputtes Fenster trudelten die Tickets in eine Wohnung, in der eine dicke Dame stand. Ein seltsamer Herr hielt sich die Ohren zu.

Mr. Allegro ging zu der dicken Dame und legte seine Hand auf ihren Mund. »Ist gut jetzt«, sagte er zu ihr.

Die dicke Dame schaute verwirrt: »Aber bin ich nicht besser als gestern geworden?«

Mr. Allegro schritt zum Fenster und hob die Karten auf. »Sehen Sie!« rief er. »Da haben wir es. Wir bekommen schon die Konzertkarten zurück, weil Sie das hohe C nicht richtig singen. Die Leute sind erbost!«

Die dicke Dame war empört. »Das ist doch alles Unsinn!« wehrte sie sich.

Mr. Allegro ließ sich in einen Sessel fallen. Er massierte sich die Stirn. »Jetzt haben wir so lange geübt, das Fenster ist entzwei und wir bekommen die Konzertkarten zurück. Ist das ein Zeichen? Vielleicht eine Warnung, zur rechten Zeit das Vorhaben zu ändern oder es ganz zu lassen?« sinnierte Mr. Allegro.

Die dicke Dame zuckte mit den Schultern: »Es könnte ja auch Zufall gewesen sein.«

»Nein! Das war kein Zufall. Nachher ist Premiere. Das ist ein Zeichen der Zeit. Wir müssen etwas tun.«

»Aber es gibt nun einmal Zufälle. Sie finden willkürlich statt. Zu jedem Zeitpunkt. Außerdem müßten, wenn Ihre Vermutung stimmt, ganz schrecklich viele Karten in unser Haus flattern. Das ist doch unlogisch.«

»Meine liebe, gute Dame, was wissen Sie von Zufällen? Wenn ich jetzt auf den Tisch klettere und schreie, wird das der Nachbar von gegenüber bemerken und sich wundern. Wenn ich es fünf Minuten später tue, wird der Nachbar sich nicht wundern, weil er gerade aufs Klo muß und mit seiner Hose kämpft. Ich kann es nicht wissen. Der Nachbar kann es nicht wissen. Die Zukunft ist nicht planbar. Nicht für uns. Aber für das Universum. Es geschieht, was eben geschieht. Alles ist eine automatische Abfolge, die sich aus sich selbst ergibt, so wie bei einem Dominostein, der die anderen Steine mitreißt. Was nachher passiert, wissen wir nicht. Und wie es geschieht, wissen wir erst recht nicht. Aber es passiert nach einem System, dessen Bestandteil wir sind. Alles ist festgelegt. Es gibt keine Zufälle!«

Die dicke Dame brauchte eine gewisse Zeit, bis sie das Gesagte verarbeitet hatte. In ihrem Kopf kreiste ein Wirbel von Gedanken, der gebändigt werden mußte. Mutig stellte sie sich, nachdem sie tief Luft geholt hatte, gegen den Professor und ließ ihn wissen: »Aber Sie können doch entscheiden, wann Sie etwas tun. Und Sie können auf die ablaufenden Ereignisse Einfluß nehmen. Unternehmen Sie jetzt etwas, geschehen andere Dinge, als wenn Sie später etwas tun. In jeder Minute, in jedem Augenblick passiert in der ganzen Welt etwas: Ein Kind wird geboren, ein anderer Mensch geht dahin, jemand gewinnt im Lotto und in China fällt ein Sack Reis um – genau jetzt! Das ist doch nur eine Frage der Zeit.«

Mr. Allegro brauste auf: »Ja, aber alles ist vorgegeben! Wir können nur entscheiden, wann wir abwägen. Vielleicht aber stimmt noch nicht einmal dieser Gedanke. Wer sagt uns denn, daß wir die Entscheidung wirklich selbst treffen? Es könnte ja eine unsichtbare Macht sein, die uns etwas ins Ohr flüstert. Aber selbst, wenn wir wirklich den Zeitpunkt frei wählen können, so sind die folgenden Ereignisse zwangsläufig und vorherbestimmt. Ob wir nun jetzt oder nachher etwas tun, das ist egal. Zufälle sind nur eine subjektive Erfahrung jedes einzelnen. Sie gibt es nicht wirklich. Sie existieren nur in unserer Wahrnehmung.«

Die dicke Dame schwieg. Sie glaubte ihrem Meister nicht. Sie glaubte, daß Zufälle tatsächlich zufällig geschehen und es keine Form von zwangsläufiger Abfolge gibt. Schließlich würde man sonst vieles besser machen, weil man eine Winzigkeit mehr vorhersehen könnte, als es einem die eigene Erfahrung vermittelt. Das Schicksal plant nicht, alles entsteht in der Gegenwart des Augenblicks. Aber ein bißchen zweifelte sie schon daran. Dann ging sie zum offenen Fenster und blickte hinaus. Auf der Straße prügelten sich zwei Jungen. Jeder hatte dem anderen bereits eine ordentliche Menge Müll ins Gesicht geschmiert. Schimpfworte fielen. Die dicke Dame überlegte, ob sie das hohe C singen sollte. Vielleicht würden die Streithähne dann mit der Prügelei aufhören, weil sie sich die Ohren zuhalten müßten. Die dicke Dame überlegte, warum sie überlegen mußte. Sie dachte, daß sie eine freie Entscheidung treffen könnte, daß es in ihrer Hand läge, einen Zeitpunkt zu bestimmen, etwas zu tun oder ganz zu lassen. Sie holte tief Luft. Ihre Brust schwoll wie bei einem Truthahn an. Dann schloß sie die Augen – und sie sang das hohe C. Die Frequenz, also die Schwingungen, die in einer Sekunde stattfanden, war heftig. Eine unglaublich lange Zeitspanne erklang der grelle Ton und bohrte sich in

jeden Gehörgang. Die Streithähne ließen sofort voneinander ab.

Es war der Tag, an dem nicht nur die Konzertkarten,
sondern auch der ganze Müll durch das Fenster in Mr.
Allegros Wohnung flogen. Ob dies nun einer automati-
schen Abfolge, die sich in einer Zeitspanne zwangsläufig
ergab, geschuldet war, oder ob es aus reinem Zufall geschah, erforschte Mr. Allegro nicht. Er hatte keine Zeit
dafür.

***

Helden der Zeit

Die Erde ist vor circa 4.500 Millionen Jahren entstanden. Vor etwa 700 Millionen Jahren bildeten sich die ersten Lebewesen. 20 Millionen Jahre ist es vermutlich her, daß sich der Stammbaum der Affen teilte. In einer ebenso unfaßbar langen Zeitspanne ging daraus der Mensch hervor. Zuletzt entwickelten sich der aufrechte Gang, Verstand und Bewußtsein. In unserer heutigen Zeit spielen diese Dimensionen keine Rolle mehr. Heute geht es um Tage, Stunden, Minuten, um Sekunden.

Samstag, 26. März, 1.30 Uhr: Der Notruf geht in der Zentrale ein. Ein Haus brennt. Alarm. Die Feuerwehrleute rutschen die Stange herunter, greifen ihre Ausrüstung und steigen in den Wagen. Der Motor läuft. Alle sitzen auf ihren Plätzen. Das Garagentor geht auf, Blaulicht wird eingeschaltet, das Martinshorn ertönt. Mit höchster Geschwindigkeit prescht der Löschzug durch die dunkle Nacht. Es gilt der kürzeste Weg, bloß keine Umwege. Dann bremst der Wagen. Ein Baum ist auf die Straße gestürzt, es gibt kein Vorwärtskommen. Über Funk wird Hilfe geholt. Der Wagen kehrt um, nimmt eine neue Straße, um zum brennenden Haus zu kommen. Dann stehen sie vor der richtigen Einfahrt. Aber es ist eine Sackgasse, parkende Autos versperren den Weg. Niemand dachte an einen Notfall. Überall Leute, in Bademänteln und in Decken eingehüllt, die in die Richtung zeigen, in der das Unglückshaus steht. Die Feuerwehrleute steigen aus, stemmen die parkenden Autos zur Seite, dann steigen sie wieder in das Fahrzeug ein, bahnen sich den Weg Richtung Feuerherd. Endlich sind sie angekommen. Sofort bezieht jeder eine Position. Anweisungen werden gegeben. Männer trösten ihre Frauen, Mütter ihre Kinder – überall Panik und Entsetzen. Ein Mann kommt angerannt: Sein Kind ist noch oben. Wer holt es heraus? Stichwort über Funk: Menschenrettung! Die Leitern werden ausgefahren, Schläuche ausgerollt. Zwei Feuerwehrleute betreten mit Schutzanzügen das Haus. Überall kracht es. Starke Hitze treibt den Schweiß auf die Stirn, hin und wieder saust ein Balken auf die Erde. Hilferufe quellen aus den Flammen hervor – hier muß das Kind sein. Vorsichtig tastet sich einer der Männer nach oben. Es geht um Leben und Tod. Wenige Momente später hat er das schreiende Kind gefunden. Das Mädchen klammert sich an einen Teddy, verweinte Kinderaugen blicken den gespenstischen Mann an. Kommt jetzt die Rettung? Wieder ein Knall. Eine Wand stürzt ein und wirbelt Schmutz und Hitze auf. Die Flammen schlagen hoch. Sofort springt der Mann herüber und zieht das Mädchen heraus. Der Teddy rutscht aus den Kinderhänden, fällt in ein Flammenmeer und verbrennt. Entschlossen klettert der Mann mit dem Mädchen auf seinem Arm aus dem brennenden Haus heraus. Glückliche Eltern drücken ihr Kind an sich. Ihre Tochter konnte gerettet werden. Die Hilfe kam zur richtigen Zeit. Kurz darauf stürzt das gesamte Gebäude ein.

Freitag, 22. April, 13.35 Uhr: Der Unfall hat mehrere Opfer gefordert. Ein Mensch liegt reglos am Boden, zwei winden sich vor Schmerzen. Ein Cabrio und ein

Motorrad. Natürlich ohne Helm … Neugierige bilden einen Kreis. Eine Frau fällt in Ohnmacht, zwei Freundinnen helfen ihr. Wie gut, daß Jochen B. gerade sein Haus verläßt, er ist Arzt und will zur Arbeit fahren. Aber das braucht er jetzt nicht mehr. Die Arbeit kam quasi zu ihm. Und das genau zur richtigen Zeit. Er stellt schwere Knochenbrüche fest, ein Krankenwagen muß her. Per Handy informiert er den Rettungsdienst. Immer wieder müssen Schaulustige zurückgehalten werden. Dann erscheint endlich der Krankenwagen. Schnell steigen die Sanitäter aus dem roten Fahrzeug aus, öffnen die Hintertür, holen eine Bahre und zwei Koffer hervor. Funksprüche quaken aus den schwarzen Pockets. Jeder Handgriff sitzt, bald ist alles gesichert. Es folgt ein zweiter Krankenwagen, das gleiche Spiel wiederholt sich: Puls wird gemessen, Verbände werden angelegt, beruhigende Worte gesprochen. Dann werden die Kranken verladen. Das Blaulicht brennt noch immer, der Motor startet, das Martinshorn geht an. Der Verkehr ist dicht, kaum einer kann Platz machen. Der Fahrer weicht auf eine Nebenstraße aus. Hoffentlich gehen die spielenden Kinder aus dem Weg! Sie tun es. Das Martinshorn verjagt sie alle. Bloß weg hier. Es ist ein Wettlauf gegen die Zeit. An Bord werden Vorbereitungen getroffen: Atmung, Puls, ein paar Fragen. Dann reißt der Wagen um die Ecke, Instrumente fallen herunter. Es geht weiter geradeaus.

Einer wird durch die schwierige Operation gerettet, die Ärzte haben schnell und richtig gehandelt. Eine Minute später, ein falscher Handgriff und Martin P. hätte wohl für immer die Augen geschlossen. Die Zukunft von Lieselotte M. dagegen ist ungewiß. Die Verwandten hoffen.

Der dritte Patient erliegt auf der Fahrt ins Krankenhaus seinen Verletzungen. Es ist 14.10 Uhr.

Mittwoch, 1. Juni, 10.00 Uhr: Seelsorger Rudi S. erhält Besuch. Sein Patient steht vor ihm, kreidebleich, die Hände zittern. Er gesteht die Tat: Im Einkaufszentrum der Nachbarstadt hat er eine Zeitbombe versteckt. Sie wird um 11.00 Uhr explodieren. Sein Gemüt spielt verrückt. Der Patient ist stolz, hat aber auch Angst. Warum ist er gekommen? Was soll dieser Auftritt?

Rudi S. ist ebenfalls kreidebleich. Auch seine Hände zittern. Sagt ihm der Mann die Wahrheit? Oder ist es ein Bluff? Beide setzen sich auf die Couch, reden miteinander. Aber der Patient verrät nicht viel. Nur einen kleinen Hinweis gibt er, wo die Bombe liegt, kramt dann einen Schlüssel aus seiner Hosentasche, umklammert ihn wie ein Kind, das sein Spielzeug nicht hergeben mag. Es ist der Schlüssel zur Bombe. Öffnet man die Blechtür, gelangt man an den Hebel, der sie entschärft. Es ist der einzige Schlüssel. Und es sind nur noch fünfzig Minuten bis zur Explosion. Rudi S. greift zum Telefon, will die Polizei informieren. Aber der Apparat streikt. Verdammte Technik. Was soll er tun? Mit einem Trick macht er den Patienten handlungsunfähig. Gut, daß für alle Fälle immer ein Betäubungsspray bereitliegt. Rudi S. fesselt seinen Schützling, schleift ihn aus dem Haus hinaus zum Wagen, wo er ihn auf die Hinterbank legt. Er steigt ins Auto. Die Zeit rennt. Er muß die Bombe entschärfen. Rudi S. findet im Auto sein Handy. Endlich! Schon seit Wochen vermißt er es. Was soll diese Unordnung? Er wählt die Rufnummer, stellt dann aber fest, daß das Handy entzwei ist. Für einen Augenblick glaubt er, einen bösen Traum zu träumen, aber es wird ihm schnell klar, daß alles rauhe Wirklichkeit ist.

Rudi S. tritt das Gaspedal durch. Jaulend pfeift der Fahrtwind, das Auto vibriert. Es sind noch so viele Meilen. Sein Herz schlägt stark, so als wollte es aus dem Brustkorb springen. Was ist, wenn er es nicht schafft? Wird er dann mit seinem Gewissen fertig werden? Ist er deshalb mitschuldig, weil er die Wahrheit kennt? Er gerät in einen Stau, irgendwo ist eine Baustelle. Langsam rollen die Wagen voran. Sehr langsam. Dann bleibt jeder stehen. Rudi S. nutzt die Zeit, fragt andere Fahrer, die ebenfalls im Stau stehen, ob sie ihm ein Handy leihen können. Aber nichts dergleichen: Sie sehen auf der Hinterbank einen gefesselten Mann, und so vermuten sie, von einem Gangster gefragt zu werden. Es bleiben noch zwanzig Minuten. Aber geht seine Uhr überhaupt richtig? Sind es vielleicht doch noch fünfundzwanzig Minuten? Er fühlt ein Zucken in den Händen, fühlt die Unruhe wachsen. Er will aus seiner Haut, aus seiner Situation heraus. Soll er flüchten? Vor wem würde er wegrennen? Vor sich selbst? Der Stau löst sich auf. In Meterschüben bewegt sich jeder von der Stelle, die Blechkarren kriechen. Manchmal hupt einer, weil ein anderer eingedöst ist. Wenn auch noch viele Autos dicht an dicht fahren, der Verkehr lockert sich langsam. Rudi S. will überholen, schwenkt sein Fahrzeug auf den Seitenstreifen. Mit Vollgas prescht er los, fährt schließlich an der Spitze. Sein Auto quittiert das mit mahnendem Geschepper. Egal, Hauptsache, er kommt an. Es ist wie bei einem Wagenrennen. Er blickt auf den Tacho: Die

Nadel liegt am Anschlag, fast will sie aus dem Gehäuse hüpfen. Sausend fliegt die Landschaft an ihm vorbei. Nach einer Weile nimmt Rudi S. das Gas zurück, folgt einer Ausfahrt und fährt in die Stadt hinein. In der City prescht er weiter mit 80 km/h. Passanten rennen vor Angst davon. Die Rotphasen mißachtet er, ein paar Kurven liegen noch vor ihm. Dann sieht Rudi S. das Einkaufszentrum, in dem die Bombe schlummert. Er macht eine Vollbremsung. Es ist 10.55 Uhr.

Montag, 18. Juli, 15.39 Uhr: Das Telefon klingelt. Journalist Eddi P. geht ran. Er bekommt einen anonymen Hinweis: In einem Dorf sollen heimliche Atomtests stattfinden. Alles top secret. Nun aber klingelte dieses Telefon, und Eddi P. weiß jetzt Bescheid. Morgen sind Wahlen. Es muß ein neuer Kanzler her. Die Zeit drängt. Was soll Eddi P. tun? Er darf nur im Dunkeln operieren, weil die Nachricht unseriös sein könnte. Aber was ist, wenn sie stimmt? Wer ist für diese Tests verantwortlich? Und warum kommt diese Meldung kurz vor den Wahlen?

Eddi P. fährt los, das Dorf ist nicht weit. Trotzdem braucht er lange für die Strecke, da viele Schlaglöcher auf dem Weg liegen. Es ist zum Verrücktwerden. Nichts wird mehr repariert. Das Land ist arm. Dann kommt er an, schaut sich um, führt Gespräche. Alles diskret. Gab es neue Gesichter? Ist irgend etwas aufgefallen? Wollten die Dorfbewohner etwas verändern? Er findet keine Antworten, nur fragende Gesichter. Er fährt in die Redaktion zurück, recherchiert im Archiv und auch im Internet. Was ist zu tun? Die Meldung verschweigen, weil sie

Panik macht und zweifelhaft sein könnte? Die Meldung herausbringen, damit sie aufrüttelt und warnt? Diese Schlagzeile wäre ein Hammer. Es ist 20.07 Uhr. Morgen sind Wahlen. Und der Redaktionsschluß naht.

Sonntag, 7. August, 14.00 Uhr: Berlin, Strandbad Wannsee. Ein Feuerwehrmann sonnt sich im Sand und genießt gähnend seine Freizeit. Die Kinder des Arztes Jochen B. spielen direkt daneben mit einem aufblasbaren, bunten Ball, der oft genug vom Wind abgetrieben wird und aus dem Wasser geholt werden muß, in dem sich junge Schwäne tummeln. Eine abwechslungsreiche Aufgabe für Seelsorger Rudi S., der eigentlich gerade damit beschäftigt ist, etwas Sand zu stibitzen, um seine Praxis damit zu dekorieren. Und Abwechslung ist für ihn zur Zeit sehr wichtig, da er doch neulich erst eine Bombe suchen mußte. Genau in diesem Augenblick holt ein Herr seine Kamera aus der Tasche. Ihn amüsiert die Szene, er legt die Pocket an und drückt den Auslöser. Vor kurzem noch hatte ihn die Zukunft eines Dorfes beschäftigt, da aber alles zu einem guten Ende gekommen war, fühlt er sich heute im Strandbad besonders wohl. Es ist der Journalist Eddi P.

***

Die Lok

Das schwere Pendel schlug zurück und man hörte deutlich das Einrasten im Uhrwerk. Mit großen Augen blickte ein Junge in die Standuhr, drückte sich am Fensterglas die Nase platt. Wie alt war dieses Kunstwerk, das auf den Jungen wie ein Hochhaus wirkte? Der bebrillte Opa las von dem Schild »1850« ab.

»Da drüben sind die Lokomotiven«, versuchte der Opa seinen Enkel zum Weitergehen zu motivieren, schließlich gab es im Technikmuseum noch viel zu bewundern.

»Aujah! Die Lokos!« rief der Junge, der genau wie sein Großvater zu Hause mit Modelleisenbahnen spielte.

Sie betraten eine große Halle. Eine Lok neben der anderen ruhte auf den Abstellgleisen. Wuchtig. Stark.

»Es ist, als betrachte man seine eigene Vergangenheit«, murmelte Opa, und er ahnte, daß der Junge diesen Satz aufgreifen würde.

»Bist du mit diesen Maschinen damals gefahren?«

»Ja, Martin.«

»So richtig mit Dampf?«

»Ja, das habe ich doch immer wieder erzählt, weißt du das nicht mehr?«

Der Junge nickte. Gleich darauf kletterte er die Besuchertreppe hinauf, die in den Führerstand des Stahlrosses führte. »Komm Opa, hier ist es toll.«

Langsam folgte der alte Mann die Stufen hoch. Oben angekommen, lächelte er. Wenngleich es damals hart und ungesund gewesen war, weil das Kohleschippen in die Knochen und der Dampf in die Lungen ging, erinnerte er sich gerne an die alte Zeit. Aber er fühlte auch, daß er seine Vergangenheit verschönte. Das Unterbewußtsein hatte so manchen Trick auf Lager, um das Leben erträglicher zu machen. Nicht die schlechten, sondern die guten Erinnerungen wurden abgespeichert, damit die Seele glücklich blieb. Doch hier, im Museum, schaute er auf sein wirkliches Leben zurück. Da war die Sentimentalität, die ihn trieb. Da war die Erkenntnis, daß diese Zeit unwiederbringlich vergangen war.

»Opa, du guckst ja gar nicht«, beklagte sich der kleine Martin, der tausend Fragen zu haben schien. Opa erklärte alles: die Hebel, Griffe, Rohre, Zifferblätter, Leistungsmöglichkeiten und dergleichen. Er berichtete von kuriosen, spannenden Abenteuern, von Herausforderungen, von lustigen Erlebnissen und dramatischen Zwischenfällen. Ein bißchen Philosophie packte er auch noch ins Programm. So berichtete er über die Logik eines Fahrplans. Die meisten würden darunter verstehen, daß ein Zug zu einer bestimmten Zeit in einem Bahnhof eintrifft. Sie würden dies als *ein* Ereignis begreifen. Aber das stimmt nicht. Es sind *zwei* Ereignisse, die im selben Moment zusammenspielen, nämlich das Einfahren des Zuges und das Fortschreiten des Uhrzeigers auf eine bestimmte Ziffer.

Es dauerte nicht lange, bis sich andere Museumsbesucher um ihn herumgestellt hatten und neugierig seinen Ausführungen lauschten. »Sie können das aber gut erzählen«, rief ein Mann, der etwas weiter hinten stand.

»Warum machen Sie keine offiziellen Führungen?« fragte eine Frau, die sich ebenfalls für die Technik interessierte.

Der Opa lächelte verlegen. Da war er also wieder: der Erzähler aus der Vergangenheit.

»Mein Opa kann noch viiieeel mehr erzählen«, gab der Junge an, und er genoß es dabei, von einem Mädchen bewundert zu werden.

Aber Opa beschwichtigte: »Ist ja gut, Martin, jetzt wollen die Leute mal alleine gucken.« Nur mit Mühe bekam er den kleinen Jungen vom Führerstand herunter. Sie gingen um die Lok herum. Eine Frau – um genau zu sein: die Frau, die danach gefragt hatte, warum er keine offiziellen Führungen mache – versuchte, den Opa in ein Gespräch zu verwickeln: »Ist das Leben nicht genau wie eine Eisenbahn?« fragte sie mit neckischem Augenaufschlag. Sie, die um viele Jahre jünger als der Opa war.

»Ähem, ja, wie eine Eisenbahn«, bestätigte er.

»Wir sitzen doch alle im selben Zug«, schob die Frau nach.

»Nein, da irren Sie sich, es heißt ›Boot‹. Wir sitzen alle im selben Boot.«

Die Frau lächelte: »Nein, ich meine wirklich ›Zug‹.«

Opa runzelte die Stirn.

»Schauen Sie«, sagte die Frau, »Sie sitzen schon sehr lange im Abteil. Viele Bahnhöfe später bin ich zugestiegen. Wir beide fahren einige Stationen gemeinsam und irgendwann werden Sie aussteigen. Ich werde wahrscheinlich noch einige Stationen weiter fahren, und Ihr Enkel wird sogar noch später aussteigen als ich.«

Der Opa schaute auf: »Ach so, Sie meinen die Lebensstrecke. Der Zug ist unser Leben, das wir zum Teil parallel führen.«

»Genau.«

Für einen Moment schwiegen alle, und Opa dachte nach. »Tja«, sagte er schließlich, »wenn das so ist, dann müssen wir aber alle Metaphern einbeziehen.«

Die Frau wußte darauf nichts zu erwidern und kaschierte dies mit einem Lächeln.

»Das Leben ist tatsächlich wie ein Zug. Je länger man unterwegs ist, desto weniger Kohlen hat man bei sich, und damit die Fahrt etwas leichter geht, muß man ab und an einen Waggon abhängen, sich von etwas trennen. Man wird müde mit der Zeit.«

Die Frau nickte bedächtig, zauberte aber schnell wieder ihr Gute-Laune-Gesicht zutage.

»Du Opa, die Frau mag dich«, stellte Martin fest.

»Nicht doch«, brummte der bärtige Herr und buffte den Jungen etwas an.

»Du wirst ja so rot«, forderte Martin seinen Großvater dann heraus.

»Ja, also, ähem, wo waren wir noch gleich? Ach ja, das Leben ist wie eine Eisenbahn. Haben Sie eigentlich auch eine Fahrkarte dabei?«

Die Frau quittierte den Scherz mit einem lauten Lachen. »Sie sind mir ja einer!« rief sie schließlich.

»Tja«, brummte der Opa. »Wenn es Sie interessiert: Die Lok hier sah damals natürlich nicht so piekfein aus wie jetzt. Damals glänzte höchstens unser Schweiß, der uns vom Körper rann.« Der Opa versuchte, das Gespräch wieder in eine bestimmte Form zu bringen.

»Heute geht ja alles automatisch«, ergänzte die Frau.

»Damals«, erklärte der Opa, »war es harte Arbeit. Auch die Lok sah oft malträtiert aus. Hier und da blätterte

Farbe ab, die Griffe schimmerten wegen des Abriebs, und oft kam die Lok mit großen Beulen nach Hause.«

»Die sieht hier wirklich aus wie frisch aus der Fabrik«, bestätigte die Frau mit staunendem Gesicht.

»Genau das stört mich daran. Ich verstehe zwar, daß die Museumsfritzen alles auf Vordermann bringen, es ist auch gut, wenn die Lok gepflegt aussieht, aber sie ist nicht mehr die Lok von damals. Die Ehre ist dahin. Sie erzählt nichts mehr. Wenn man wirklich den Atem der Vergangenheit spüren will, muß man die Lok so nehmen, wie sie geendet hat. Das, was die hier machen, ist nichts weiter als Kosmetik, ein neuer Mantel, der den alten Kern verhüllt. Genau wie alte, nicht mehr befahrene Gleise eine Geschichte erzählen, weil sich ihre Umgebung verändert hat. Es wachsen Bäume und Sträucher zwischen den Schwellen, würde man sie abmähen, wären sie inhaltslos.« Eine kurze Zeit verstrich mit Schweigen, dann führte der Opa seinen Vortrag fort: »Sehen Sie sich alte Häuser an, nachdem sie restauriert worden sind. Sie erstrahlen zwar im neuen Glanz, wie zu der Zeit, als sie neu gebaut wurden, aber nun sind sie kalt, unpersönlich, glatt. Genau wie bei Gemälden. Die Risse sind es, die dem Bild seine Persönlichkeit geben, seine Individualität, so wie die Falten in einem Gesicht, das ebenfalls Geschichten erzählt.«

Die Frau nickte stumm. Sie dachte an ihr altes, faltenreiches Kleid, das sie längst ausrangieren wollte und das ihr damaliger Freund noch für viele Jahre tauglich hielt.

»Du, Opa, da drüben sind noch andere Lokomotiven«, stichelte der Junge, der sich kaum noch auf der Stelle halten konnte, so wißbegierig war er.

»Tja, die Jugend«, gab die Frau dem Herrn mit einem Augenzwinkern zu verstehen.

»Kommen Sie doch mit uns«, bot der alte Herr ihr an und ließ sich vom Jungen zum nächsten Dampfroß ziehen.

»Das würde ich gerne. Aber ich muß bald los.«

»Aha! Sie haben keine Zeit. Stimmt's?«

»Na ja«, erwiderte die Frau verlegen, »für ein paar Minuten komme ich gerne mit.«

Sie gingen zu der nächsten Lok, dann zur nächsten, dann wieder zur nächsten, bis sie alle durchhatten und sich die Frage stellen mußten: »Was sollen wir jetzt tun?« Für eine Weile standen sie hilflos im Gang. Der Opa grinste: »Wir können ja den Gang zurückgehen. Wir können uns jede Lok noch einmal ansehen, bis wir an der ersten wieder angelangt sind.«

»Was ergibt das für einen Sinn?« fragte die Frau.

»Ähem«, machte der Opa, »nun ja, wir können zwar keine Reise in die Vergangenheit machen, aber wir können uns der Illusion hingeben, es doch tun zu können. Jede Lok ist nach ihrem Baujahr in die Reihe integriert. Hier sind wir nun bei der neuesten angekommen. Wir könnten also noch einmal zum Ursprung zurückkehren.«

Die Frau schmunzelte. Aber sie tat es zurückhaltend. Ihr Blick wanderte vom kleinen Jungen zum Opa, und sie erinnerte sich wieder daran, daß sie auf halber Strecke zwischen den beiden stand. In der Mitte ihrer Zeit. Sie nickte, willigte ein. Und so gingen sie erneut langsam an den Loks vorbei, Stück für Stück alles nochmals betrachtend, bis sie wieder bei der ersten Lokomotive angekommen waren. Der Opa putzte seine Brille, als ob er eine genaue Prüfung eines bestimmten Bauteils dieser Lok vorhatte. Dann hustete er wieder.

»Sind Sie eigentlich traurig darüber, schon so viele Jahre hinter sich gebracht zu haben?« fragte die Frau in der Hoffnung, dem alten Herrn damit nicht zu nahe zu treten.

Der Opa runzelte die Stirn. »Ähem«, machte er, schwieg, machte dann nochmals »Ähem«, vielleicht, um Zeit zu gewinnen und blickte der Frau schließlich in die Augen: »Das ist so eine Sache. Einerseits schon. Aber eine Gegenfrage: Würden Sie wirklich ewig leben wollen? So mit allen Konsequenzen? Mit der Trägheit, mit dem Unwillen, im täglichen Wettkampf bestehen zu müssen? Hat man das wirklich verdient, dieses endlose Erdulden?«

Die Frau wußte in diesem Augenblick nicht, was sie erwidern sollte.

»Das hält kein Mensch aus«, ergänzte der Großvater. »Stellen Sie sich vor, der erste Neandertaler würde jetzt hier herumlaufen, nachdem er mit einem Linienbus, vorher vielleicht noch mit einem Flugzeug unterwegs gewesen war, eben weil er niemals, wirklich niemals sterben darf. Er würde das alles nicht verkraften, auch nicht, wenn er mit diesen Neuerungen älter geworden wäre und die Chance des Mitwachsens gehabt hätte. Er wäre zu müde für das alles. Und denken Sie auch an die Krankheiten. Früher gab es bestimmte Gebrechen nicht, weil die Menschen nicht so alt wurden. Heute hat man mit siebzig Jahren die Lebenserwartung erreicht, die man damals vielleicht mit dreißig hatte. Wenn auch die Medizin immer wieder Fortschritte macht und den Menschen länger leben läßt, so hat er auch mehr Zeit für mehr Krankheiten. Alles, wirklich alles hat seinen Preis.«

Der Opa hustete nochmals, kräftiger als je zuvor, dann sah er die Dame eindringlich an und beendete seine Erklärung mit den Worten: »Ich versuche es, wie Albert Einstein zu machen. Es heißt, er hätte auf sein Ende gewartet, als ob er einem bevorstehenden Naturereignis entgegensah, ohne Sentimentalität und Bedauern. Und ich glaube, genauso ist es. Auch, wenn es schwerfällt, man kann es wohl nur so sehen.«

Die Frau nickte, schaute zu dem kleinen Jungen, der inzwischen mit einem anderen Bengel in den Führerstand der Lok gestiegen war und mit den Kenntnissen seines Opas protzte. Ihr gefiel das Spiel der zwei Buben. Sie mußte lächeln und fühlte, daß sie den alten Herrn verstanden hatte. »Sie haben recht«, sagte die Frau und wußte, daß für sie dieser Museumsbesuch mehr als ein Geschichtsunterricht gewesen war.

Marathon

Jack rannte die Straße entlang. Seine Haare trieften vor Nässe. Seine Haut glänzte vor Schweiß, und sein T-Shirt wirkte so, als hätte man es vor dem Schleudergang aus der Waschmaschine geholt. Jeder Muskel bewegte sich in Jacks durchtrainiertem Körper. In seinem Gesicht stand die grenzenlose Anstrengung geschrieben. Manchmal schloß er die Augen.

Jack hatte schon die Hälfte der Strecke geschafft. Stolz stand er anfangs am Startpunkt und stellte sich die vielen Menschen vor, die in der nächsten Woche an den Seiten stehen würden, um ihn anzufeuern. Natürlich nur ihn. All die anderen tausend Leute, die mit ihm rennen werden, wären nicht gemeint.

Marathon. Was war das noch gleich? Nachdem 490 v. Chr. ein Läufer mit der Botschaft »Wir haben gesiegt!« auf dem Marktplatz von Athen eingetroffen war, brach er dort zusammen und starb. Später erinnerte man sich daran. 1896 lief man erstmals den Langstreckenlauf von Marathon nach Athen, seitdem gilt er als olympische Disziplin. 42 Kilometer sind schließlich kein Pappenstiel.

Laufen war Jacks Lebenseinstellung. Marathon hieß Leben. Dabei hatte Jack immer wieder seinen inneren Schweinehund zu überwinden, der sich stets neue Ausreden ausdachte, um ihn vom Rennen abzuhalten. Aber die Medaille, die ihn erwartete und das Bier, das er sich versprach, wenn er die Ziellinie durchschritten hatte, waren stärker als seine innere Stimme, und so bemühte sich Jack immer wieder um eine wertvolle Grenzerfahrung.

Jack hatte schlechte Begleiter. Da war die Angst, die sich immer wieder anschlich. Die Angst, daß er schlappmachen könnte, die Angst vor der ganzen Belastung, die er erdulden mußte und die sich wie eine riesige Wand vor ihm aufbäumte. Damals, als er mit dem Rennen anfing, hatte er sich das nicht so schwer vorgestellt. Es begann mit Übermut. »Ich schaffe das, klar«, sagte er sich und seinen Freunden immer. Aus Übermut wurde Mut. Als er dann erstmals lief, wurde daraus Demut, dann Schmerz, und so mußte Jack nicht nur die immer schwerer werdenden Beine heben, sondern sich auch psychisch dem Wunsch nach Aufgabe widersetzen. Er hatte hart trainiert. Mehrmals in der Woche lief er seine Strecke ab, bei jedem Wetter, schließlich wußte er nicht, was der Himmel an jenem Tag versprechen würde, an dem das Rennen stattfinden sollte. Vor jedem Trainingslauf hatte sich Jack aufgewärmt, indem er seine Bewegung allmählich steigerte. So erreichte er nicht nur eine deutlich erhöhte Körpertemperatur, sondern auch einen geschmeidigen Körper, dessen Muskeln, Fasern, Sehnen und Bänder gut funktionieren mußten. Fünf Jahre seien eine gute Zeit zum Üben. Aber wenn man nur zwei Stunden durchhalten wollte, würden es auch zehn Wochen tun – so erzählten damals die Erfahrenen. Eine Information, die Jack mit Skepsis betrachtete, schließlich stellten Ärzte und Forscher hin und wieder neue Regeln auf, weil sie neue Zusammenhänge entdeckt hatten.

Für alles brauchte man also Zeit. Nicht nur für das Rennen, das sich in wenigen Stunden abspielen sollte, sondern auch die lange Übungs- und Vorbereitungsphase wollte gut eingeteilt sein. Jack ernährte sich von Frischobst,

Joghurt und Müsli. Es war nicht leicht, wenn er eingeladen wurde und die deftigsten Gerüche um seine Nase wehten. Aber er wollte sich streng nach seinem Plan richten, seine Kohlenhydrate und Fettdepots genau registrieren. Der Stoffwechsel war wichtig für seinen Erfolg. Somit war Jack froh, ein Nichtraucher zu sein.

Wie schnell würde er im Wettkampf laufen? Es würde um Zehntelsekunden gehen. Zeit bedeutet alles! Dabei erinnerte sich Jack an die sehr genauen Anzeigen der Digitaluhren, mit denen der Wettkampf gemessen wird. Jemand hatte ihm einmal gesagt, daß diese digitalen Anzeigen, also zum Beispiel 19:30:05 Uhr, eigentlich nur einen Ausschnitt der Zeit darstellen, während Uhren, die ein Zifferblatt mit Zeigern haben, das gesamte Zeitvolumen eines Tages offenbaren. Das war natürlich nur eine Frage der Betrachtung. Schließlich weiß jeder, der eine moderne Uhr besitzt, wie viele Stunden ein Tag hat und wie lange eine Nacht dauert.

Die Umrechnungsformel hatte er auswendig gelernt. Er brauchte nur die zehntausend Meter mit seiner Fünftausend-Meter-Zeit zu verrechnen, also diese mal zwei zu nehmen und eine Minute hinzuzufügen. Jack wußte genau Bescheid. Trotzdem fielen ihm die nächsten und übernächsten Meter immer schwerer. Sein Oberkörper beugte sich, er schnaufte stark und manchmal mußte er auch husten. Die Atemlosigkeit war es, die er immer fürchtete. Es war doch immer dasselbe: Ständig galt es, die Zeit vom letzten Mal zu unterbieten, und gerade dieser Anspruch war ein großer Fehler. Nicht die Zeit, in der er die Strecke bewältigte, war wichtig, sondern daß er überhaupt lief, das war von Bedeutung! Jeder Anfänger sollte wissen, daß der Lauf bis zum Schluß eine wichtige Erfahrung ist, daß die ganze Strecke erlebt werden muß, damit jede Gefühlsphase registriert wird – ganz gleich, wie lange man dafür braucht. Es geht um die Selbsterkenntnis! Aber davon wollte Jack nichts wissen. Wenngleich er schon über dem Durchschnittsalter von dreißig Jahren lag und auch einsah, daß sein Körper nicht jünger wurde, fühlte er den Anspruch an seine bessere Leistung. Doch der Asphalt war hart, da nützten auch die Schuhe nichts, die er sich für teures Geld im Fachgeschäft besorgt hatte und auf die er so stolz war. Trotzdem kämpfte er. Marathon war sein Leben. Seine Konzentration richtete sich nur auf das Wichtigste. Kein Sex. Kein Essen. Keine Geborgenheit. Nur Kämpfen.

Die letzten tausend Meter stampfte Jack verbissen ab, als müsse er um sein Leben rennen. Das Verlangen aufzuhören, war riesengroß. Aber er biß die Zähne zusammen und holte die letzten Kraftreserven aus seinem Körper. Doch seine Beine wurden immer schwerer, als ob er Magnete tragen würde, die ihn nach unten zogen. Plötzlich rutschte er. Mit den Armen glich er sein Wanken aus. Dann glitschten seine Sohlen nochmals weg. Jack rannte dennoch weiter. Da war doch nichts. Wahrscheinlich nur ein Blatt vom Baum. Weiter. Schnell. Es war so wichtig. Er rutschte wieder. Diesmal heftiger. Jack schrie, Reflexe durchzuckten ihn. Alles drehte sich in seinem Kopf. Dann schlug er auf den Boden auf.

Da lag er, mit aufgeschürftem Gesicht, alle Knochen taten ihm weh, und in seinem Kopf hörte er ein Brummen. Zunächst tat er nichts. Es waren Sekunden, die sich wie Minuten anfühlten. Dann schaute er sich um, ganz vorsichtig, denn er wollte keine falsche Bewegung machen. Um ihn herum krochen lauter Nacktschnecken. Glitschige, schwarze und braune Tierchen, die sich langsam über den Boden bewegten. Unzählige! Mitten auf der Straße, auf der Jack sein Training lief. Tiere, die einen halben Tag brauchten, um die Straße zu überqueren und die wahrscheinlich ihre ganze Lebenszeit opfern müßten, wenn sie die Marathonstrecke bewältigen wollten.

Jack blickte benommen um sich. In seiner Hand quetschte sich eines dieser Weichtiere. Überall waren sie zu Hause, in Meeren, Seen, Flüssen, auf dem Land. Und ausgerechnet hier auf seiner Straße. Zu genau dieser Zeit. In diesem Augenblick. Diese verdammten Gastropoden! Sie waren das Symbol der Langsamkeit, sie waren allem schutzlos ausgeliefert. Und sie hatten Jack zu Fall gebracht. Jack, den schnellen Marathon-Läufer, der um ein Vielfaches größer, schwerer und schneller war als sie. Aber ist es nicht im ganzen Leben so? Tausende von Menschen hetzen durchs Leben, beeilen sich von früh bis spät, wollen oder müssen die ersten sein, und viele von ihnen spielen eine Rolle, für die sie nicht geschaffen sind. Und dann gibt es diese Bremser, die Negativ-Denker, die sich immer um alles Sorgen machen und jedem ihre Zweifel kundtun müssen. Sie machen alles madig, blockieren, führen einen langsameren Denkprozeß, sind oft phlegmatisch und verbrauchen somit mehr Zeit als ihre Mitmenschen. Aber muß man sich von ihnen gleich zu Boden reißen lassen?

Jack kamen viele Gedanken in den Sinn, obwohl es ihm schlechtging und er keinen ungünstigeren Augenblick für seine Theorien hätte wählen können als diesen. Vielleicht wollte er sich aber auch nur etwas ablenken, und jetzt, wo er sich mit den Nacktschnecken auf gleicher Höhe befand, ergab es sich sogar von selbst. Nein, man muß sich nicht zu Boden reißen lassen, dachte Jack. Bremser sind nichts weiter als eine Opposition, die hinter die Kulissen blickt. Sie bremsen, damit man rechtzeitig die Klippen erkennt und somit eben nicht Gefahr läuft, Schiffbruch zu erleiden. Wer auf seine Mahner nicht hört, glaubt zwar, in kürzester Zeit sein Ziel zu erreichen, steuert aber oft genug in eine Sackgasse, weil er einen Tunnelblick hat. Nur der Weise erreicht das Ziel. Und wer trotz solcher Mahner stürzt, ist nicht schnell genug im Kopf. Schnelligkeit hat nichts mit kurzer Zeit zu tun, sondern mit Umsicht und Weitblick, mit Krafteinteilung zur richtigen Zeit. So dachte Jack. Und für einen Moment glaubte er, mit sich selbst im Reinen zu sein, versuchte ganz bewußt, die Geräusche um sich herum wahrzunehmen. Dabei wunderte er sich, daß ihm niemand zu Hilfe kam. Sein ganzer Körper tat ihm weh und er glaubte, überall blaue Flecken zu haben. Dann aber stieß eine neue Frage durch seinen Kopf, die ihn fortan beschäftigte: Was ist mit den Lebensrettern, die in kurzer Zeit handeln müssen? Mit Bodyguards, von deren Reaktion Menschenleben abhängt? Mit Eilboten, die wichtige Ware, manchmal auch Medizin transportieren? Sollen die innehalten, sich bremsen lassen und langsam sein? Ist ihre Schnelligkeit fehl am Platz?

Jack brauchte nicht lange darüber nachzudenken, um festzustellen, daß alles eine Frage der Priorität ist. Daß alles seinen Wert hat, seiner Bestimmung folgt. So wie in einem Uhrwerk alle Räder laufen. Trotzdem spürte er, daß sich manches im Alltag übersteigert hatte und daß es sehr wichtig war, aus seinem Blickwinkel herauszutreten, um den Weg, den man einst eingeschlagen hatte, zu überprüfen. Schließlich kommt es auf die Position an, aus der man sein Leben wahrnimmt.

Jack schmerzten die Knie besonders stark. Seine Rippen taten weh und sein Gesicht brannte wie Feuer. Im Kopf drehte sich alles unentwegt. Der ganze Körper war ausgelaugt, nun konnte er sein Rennen endgültig abschreiben. Sein Rennen, auf das er sich so gefreut hatte und für dessen Training er viel Zeit investierte. Jack war außerstande aufzustehen. Jede Bewegung tat ihm weh, und so wollte er am liebsten liegenbleiben. Er wollte Ruhe. Für eine Weile glaubte Jack, einen Traum zu träumen, aber nach einer gewissen Zeit bemerkte er, daß alles real und daß sein Bein gebrochen war. Die langsamen Schnecken hatten ihn in Sekunden zu Boden gerissen. Sie hatten ihm eine Erkenntnis gebracht. Diesmal eine andere.

***

Insel der Zeit

Der Kartograph hatte es sich zu seinem Hobby gemacht, in alten Karten nach Inseln zu suchen. Zwar beschäftigte er sich durch seinen Beruf ohnehin mit Landkarten, aber dies waren mehr Arbeiten, die sich mit Neuanfertigungen aktuellen Standes befaßten. Alte Karten aber hatten für ihn etwas Besonderes. Er bekam immer das Gefühl, eine Reise in die Vergangenheit zu machen, wenn er sich die vergilbten und eingerissenen Bögen ansah. Er schien geradezu süchtig danach zu sein, in ihnen herumzuwühlen.

Vor einigen Tagen war es mal wieder soweit. Nachdem der Kartograph sein Abendbrot gegessen hatte, lehnte er sich in seinen alten, braunen Ledersessel und blätterte im Archiv-Ordner. Welche Karte sollte es diesmal sein? Er war es leid, nach einem System die Entscheidung zu treffen, deshalb schloß er die Augen, ließ seinen Finger in der Luft kreisen und schließlich auf die Liste hinabfahren. Karte VII A-Q war dran. Der Kartograph goß sich einen Schluck Wein in das bereitgestellte Glas, ging zum Schrank und holte die entsprechende Mappe hervor. Dann ging er zu dem großen Tisch und entfaltete das alte, brüchige Papier. Die Karte gab die Spuren ihres Alters deutlich preis. Eine Ecke war schon mit einem Klebeband repariert, die Ränder waren angerissen und durch unsachgemäßes Falten eines früheren Besitzers waren viele Knicke entstanden. Aber noch immer konnte man den Geruch wahrnehmen, der von der Druckerschwärze oder vom Papier selbst ausging, jedenfalls bildete sich der Kartograph das ein. Für einen Augenblick meinte er sogar, daß er den Salzgeruch des Meeres wahrnahm, denn das gute Stück, das vor ihm lag, war eine Seekarte. Mit einer Lupe suchte er die Küste ab, an der sich kleine Inseln wie die Perlen einer Schmuckkette aneinanderreihten.

Er dachte daran, wie diese Inseln vor geraumer Zeit entstanden waren. Durch die anhaltenden Meeresströmungen wurde Sand angespült, so daß sich eine Sandbank bildete. Im Laufe der Zeit wurde diese Sandbank größer, bis sie eines Tages so groß war, daß das Meer sich um sie herumschmiegte und keine Rückeroberungsversuche mehr unternahm. Vögel landeten auf diesem Eiland, ruhten sich aus, putzten und schüttelten ihr Gefieder, so daß die darin verfangenen Samenkörner auf den Boden fielen. Pflanzen wuchsen heran, kleine, zierliche Halme, die dem Wind trotzten. Irgendwann wurde diese Insel noch größer, sie wurde so riesig, daß Menschen herübersiedelten, Häuschen bauten und ihr Vieh weiden ließen. Aber das Meer gibt nicht nur, es nimmt auch. Eine andere Insel wurde langsam von der Meeresströmung kleingerieben, und der Wind wehte den Sand ins Meer zurück. So schrumpften manche Inseln, bis sie eines Tages in sich zusammenfielen. Baltrums Westspitze zum Beispiel lag vor vierhundert Jahren etwa 4,5 Kilometer weiter westlich, wo heute die Ostspitze von Norderney umspült wird. Baltrum wurde durch den Zahn der Zeit zur kleinsten der Nordseeperlen.

Der Kartograph erinnerte sich daran, daß Inseln auch durch starke Sturmfluten entstanden sind. Die Wassermassen hatten die Küste angegriffen und durchwühlten in kürzester Zeit das Festland. So wurden viele Ufer plötzlich vom Land abgeschnitten und waren auf einmal zu einer Insel geworden. Der Zahn der Zeit kann also langsam nagen, aber auch sehr schnell. Vor allem aber: Er nagt immer. Die Zeit hat keinen letzten Atemzug. Alles unterliegt der Veränderung, nichts bleibt, wie es ist. Doch die Menschen versuchen, der Natur die Zeit abzukaufen, indem sie eine Insel mittels Sandvorspülungen vor dem Verfall retten, ihr Ende hinauszögern, weil ihnen die Insel ans Herz gewachsen ist und sie sich nicht damit abfinden wollen, daß eine neue Epoche beginnt. Doch es ist nur eine Frage der Zeit und der menschlichen Einstellung, wann das wirkliche Ende zugelassen wird. Die Insel Sylt ist eine solche Zeitbombe.

Der Kartograph blickte auf den Globus, der immer auf seinem Schreibtisch stand. Wenn auch einzelne Karten im Detail sehr interessant waren, boten sie doch nur einen Ausschnitt, und so freute er sich immer, zwischendurch einen Blick auf diese Modellkugel werfen zu können, um einen Gesamteindruck zu bekommen. Früher waren die Kontinente nicht so weit voneinander entfernt wie heute. Wer sich den Globus genau ansieht, kann erkennen, daß Südamerika und Afrika identische Küstenlinien haben, also einst einen Kontinent bildeten. Geologen wissen, daß diese Verschiebung noch immer andauert, in kleinen Schüben »rutscht« das Land hinweg. Dabei ist es schwer einzuschätzen, wie und wann dieser Prozeß enden wird, theoretisch müßten die Kontinente irgendwann auf der anderen Seite zusammenstoßen und wieder eine geschlossene Landdecke bilden. Vermutlich würde dann auch der Pazifische Ozean für immer verschwinden. Eine andere Möglichkeit könnte auch sein, daß die Erdteile wieder zurückwandern, sich also in ihre Ursprungslage manövrieren.

Der Kartograph kratzte sich am Kopf und dachte: Insel, Wind, Sand und Meer – sind das nicht die deutlichsten Boten der Zeit? Der Wind treibt den Sand hinweg, Körner, die sich seit langer Zeit aneinanderreiben. Das Meer spült den Sand an Land, es ist von vielen Geheimnissen umwoben, kann so sanft wie angriffslustig sein. Zu jeder Zeit. Darüber hinaus wird der Sand ohnehin gerne als Zeitsymbol genutzt. Die Zeit verrinnt wie Sand durch die Finger, erinnerte er sich, selbst einmal gesagt zu haben, auch eine schöne, alte Sanduhr mit vielen Verzierungen kam ihm ins Gedächtnis.

Hatten aber Inseln nicht schon immer den Nimbus des Besonderen? Der Kartograph erinnerte sich daran, daß er auf einer Insel immer ein anderes Zeitgefühl bekam, weil durch die Reflektion des Meeres das Tageslicht länger anhielt. Auch philosophierte er, daß eine Insel, die den Menschen die Begrenztheit von Lebensraum deutlich vor Augen führt, eine Art Gleichnis für die Zeit ist, die ja ebenfalls nur in endlicher Menge zur Verfügung steht.

Er nahm einen kräftigen Schluck aus seinem Glas und ließ den Wein auf der Zunge ruhen. Langsam schluckte er den edlen Saft und genoß den guten Geschmack. Auch ein Wein braucht seine Zeit, bis er reif ist, dachte der Kartograph und schenkte sich nochmals ein. Als er dann das gefüllte Glas sah, wie darin die Flüssigkeit infolge seines etwas zu überstürzten Eingießens schwankte, erinnerte er sich plötzlich an die übergroße Wasseruhr, die er in Berlin gesehen hatte. Damals beeindruckte ihn diese Erfindung sehr. Durch ein Labyrinth von gläsernen Rohren und Behältern schob sich das gefärbte Wasser hindurch. Links thronte eine Säule mit zwölf Glaskugeln, über denen eine weitere Kugel ruhte. Jede dieser Kugeln stand für eine Stunde. Rechts reihte sich eine Vielzahl heizungskörperähnlicher Rippen übereinander, ebenfalls aus Glas, an denen die Minuten angezeigt wurden. So konnte man die Uhrzeit mittels des Wasserstandes ablesen. Der Mechanismus war kompliziert, ein riesiges Pendel wankte hin und her, durch Unterdruck wurde das Wasser in Bewegung gebracht. Wenn dann alle zwölf Kugeln gefüllt waren, entleerte sich das Sammelbecken und der Lauf begann von neuem. Diese Wasseruhr hatte ihn fasziniert. Nicht nur im Meer spielten sich also Gezeiten ab, nicht nur dort war der Lauf der Zeit meßbar. Auch der Mensch befand sich in der Lage, ein Instrument zu bauen, das den Fluß der Zeit mit Wasser maß.

Ob es schwimmende Inseln gibt, fragte er sich oft, wenn Kontinente sich verschieben, müßte es doch auch schwimmende Inseln geben. Der Kartograph konnte sich seine Frage nicht beantworten und begnügte sich damit, weiterhin mit seiner Lupe die Karte zu inspizieren. Früher waren die Insulaner von dem Rest der Welt und deren Zeit vollkommen abgeschnitten, weil sie noch nicht so gute Kommunikationsmöglichkeiten hatten. Nur die Seefahrt brachte ihnen neues Wissen, und oft genug waren die Einheimischen mehr auf dem

Meer unterwegs, als daß sie auf ihrem Eiland wohnten. So verbrachten viele Insulaner ihre meiste Lebenszeit auf hoher See, kamen dann mit Beute oder gekaufter Ware und neuen Eindrücken von fremden Ländern zurück, sofern die rauhe See sie nicht verschlungen hatte.

Ist nicht aber die Insel immer auch ein Symbol des Friedens, der Ruhe, ein Ort, an dem man Zeit hat und sich wie im Paradies fühlen darf? Der Kartograph wußte, daß diese Ansicht erst später entstanden war, als man sich klar darüber wurde, daß Abgeschiedenheit auch Vorteile bot. Nämlich aus seinem eigenen Alltag, aus seiner hektischen Zeit herauszutreten und abzuschalten. Und jeder war irgendwann »reif für die Insel«.

Der Kartograph leerte sein Glas, diesmal etwas schneller, und blickte zu dem Gemälde, das eine schwarze Insel mit hohen Felsen zeigte, der sich ein Boot mit zwei Insassen näherte. Die Felsen bildeten eine hufeisenartige Mauer, in der Fenster eingelassen waren. Inmitten dieses Areals wuchsen Bäume, und am Fuße der Insel schmiegte sich eine treppenartige Anlegestelle. Im Boot, das wenige Zeit später dort anlegte, stand eine Person, die mit weißen Laken umhüllt war, und die ihre Hände zu einem Gebet faltete. Genau konnte man das nicht erkennen, da der Betrachter die Person nur von hinten sah. Das Bild wirkte finster und ließ den Betrachter innehalten. Irgend etwas an diesem Bild suggerierte Düsteres, Unheimliches. Der Kartograph fühlte immer diese Unbehaglichkeit, wenn er das Gemälde anschaute. An manchen Tagen zog er sogar einen Vorhang zu, der das Bild verdeckte, um den Anblick nicht ertragen zu müssen – nicht nur, weil es mysteriös wirkte, sondern auch, weil es einen gruseligen Titel trug: »Die Toten-insel«. Arnold Böcklin hatte das Kunstwerk 1883 ge-malt. Aber nein, dachte der Kartograph, Inseln bedeuten Leben, Zuversicht, Rettung. Inseln versprechen, mitten im Element, mitten in der Natur zu sein, bieten die Mög-lichkeit zur inneren Einkehr, lassen die Menschen zu sich selbst finden.

Mit diesem Gedanken schloß er zufrieden die Augen und ließ sich in den Sessel sinken, als wäre er eine Katze, die sich entspannte. Kurz darauf durchpflügte sein lautes Schnarchen die Luft, dessen Rhythmus dem Wellengang der Nordsee entsprach, und so darf man glauben, daß er von einer Insel mit sehr viel Sand träumte.

***

Die Zeit ist eine Scheibe

Um achtzehn Minuten vor dreiviertel nach acht Uhr acht abends schritt eine mysteriöse, männliche Gestalt durch die alte Stadt, in der sich viele Kirchen und Museen befanden. Er hatte schon sechs der hier ansässigen Gotteshäuser besichtigt, außen und innen, aber in keiner Kirche hatte er sie gefunden. Nun hoffte er, mit seinem letzten Versuch endlich Glück zu haben. Warum macht es das Schicksal immer so schwer? Warum liegt das Gesuchte oft in der letzten Ecke, die man erforscht? Der Mann wußte es nicht. Er wußte nur, daß heute Nacht die letzte Chance für ihn war, denn morgen in der Frühe mußte er sich auf den Heimweg machen. Die Zeit war gekommen, der Stadt den Rücken zu kehren – was für ein Glück, daß die Kirchen heute so lange Zugang gewährten.

Langsam öffnete der Mann die schwere, knarrende Holztür, die mit schwarzlackierten Eisenbeschlägen verziert war. In das halbdunkle Foyer schlich er sehr vorsichtig. Die Luft roch nach süßen Duftkerzen. Seine faltigen Hände schoben die schwarze Kapuze vom Kopf, jetzt stand er, sein weißes Haar im Kerzenlicht glänzend, vor der nächsten Tür, die ebenfalls geöffnet werden mußte. Der Mann stemmte sich gegen das schwere Gewicht, als hätte man ihm aufgetragen, einen beladenen Karren wegzuschieben. Waren Kirchen Festungen? Mußten ihre Pforten so groß und schwerfällig sein? Endlich blickte er in das große Kirchenschiff, das durch hohe Säulen getragen wurde und in dessen Wände große, bunte

Fenster eingelassen waren. An allen Ecken thronten Christusfiguren, Stuck und Verzierungen aus Blattgold schmückten fast jeden Winkel. An der Decke hingen einige Kronleuchter, die in feierlichem Licht erstrahlten. Wo man nur konnte, hatte man Gemälde aufgehängt, die Szenen aus dem neuen Testament zeigten. Gedenksteine und andere Schrifttafeln, die mit inzwischen verrosteten Haken im Gestein verankert waren, erzählten von der Vergangenheit. Die Orgel, deren Aufgang von Besuchern nicht betreten werden durfte, wirkte wuchtig, obwohl das Gebälk um sie herum mit aufgemalten Rosen Zierlichkeit zu vermitteln versuchte.

Die Kirche ließ jeden Schritt widerhallen. Es war eine Mischung aus Friedlichkeit und Mystik. Viele Nebenräume reihten sich aneinander, so mußte man genau hinschauen, um nichts zu übersehen. Dann stand der Mann still. Seine Augen glänzten. Sein Atem schien zu schweigen. Die Suche hatte sich gelohnt.

Die riesige Scheibe war in mehrere Kreise unterteilt, die vom Mittelpunkt aus immer umfangreicher wurden, so wie bei Wasserringen, die durch einen Steinwurf nach außen wuchsen. Im Zentrum herrschte eine Sonne, von der sich eine Spirale mit Mond- und Sonnenfinsternisbildern in drei Bahnen zog. Der nächste Kreis bestand aus vier Spalten: Das Jahr Christi, Sonntagsbuchstaben, die goldene Zahl und die Ostersonntage in den Jahren 1911 bis 2080. Im vorletzten Kreis leuchteten rote Buchstaben, Monate mit ihren Tagen und Namen, ganz außen war der Nachthimmel mit seinen Sternen zu erspähen. Er hatte die astronomische Uhr endlich gefunden und konnte nun seine Mission erfüllen. Ihm wurde hier klar, daß es die Welt und deren Menschen schon vor seiner eigenen Geburt gegeben hatte und er wagte es nicht, das Jahr zu ermessen, in dem er in die »ewigen Jagdgründe« gehen würde.

Der Mann setzte sich auf die Kirchenbank, die dabei knarrte, so daß der Lärm in der ganzen Kirche nachhallte. Keine Menschenseele außer ihm war in diesem heiligen Bauwerk, so konnte er sich seinen Studien hingeben – mit sich allein und seinen Gedanken bei Gott, bei der Zeit. Welcher Wochentag war der 11.11.1911? Im äußeren Kreis suchte er das Datum heraus, den 11. November. Das bedeutete ein »A« und den Namen »Mart. Bischof«. Der Name war in diesem Zusammenhang nicht wichtig, aber das »A« war relevant. Die roten Buchstaben gaben die Wochentage an. Er wollte es genau untersuchen und holte sich eine metallische Brille aus seiner dunklen Kutte heraus. A bis G waren also die Wochentage. Seine müden Augen suchten im inneren Kreis und lasen »1911 AB 12 16. April«. Was sollte ihm das sagen? Kurz grübelte er, dann hatte er die Lösung: Der 16. April war der Ostersonntag. »AB« war jetzt interessant. Das A bedeutete ein Sonntag in den Monaten Januar und Februar, das B verschlüsselte die restlichen Sonntage dieses Nicht-Schaltjahres. Der Mann mußte sich also für B entscheiden, da es ja ein Tag im November war, den er suchte. Einen Moment hielt er inne, kratzte sich am Kopf, als hätte die Kapuze seiner Kutte eine Hautallergie ausgelöst, dann schloß er die Augen, rechnete, blickte wieder auf die große Uhr und wußte schließlich: Der 11.11.1911 war ein Samstag. Aber das reichte ihm nicht. Der Mann wollte nun auch wissen, auf welchen Wochentag der 7. April 2080 fallen wird. Sogleich machte er sich ans Werk, las die Tabellen und Spalten ab, rechnete, vergewisserte sich nochmals und konnte dann den Sonntag als Ergebnis feststellen.

Was müssen das für Genies gewesen sein, die früher solche Uhren bauten? Ohne Computer, nur mit bloßer Mathematik? Wie unvorstellbar weit entfernt war 1911 das Jahr 2080? Der Mann wußte es nicht und wollte das zunächst auch gar nicht in Erfahrung bringen. Er hatte etwas anderes vor. Er blätterte in einem alten, mitgebrachten Buch, dessen Seiten nicht nur vergilbt, sondern auch schon angerissen waren und dessen lederner Buchdeckel gleichsam starke Gebrauchsspuren aufwies. Für einen Moment verharrte sein Blick in einem Kapitel, dann blätterte er zurück, verglich etwas und las anschließend in einem anderen Teil des Buches weiter. Dann kramten seine müden Hände aus einer Tasche ein leeres Blatt Papier hervor und kritzelten mit einem alten Füller ein paar Worte darauf. Kurz darauf visierte er die große Uhr an und skizzierte sie auf dem Papier. Doch das hieß schwere Arbeit. Die große Uhr war dicht beschriftet und nicht ohne weiteres zu erfassen. Kaum ein Fleckchen erstrahlte unbepinselt, die Datenmenge glich einem Dschungel, und schön anzusehen war sie ja auch noch. Zwischendurch gönnte er sich eine Pause, schloß dabei die Augen oder ließ den Blick in der Kirche umherwandern, so daß sich seine Pupillen entspannten. Dann aber schaute er wieder auf die Kalenderscheibe und blieb am äußeren Rand hängen: Hier konnte man nicht nur den Nachthimmel mit seinen Sternen erspähen, sondern auch die Tierkreiszeichen hoben sich hervor. Ganz in der Nähe ihrer zugeordneten Monate erstrahlten sie mit goldenen Farben auf dem sonst dunkelblauen Hintergrund. Er erinnerte sich an den Begriff »Frühlingspunktverschiebung«, als vor etwa 2.000 Jahren die Sonne am 21. März am Anfang des Sternbildes Widder stand. In 26.000 Jahren würde sich der Frühlingspunkt einmal durch den gesamten Tierkreis bewegt haben. Ob das wirklich stimmte? Dies waren Zeitmengen, die große Vorstellungskraft erforderten. Was passiert in 26.000 Jahren? Werden sich die Menschen auch dann noch mit Astrologie und Astronomie beschäftigen? Gibt es dann die Zeit überhaupt noch?

Er zeichnete weiter. Wie bei einem Besessenen rutschte der Stift über ein weiteres Papier hinweg und hinterließ viele Linien und Striche, die einer Skizze von Leonardo da Vinci ähnelten, Zahlen und Formeln, die von einem Mathematiker, einem Ägyptologen oder auch vom Geheimdienst stammen könnten. Irgendwann war der müde Mann fertig, er hatte seine Studien abgeschlossen. Jedenfalls glaubte er dies. Sogleich sank sein Körper auf die harte Kirchenbank hernieder. Es dauerte nicht lange, und ein murmelndes Schnarchen lag in der kirchlichen Luft, die mit ihrer Ruhe jedes kleine Geräusch zu einer starken, akustischen Kulisse werden ließ, da die hohen, steinernen Mauern jeden Ton zurückwarfen.

Schritte hallten durch das heilige Gemäuer. Sie näherten sich der Bank, auf der der Eindringling schlief. Der Pfarrer war gekommen und machte seine Runde. Er blickte auf den bärtigen Mann, der in einer alten Kutte schlief, seine Kapuze als Kissen nutzend, vor ihm die ausgezogenen Schuhe, alt und ausgetreten. Der Pfarrer staunte: Was waren das für Manuskripte mit Zeichnungen und Formeln, die er da auf der Bank und auch auf dem Boden verteilt sah? Was sollte dieses Buch? Glaubte der Pfarrer zunächst, einen Obdachlosen vor sich liegen zu haben, hatte er bald die Meinung, einem Genie beim Schlafen zusehen zu können, und so überlegte der Geistliche, ob es vielleicht besser wäre, ihn nicht aufzuwecken. Der Schlafende brubbelte vor sich hin. Träumte er einen schweren Traum? Oder wollte er nur im Halbschlaf, da ihn irgend etwas aus seiner Ruhe geholt hatte, »Geh weg hier!« sagen?

Der Pfarrer setzte sich auf eine Nebenbank und faltete die Hände zu einem Gebet. Still verharrte er in dieser Haltung, stand danach wieder auf und ging zu dem Schlafenden, den er sanft weckte: »Hallo, guter Mann. Geht es Ihnen gut?«

Der Mann brubbelte etwas, was so klang wie »nischbinmüdeghm« …

»Wie geht es Ihnen? Kann ich helfen?«

Wieder brubbelte der Mann, dessen Augen sich einen winzigen Spalt öffneten. Dann hustete er und holte tief Luft. Als seine müden Lider vom Wachreiben dunkel schimmerten, blickte er in das bebrillte Gesicht des Geistlichen. »Oh, Hochwürden, … Tag … ich … bin ich eingenickt?«

»So ist es, mein Sohn. Haben Sie sanft geruht?«

»Hmmm … ich glaube, ich … wie lange habe ich überhaupt geschlafen?«

Der Pfarrer blickte auf seine Armbanduhr und erwiderte: »Nun ja, als ich kam, lagen Sie bestimmt schon eine Weile, vielleicht eine viertel Stunde?«

»Viertel Stunde nur? Mir kommen diese Minuten wie Stunden vor.«

»Tja, die Zeit ist ein geheimnisvolles Ding«, entgegnete der Geistliche, während er nochmals auf seine Uhr schaute, »aber jetzt schließen wir die Kirche. Morgen zur Frühmesse öffnen wir sie wieder. Sie sind herzlich eingeladen.«

Der Mann nickte: »Da haben Sie nun eine Uhr, die bis 2080 geht und knausern jetzt mit den Minuten! Das soll einer verstehen. Aber wissen Sie, was ich mich schon die ganze Zeit frage?«

Der Kirchenmann schüttelte den Kopf.

»Die Frage ist doch: Was macht die Zeit, wenn sie vergeht? Haben Sie darauf eine Antwort?«

Der Pfarrer schüttelte nochmals den Kopf, und nach einigem Überlegen antwortete er: »Sie müssen glauben. Das ist wichtig!«

»Ja aber: Was macht sie denn nun, die Zeit? Auf Ihrer großen Uhr hier ist Zeit vorhanden, die es noch gar nicht gibt. Was wird geschehen?«

Hochwürden nickte lächelnd. Die Zeit reichte nicht, um solche Grundsatzfragen zu diskutieren. »Wie ich an Ihren Zeichnungen erkenne, ist Ihnen die große Kalender-Uhr sehr wichtig, nicht wahr?« entgegnete er schließlich, um sein Gegenüber nicht anzuschweigen.

»Ja, ist sie. Ich bin um die halbe Welt gereist, um sie zu sehen. Ich bin überwältigt! Wer hat das geschaffen?«

»Das waren große Künstler, die sich nicht nur mit schöngeistigen Dingen beschäftigten, sondern auch mathematisch versiert waren. Ich staune auch immer wieder, obwohl ich mich längst an ihr sattgesehen habe. Andererseits: Was bedeutet diese Uhr schon, wenn man sich die ganze Zeit, die Ewigkeit vor Augen führt? Das Jüngste Gericht, Gottes Sohn, die Auferstehung – all das sind Dinge, die tatsächlich weit über den Zeitraum der Kalender-Uhr hinausreichen.«

Der Mann nickte. Dann stand er langsam auf, so als ob er ein Rückenleiden hätte, sammelte seine vielen Papiere ein und setzte sich wieder auf die alte Holzbank. Stumm blickten sich die beiden Männer an.

»Es tut mir wirklich leid, aber ich muß noch einen Krankenbesuch machen, und momentan bin ich alleine im Pfarramt, außerdem ist es schon sehr spät. Deshalb meine Bitte, jetzt zu gehen. Morgen früh ist Messe, wie gesagt, Sie sind willkommen.«

»Ist schon gut«, sagte der Mann, »morgen früh sitze ich zwar im Zug, aber ich habe wenigstens heute für kurze Zeit diese Uhr gesehen, habe mit ihr diese wenigen Minuten geteilt, die in ihrer Lebensdauer nur ein paar Körnchen sind. Aber ich verspreche Ihnen: Ich komme wieder. Allerdings zu einer anderen Zeit, als Sie vermuten.«

»Nämlich?« forschte der Pfarrer.

Der Mann schaute nochmals um sich, ob nicht noch irgendein Zettel von ihm herumlag, stand schließlich auf und ging die wenigen Schritte zu der großen Uhr. Still stand er vor ihr, wie ein Soldat, der eine Wache hält. Sein Blick schien mit der Uhr verbunden zu sein, wie es ein Schiffstau mit dem Bootskörper ist. Einige Sekunden, die vielleicht eine Minute andauerten, verharrte der in seiner alten Kutte wie ein Mönch wirkende Beinahe-

Greis und ließ die Uhr auf sich wirken, ihre Größe, ihre Kunst, ihre Berechenbarkeit und ihr mechanisches Laufgeräusch. Tick – Tack. Tick – Tack. Dann drehte er sich langsam um und blickte dem Geistlichen tief in die Augen. »Im Jahre 2080 werde ich wiederkommen und mir die neue Uhr ansehen«, gab er bekannt.

Schweigen.

»Das … das ist in über siebzig Jahren!« sagte der Pfarrer verwundert.

Der Mann lächelte in sich hinein, wie einer, der in alten Erinnerungen kramt. Dann schaute er ein letztes Mal dem Pfarrer tief in die Augen, so als wollte er bis auf deren Netzhaut sehen, ging schließlich zu der schweren Tür. Nachdem seine müden Hände sie geöffnet hatten und das Licht von den Straßenlaternen in die Kirche drang, weil die äußere Tür eingehakt war, sah er nochmals in das Kirchenschiff zurück. In diese alte Kirche, die schon von so vielen Menschen besucht worden war, in der Taufen, Hochzeiten und Beerdigungsandachten stattgefunden hatten, in der sich Junge und Alte begegneten und einen gemeinsamen Nenner suchten. Was würden diese alten Mauersteine erzählen, wenn sie es könnten? Der Mann erinnerte sich daran, daß zu früheren Zeiten die Kirchen besser als heutzutage besucht waren. Er phantasierte, daß sich alle Menschen, auch die Dahingegangenen, hier in dieser Kirche einfinden würden, als freie Seelen, versammelt in einer großen Gemeinschaft. Er stellte sich vor, wie jeder Stein einen Kirchenbesucher symbolisieren könnte, beschützt in der Ewigkeit des Friedens. Dann schüttelte der Mann den Kopf, so als ob ihm seine Gedanken abartig vorkämen, schließlich glaubte er, schon zu lange hier verweilt zu haben. Er blickte zu dem Pfarrer, der am anderen Ende des Mittelganges stand und dem seltsamen Besucher nachschaute. Der Mann winkte. Der Geistliche winkte ebenfalls zum Abschied, fühlte, daß er jemand Besonderes getroffen hatte und setzte sich wieder auf die alte Holzbank.

»Die Zeit ist eine Scheibe«, hörte er noch die Stimme des Mannes brummen, dann fiel die schwere Tür ins Schloß.

***

Am Ofen

Die Katze spielte mit dem Wollknäuel, das ihr die Oma zum Spielen gegeben hatte. Sie miaute immer wieder und balgte sich damit auf dem Boden. Der Ofen war warm. Opa hatte ihn mit viel Holz gefüllt und dafür gesorgt, daß das Feuer weiterbrannte. Knisternd loderten die heißen Flammen.

»Es ist schon seltsam unser Leben, nicht wahr?« versuchte Oma, ein Gespräch anzufangen. Opa schloß die Luke und rieb sich die Hände. Vielleicht hätte er doch seine Handschuhe für diese Arbeit anziehen sollen. Dann nahm er die Zeitung, machte es sich im alten Sessel gemütlich.

Oma musterte ihn und schüttelte den Kopf. Wieder nix verstanden, dachte sie und rückte näher an ihren Gatten heran. »Schon-seltsam-unser-Leben!« rief sie ihm zu.

Opa schaute auf. Hatte da jemand geflüstert? Er blickte seine Frau an, sah ihre ernste Miene und daß sie die Augen verdrehte. Aha, dachte Opa, wenn Oma die Augen verdreht, muß sie eben noch mit mir gesprochen haben, und ich habe das mal wieder nicht mitgekriegt, weil mein Hörgerät im Schrank liegt. Also stand er auf und holte aus der Schublade das Hörgerät heraus.

Oma versuchte zu lächeln. »Ist schon seltsam unser Leben, nicht wahr, Ernst?«

Opa nickte. »Ja, Elfriede.« Dann nahm er wieder die Zeitung zur Hand.

Elfriede legte ihr Strickzeug beiseite, um ein paar Seiten aus der Zeitung herauszufischen, die aus dem Bündel wegzurutschen drohten. Sie blätterte den Lokalteil durch, dabei raschelten die Zeitungsseiten fast im Einklang mit den knisternden Ofenflammen. »Hier steht, daß man bei Feuer ›112‹ rufen soll«, erzählte sie.

»Das ist ja komisch«, erwiderte Ernst mit verblüffter Miene, »zu meiner Zeit haben wir immer ›Feuer‹ gerufen. Aber so ist das: Die Welt verändert sich.«

»Du Witzbold. Die meinen doch die Telefonnummer.«

Opa ließ sich nichts anmerken.

»Was ist? Trinkst du keinen Tee mehr?«

Opa fühlte sich genervt: »Nachher, Elfriede. Hier steht gerade etwas Wichtiges in der Zeitung.«

»Ach, laß doch das Politische, Ernst. Unsere Zeit ist für so etwas zu kostbar.«

»Ja, aber sie wollen jetzt auch das Renteneinkommen nochmals versteuern. Das ist doch Betrug. Wieso kann man sich dagegen nicht wehren?«

Oma nickte. Auch ihr waren diese ständigen Änderungen zuwider. »Lies doch was anderes«, munterte sie ihn auf.

Nachdem Ernst den Artikel zu Ende gelesen hatte, riß er ihn heraus und legte ihn auf den Fußboden. Dann schaute er sich die anderen Seiten der Zeitung an. So las er im Kulturteil, die Seiten über den Sport, daraufhin die Beilage und als besonderen Bonbon den Wissenschaftsteil. »Ha! Hier steht es. Ich hatte doch recht«, rief er, so daß Oma zusammenzuckte.

»Schrei doch nicht so! Von was sprichst du überhaupt?«

Opa grinste: »Hier, die Sterne, sie gibt es gar nicht!«

»Ja, ja, du hast damals schon versprochen, mir die Sterne vom Himmel zu holen, jetzt habe ich nachgezählt: Es sind alle noch da. Und nun willst du auf einmal wissen, daß es sie gar nicht gibt?«

Es knallte im Ofen. Beiden Rentnern stand der Schreck ins Gesicht geschrieben. Auch die Katze, die mit dem herausgerissenen Artikel spielte, zuckte zusammen. Nervös zitterte ihre Schwanzspitze. Opa aber ließ sich nicht lange beirren, es drohte schließlich keine ernste Gefahr aus dem bewährten Ofen, und so las er weiter aus dem Artikel vor, der ihn so beeindruckt hatte: »Hier steht, daß es die Sterne gar nicht mehr gibt, sondern daß wir nur noch das Licht sehen, was noch immer zu uns unterwegs ist. Wenn der letzte Strahl uns erreicht hat, erlischt für uns der Stern, obwohl er schon längst zu existieren aufgehört hat. Und noch etwas: Hier vermuten Wissenschaftler, daß die Erde sich viel schneller drehen würde, wenn es den Mond nicht gäbe. Der Mond würde durch seine Anziehungskraft die Rotation der Erde verlangsamen. Das hieße ja dann, daß ohne Mond der Tag viel schneller vorbeigehen würde. Mensch, Elfi, stell dir vor: Man müßte dann vielleicht nur noch vier Stunden am Tag arbeiten statt acht.«

»Ach, Ernst, das liest man oft in der Zeitung. Da ist sicher viel Geschwätz bei.«

Opa guckte verwirrt. »Hast du gerade was gesagt?«

Elfriede seufzte. »Ja, habe ich. Und du hast dein Hörgerät wohl immer noch nicht zur Reparatur gebracht«, schimpfte sie ihn an, während sie an dem kleinen Apparat herumfingerte.

»Danke, Elfi«, brubbelte der Opa. «Du weißt ja: Gut sehen kann ich schlecht, aber schlecht hören, das kann ich gut.«

Oma ging darauf nicht ein, sie hatte diesen Spruch schon zu oft von ihm gehört. Die beiden waren einfach schon zu lange ein Paar. »Früher war das Leben viel härter als jetzt«, erinnerte sie sich. »Früher hatten wir noch nicht einen so schönen Ofen, der uns wärmt und träumen läßt.«

»Ja, genau. Das ist, als wenn dir ein Engel auf die Seele pinkelt«, gluckste Opa, der wieder eine Seite umblätterte und dabei hustete.

»Früher hatten wir keine Zeit. Früher hatten wir alle Hände voll zu tun. Die Kinder, die Schule, das Essen – dann deine Arbeit. Wir schufteten bis in den späten Abend hinein. Das Haus mußte in Ordnung gebracht werden, und den Nachbarn halfen wir auch noch. Wir sagten immer, daß wir eines Tages viel Zeit haben werden, weil wir dann Rentner sind«, sprach Elfriede und schaute gedankenverloren zu der Katze, die sich unbeobachtet fühlte und nicht mehr so genau wußte, ob sie lieber mit dem Wollknäuel oder mit der Zeitungsseite spielen wollte.

»Siehst du, Elfriede, das habe ich gleich gesagt: Wir waren damals zu blauäugig. Jetzt sind wir zwar Rentner, aber wir haben deshalb keinesfalls mehr Zeit als früher.«

Oma fühlte sich provoziert: »Ja, logisch, da du ja jeden Tag bis mittags schläfst und alles drei Gänge langsamer machst als früher, müssen wir ja weniger Zeit haben! Das liegt an dir. Und das sagen auch die Kinder.«

Opa hustete, als ob er die Worte seiner Frau wegblasen wollte. »Erzähle mir nicht, daß ich nix für meine Enkel tue«, mahnte er seine Frau, die sich bemühte, den letzten Tropfen aus der Teekanne zu erhaschen.

»Mein Gott, was erzählst du denen aber auch für Sachen.«

»Wieso?«

»Du hast dem Fritz neulich erst erzählt, daß der Mond eine hohle Kugel ist, in der sich ganz viele Zahnräder bewegen. Du hast gesagt, daß in diesem Mond die Zeit hergestellt wird, und daß du später einmal eine Schicht darin arbeiten wirst, weil der Mann im Mond schließlich auch mal Urlaub machen will!«

Opa grinste: »Dann hat das unser Fritz tatsächlich geglaubt?«

»Hat er, Ernst. Und du solltest langsam daran arbeiten, vernünftig zu werden.«

»Haha, vernünftig! Das lohnt sich doch gar nicht mehr. Hihi.«

»Du bist damals schon so kühn mit dem Auto gefahren, Ernst. Ich fand das gar nicht witzig.«

Opa überlegte. »Ja, damals«, beruhigte er sie, »damals wollte ich ein Experiment für die Wissenschaft machen, weißt du?«

Oma wollte gerade Luft für eine Antwort holen, als Opa ungefragt weitererzählte: »Das ist genau wie mit der Berliner Mengenlehre-Uhr, die war auch eine wissenschaftliche Neuheit. Erinnerst du dich noch? Die sah wie eine Laterne aus. Oben war eine runde Fläche, die alle zwei Sekunden blinkte. Darunter befanden sich vier Balken, die mit unterschiedlich großen Leuchtfeldern ausgestattet waren. Die ersten zwei Balken zeigten die Stunden an. Allerdings bedeutete ein Feld der oberen Reihe fünf Stunden. Die unteren beiden Balken markierten die Minuten. Manche Felder zeigten ganze fünf Minuten an, die vier großen Flächen ganz unten aber standen für jeweils eine Minute. Man brauchte nur zu rechnen. Oder erinnere dich an atmosphärische Uhren, die von Luft leben! Bei denen reicht schon eine Temperaturschwankung um ein Grad, damit sie für weitere Stunden laufen.«

Oma runzelte die Stirn. Dabei fiel ihr die Brille vom Gesicht.

»Schau, Elfriede, genau wie jetzt: Die Brille ist dir heruntergefallen. Das liegt an der Erdanziehung. Und ich wollte damals etwas über Geschwindigkeit und Zeit herausfinden. Ich denke gern an diesen Urlaub zurück.«

Oma hob die Brille auf, bevor die Katze ihr das Gestell wegschnappen konnte. Schließlich hatte der Stubentiger schon genug mit dem Knäuel und der Zeitungsseite zu tun.

»Wenn ich mit meinem Auto fünfzig Kilometer pro Stunde fuhr, dann war das die eine Sache. Als mir aber ein Lkw mit hundert Kilometern pro Stunde entgegenkam, hatten wir beide für das jeweils andere Fahrzeug eine Geschwindigkeit von einhundertfünfzig. Das ist doch interessant!« erzählte der Opa stolz, und Oma überlegte, ob diese Rechnung wirklich stimmte.

»Mit dem Unterschied, daß du damals nicht fünfzig, sondern neunzig gefahren bist, und daß ich ebenfalls im Wagen saß und dabei deine Krawatte entknoten mußte, die sich im Hebel des Lenkrades verfangen hatte.«

»Ach das bißchen Fummelei«, brummte Opa.

»Mußtest du ausgerechnet auf unserem Auto meter-
große Buchstaben ›E=mc²‹ aufkleben? Jeder gaffte uns
an, und ich wurde immer wieder angesprochen, weil du
ja arbeiten warst.«

Opa versuchte, sich unschuldig zu machen: »Mir hat
die Formel gefallen. Du warst außerdem damit ein-
verstanden, nach dem Urlaub die Buchstaben kleben
zu lassen, damit wir uns noch lange an diese schöne
Zeit erinnern konnten. Außerdem: Was kann ich denn
dafür, daß ich ein kleiner Physikus bin? Du kochst ja
schließlich auch täglich ein neues, noch nie gesehenes
Essen, das ich dann probieren muß, damit die anderen es ohne Risiko weglöffeln können. Und genauso
hinterfrage ich die Zeit. Ich bin eben experimentier-
freudig.«

Oma zuckte mit den Schultern.

»Das war damals eine spannende Phase«, erinnerte
sich Opa, »stell dir vor, das Licht hat eine konstante
Geschwindigkeit. Bleibe ich vor einer Lampe stehen,
trifft das auch zu. Gehe ich aber dieser Lampe entgegen, müßte das Licht für mich ja schneller geworden
sein, weil es früher auf mich trifft. Das würde dann aber
heißen, daß Zeit und Raum veränderliche Größen sind.
So wie bei den hundertfünfzig km/h.«

»Ist das der Grund dafür, daß du immer bei Rot über
die Straße gefahren bist, damit die Rotphase schneller
vorbeiging?« frotzelte sie.

Opa hustete gekünstelt: »Du kennst wohl die Statistik
nicht. Wer bei Grün über die Straße geht, provoziert fast
einen Unfall.«

»Nein, Ernst, es ist genau umgekehrt: Bei Grün ist man auf der sicheren Seite.«

»Aber einen Zusammenhang mit der Zeit gibt es da schon. Erinnere dich an neulich, als wir zur Bushaltestelle rannten, weil wir glaubten, der Bus käme gleich.«

»Von Rennen kann keine Rede sein. Wir sind höchstens schnell gehumpelt.«

»Na, meinetwegen schnell gehumpelt. Als wir dann aber die Haltestelle erreichten, sahen wir, daß der Bus schon fünf Minuten weg war.«

»Ja, und?«

»Ganz einfach: Wir sind schnell gehumpelt und mußten dafür länger auf den nächsten Bus warten. Wären wir langsam gelaufen, hätten wir eine kürzere Wartezeit gehabt. Es ist alles eine Frage der Geschwindigkeit und der Zeit.«

»Wenn wir aber den Bus bekommen hätten, weil wir noch schneller gehumpelt wären, dann hatten wir eine halbe Stunde eher das Essen auf dem Tisch gehabt. Das wäre besonders nach deinem Geschmack gewesen, mein Lieber.«

»Was wiederum zur Folge gehabt hätte, daß ich am nächsten Morgen früher auf den Lokus müßte, und so hätte ich weniger Schlaf bekommen«, konterte der Opa mit einem triumphierenden Grinsen.

»Dann wären wir aber an diesem nächsten Tag früher aus dem Haus gekommen und hätten das schöne Wetter besser ausnutzen können.«

»So aber haben wir einen Teil des schönen Wetters verpaßt und wurden durch unser späteres Aufbrechen auf den dunklen Himmel aufmerksam, was wiederum zur Folge hatte, daß wir einen Schirm mitnahmen.«

Oma stand auf und hielt die Hand an die Ofenwand. »Los, Einstein! Das Feuer geht aus. Entweder du drehst die Zeit zurück, gehst schneller dem Feuer entgegen, oder du nimmst ein paar Holzteile und fütterst den Ofen damit. Übrigens muß auch noch der Müll heruntergebracht werden.«

Opa raschelte mit der Zeitung, dann kraulte er sich am Ohr. Wie gut, daß man Hörgeräte abschalten kann, dachte Opa. Kurz darauf fingerte er nach dem ausgerissenen Zeitungsartikel. Aber er suchte vergeblich, da die Katze ihn in tausend Stücke zerteilt hatte.

***

Die Sprechstunde

Mr. Clean ging mit müden Schritten die Straße entlang. Er hatte sich zwar gerade etwas ausgeruht, aber zum Schlafen hatte es nicht gereicht. Sein Arbeitstag lag hinter ihm, und er mochte es überhaupt nicht, seine Freizeit mit Gängen wie diesen zu verbringen. Aber der Termin war wichtig und er wollte die Sache erledigt haben. Mr. Clean bog um die Ecke, schritt noch ein paar Meter die enge Gasse entlang und machte dann vor einem alten, schiefen Haus Halt. Seine müden Hände ergriffen die Türklinke, seine schweren Füße stampften die knarrenden Stufen hinauf, so daß die ganze Treppe wie auch das abgegriffene Geländer leicht vibrierte, bis er endlich vor der Wohnungstür stand und klingelte. Ein Summen ertönte. Mr. Clean öffnete die schwere Holztür und stand vor einem Tresen. »Guten Tag«, begrüßte er die junge Dame, die Unterlagen sortierte.

»Ebenso. Was kann ich für Sie tun?«

»Ich habe einen Termin für sechzehn Uhr. Clean, mein Name.«

Die Dame nickte. »Stimmt. Setzen Sie sich bitte in das Wartezimmer.«

Mr. Clean tat es. Um ihn herum lauter verschnupfte, ernst blickende Gesichter, alte und junge, hübsche und häßliche. Fast jeder blätterte in einer Zeitschrift. Ihm gegenüber saß eine Frau mit einer Brille so stark wie eine Leuchtturmlinse. Sie löste ein Kreuzworträtsel und führte dabei murmelnd Selbstgespräche, was manche Patienten irritierte. Mr. Clean seufzte. Hoffentlich mußte er nicht allzulange warten. Er könnte die Zeit mit Nützlicherem verbringen.

Nach einer Weile rief ihn die Dame in das Sprechzimmer. Mr. Clean eilte sogleich hinein und setzte sich in den schwarzen, alten Ledersessel, der dabei etwas knarrte. Er blickte in ein leeres Büro. Zwar waren die Regale mit Büchern gefüllt und der Schreibtisch mit diversen Dokumenten übersät, aber was Mr. Clean vermißte, war die Gegenwart des Arztes. Doch er brauchte nicht lange auszuharren. Mit einem freundlichen »Hallo, Mr. Clean« begrüßte ihn Frau Dr. Medi-Zin.

»Tag, Frau Doktor«, antwortete er und holte tief Luft.

»Na, Ihnen scheint ja etwas Großes auf dem Herzen zu liegen«, sagte die Ärztin und lächelte dabei. »Wie sieht es denn so aus, sammeln Sie immer noch?«

Mr. Clean nickte. »Ja, ich kann es einfach nicht lassen. Die Dinge sind zu wertvoll.«

»Ach, das ist doch kein Problem. Jeder hat so seine Leidenschaften.«

»Ja, aber ich habe bald keinen Platz mehr in der Wohnung, überall stehen Lampen, Uhren, Stühle und Bilder herum. Ich muß mich doch auch noch bewegen können.«

Frau Dr. Medi-Zin nickte.

»Sehen Sie«, schob der Mann nach, »Sie nicken. Aber wie soll ich eine Grenze finden?«

»Also«, erwiderte Frau Doktor, »Sie kommen ja schon viele Jahre zu mir, lassen sich durchchecken und erzählen mir auch einiges. So weiß ich, daß Sie bei der Stadtreinigung arbeiten, dafür sorgen, daß unsere Stadt sauber bleibt und uns somit das Ungeziefer vom Leib gehalten wird. Das ist eine sehr wichtige, ehrenvolle Aufgabe, die keineswegs jeder Bürger erfüllen würde. Respekt!«

»Danke«, sagte Mr. Clean.

»Vor einigen Jahren aber – so erzählten Sie mir – hat Sie eine Leidenschaft gepackt, die Sie nicht mehr losläßt. Sie nehmen etwas von dem Müll, den die Leute zum Entsorgen gegeben haben, mit nach Hause, weil Sie … weil Sie …«

»Weil manches einfach zu schade ist. Die Leute schätzen den Wert nicht mehr richtig ein. Wir sind eine Wegwerfgesellschaft«, ergänzte Mr. Clean, der dabei mit der Faust eine schmissige Bewegung machte.

Die Ärztin schielte den Patienten über den Brillenrand an. »Ja, ja, das stimmt. Vieles ist einfach zu schade für den Müll.«

»Ich nehme ja nicht alles mit. Ich nehme nur das mit, was noch gut erhalten und interessant ist. Neulich habe ich ein Radio entdeckt, für das sich jedes Technikmuseum interessieren würde. Zwar fehlte ein Knopf, aber sonst war alles prima. Der Empfang war einwandfrei. Dann das Geschirr am Dienstag. Und die Langspielplatte. Und der Klappstuhl und der Blumentopf mit …«

»Und das können Sie auch alles machen, solange keine arbeitsrechtlichen Schwierigkeiten drohen. Und solange Sie damit glücklich sind«, beschwichtigte Frau Dr. Medi-Zin.

Mr. Clean schwieg. Er blickte auf die ihm zugewandte Tischkante und wurde traurig. »Ich bin ja nicht glücklich«, murmelte er gerade noch so, daß es die Ärztin verstehen konnte. »Ich habe Angst.«

»Wovor haben Sie Angst?«

Schweigen.

»Daß ich ersticke. Mich lähmt das alles.«

»Ja, dann hören Sie doch einfach damit auf! Sammeln Sie nur noch jeden zweiten Tag oder nur bestimmte Dinge oder beschränken Sie sich auf eine Epoche.«

»Das ist ja mein Problem. Ich kann es nicht ertragen, daß die Zeit wie Sand durch meine Finger rinnt, daß alles dahingeht. Dieses Bild, das ich neulich im Container fand, ist doch schließlich für die Zukunft gemalt worden. Es zeigt die Vergangenheit, man sieht es heute, und es wird morgen noch gesehen, damit die Leute wissen, wie es vorgestern war. Jede Tasse, jedes Radio, jede Uhr, die dahingeht, ist für mich wie ein Mensch. Ich trauere dabei.«

Frau Dr. Medi-Zin rieb sich das Kinn: »Was sagen denn eigentlich Ihre Kollegen dazu?«

Für einen Moment schwieg Mr. Clean, dann aber strahlte er: »Ja, die helfen mir dabei. Die geben mir Tips, in welcher Tonne welches Sammlerstück liegt, die freuen sich mit mir.«

Die Ärztin mußte schmunzeln. Sie stand auf und ging zum Regal, um in einem Buch zu blättern, vielleicht aber auch deshalb, um so ihre Belustigung verbergen zu können, die sie gerade heimgesucht hatte. Nachdem sie mit dem Finger über eine Seite strich, klappte sie das Buch zu und setzte sich wieder an den Tisch. »Lieber Mr. Clean, ich denke, daß die Wahrheit in der Mitte liegt. Etwas aufzuheben, weil es an etwas erinnert oder weil es wertvoll ist, ist völlig in Ordnung. Wenn wir nicht so manchen Sammler hätten, wären unsere Museen und damit unsere

Erinnerungen um vieles ärmer. Die Vergangenheit stellt einen wichtigen Bestandteil unseres Lebens dar, sie ist der einzige Zeitraum, an dem wir uns orientieren können. Die Gegenwart ist nichts weiter als die Zukunft dieser Vergangenheit. Wenn Sie schon in der Vergangenheit leben, mit all ihren Gefühlen und Sammlerleidenschaften, dann sollten Sie im Auge behalten, daß die echte Zeit, in der Sie tatsächlich leben, irgendwann auch mal Vergangenheit sein wird und daß die Gegenstände, die heute modern sind, dann ebenfalls antiquiert sein werden. Das einzig Beständige im Leben ist der Wechsel. Und der einzig wahre Besitz sind die Handlungen, die man tatsächlich durchführt. Unter diesen Gesichtspunkten ist Sammeln und Bewahren sinnvoll und auch unbedingt notwendig, damit man bewußt zurückblicken kann. Wenn Sie aber damit ein Problem haben, wenn Sie glauben, von dieser Last erdrückt zu werden, daß Ihnen der Atem genommen wird, dann sind Sie nicht mehr Herr der Dinge, sondern die Dinge haben Macht über Sie bekommen. Sie erdulden es, ein Sklave materieller Dinge zu sein und vergessen dabei, daß Sie das Leben leben sollten und nicht die Dinge. Nur, wenn Sie sich wohlfühlen, bekommen Gegenstände ihren Glanz zurück, denn Sie sehen sie mit anderen Augen.«

Mr. Clean nickte stumm. Dann sprach die Ärztin weiter: »Alles auf der Welt erneuert sich. In jedem Frühling wachsen neue, frische Blätter und Blüten heran und die Tiere gebären ihre Jungen. Dann kommt der Sommer mit seinen heißen Temperaturen, schließlich folgt der Herbst, in dem wir die satte Ernte einfahren und dann erleben wir den Winter, wir müssen uns verkriechen und in warme Decken einwickeln. Sie als Mensch verändern sich ebenfalls. Ihr Gehirn besteht aus den Schichten der Erinnerung. Neues wird gespeichert, Altes nach hinten gepackt oder gar vergessen. Einst besaßen Sie eine völlig andere Haut als heute. Sie erneuert sich immer wieder. Ihre Haare wachsen ständig, werden grau und fallen aus. Wenn Sie irgendwann einmal aus dieser Welt gehen, ist von dem, was Sie ursprünglich besaßen, kaum noch etwas übrig. Sie haben sich von bestimmten Habseligkeiten ihres Körpers bereits zu Lebzeiten verabschiedet, sind quasi zu Lebzeiten schon in Raten gestorben, am Tage X muß nur noch der Rest des Körpers verbleichen. Sehen Sie sich selbst als Chance. Wählen Sie den mittleren Weg und suchen Sie den Kompromiß.«

Mr. Clean nickte ergriffen. Das war eine starke Predigt, die Frau Doktor da gehalten hat. »Wollen Sie damit sagen, daß alles keinen Sinn hat, weil wir jeden Tag dem eigenen Ende näher sind?«

Die Ärztin schüttelte den Kopf. »Nein! Sicher, einerseits schon, aber wenn Sie nur an das eigene Ende denken, das Sie ja nicht erleben werden, ist der ganze Weg zerstört. Der Weg ist das Ziel. Wenn Sie durch den Wald wandern, genießen Sie ja auch die Natur unterwegs und denken erst in zweiter Linie an das Ziel. Sofern Sie aus reinem Genuß spazierengehen. Das ist genau wie beim Essen.«

»Wieso werde ich das eigene Ende nicht erleben?« fragte Mr. Clean sichtlich verwirrt, denn er wußte, daß sich viele Menschen lange quälen müssen und sich somit ihres Unterganges bewußt werden.

»Es gibt nur Leben und Tod. Wenn wir tot sind, leben wir nicht mehr. So einfach ist das.«

»Einfach? Haben Sie denn keine Angst davor? Wie wird das denn sein, wenn man nicht mehr da ist? Und vor allem: Wie wird dieses Überschreiten, dieses Ende erlebt? In Qualen, weil man krank ist?«

Frau Doktor legte ihren Stift beiseite und lehnte sich im Sessel zurück. Ihr Patient wollte also nicht lockerlassen und alles bis auf den Grund geklärt haben. Die Ärztin nickte und versuchte, ihren Patienten zu verstehen. Einerseits würde ein Entschlafener nichts von seinem Zustand spüren, andererseits aber belasten Gefühle die Vorstellung, dahinzugehen und womöglich unter Schmerz und Leid ins Jenseits zu marschieren. »Wenn es Sie wirklich so plagt, dann sollten Sie sich entweder so lange damit konfrontieren, bis es Ihnen irgendwann nichts mehr ausmacht, oder aber Sie gehen den Weg, den die Menschen früher gegangen sind, den viele Menschen übrigens auch heute noch gehen: Glauben Sie an Gott und führen Sie sich das paradiesische Leben in der Ewigkeit vor Augen. Bei Matthäus heißt es: ›Sorgt euch nicht um morgen; denn der morgige Tag wird für sich selbst sorgen.‹ Das ist auch viel besser für Ihr Seelenheil. Sie müssen selbst entscheiden, welchen Weg Sie gehen wollen. Denken Sie positiv. Wir wissen heute, daß Optimisten länger leben. Wie lange auch immer eine Nacht dauern mag, der neue Tag wird kommen, das ist sicher.«

Mr. Clean nickte.

»Das Leben ist ein Geschenk. Genießen Sie dieses Geschenk. Akzeptieren Sie den Fluß der Zeit, daß alles dahinfließt. Wenn Sie loslassen, sind Sie frei wie eine Biene, und Sie erfahren viel mehr Freude, weil Sie unbeschwert sind und sich aufgehoben fühlen. Sie atmen anders, Ihre Wahrnehmungen verändern sich, das Licht wird heller, die Gerüche werden intensiver. Wer das alles bejaht, lebt wirklich, alle anderen existieren nur.«

Mr. Clean dachte nach und spürte, daß er am Leben vorbeilebte. Er fühlte, daß ein Absitzen von Stunden, Tagen und Jahren nicht der Sinn des Lebens sein konnte, daß sein stetes Sammeln eher aus einer Angst resultierte, dem Wunsch nach Festhaltenkönnen, und er glaubte, daß er sich selbst verpflichtet war, den Schaden wiedergutzumachen. Quasi den Verlust auszugleichen, den er sich selbst zugefügt hatte. Es muß vieles anders werden, schoß es durch seinen Kopf – und dabei lächelte er zum ersten Mal unverkrampft. Mr. Clean atmete tief durch und nickte. Wenngleich sein Kopf manches nur mit Widerwillen akzeptieren konnte, glaubte er, die Ärztin verstanden zu haben und fühlte, daß er ihre Aussage verarbeiten mußte. »Ich glaube, Sie haben mir geholfen«, sagte er erleichtert zu Frau Dr. Medi-Zin. Dann stand er auf und schritt geradewegs zur Tür. Doch bevor seine entschlossenen Hände die Klinke ergriffen, drehte er sich um und ging zum Schreibtisch zurück, an dem die Ärztin noch immer saß. Mr. Clean kramte in seiner Hosentasche und fingerte einen alten Schlüssel heraus. »Hier, nehmen Sie«, sagte er zu der Ärztin. »Diesen verrosteten Schlüssel habe ich in einer Mülltonne gefunden. Er hat keine Funktion mehr, mit der Ausnahme, meine Gefühle zu verschließen. Ich brauche ihn jetzt nicht mehr. Sie können ihn behalten. Vielleicht denken Sie an mich, wenn Sie ihn ansehen.«

Die Frau Doktor nahm das Geschenk dankend an.

Dann ging Mr. Clean endgültig hinaus und atmete die frische Luft ein. Er hatte jetzt Feierabend. Und er hatte ein »Schlüsselerlebnis«, das seinem Leben einen neuen Sinn gab. Und er hatte plötzlich alle Zeit der Welt.

***

Der Flug

Captain Clock winkte den beiden Männern zu. Sie erwiderten den Gruß. Mit einer großen Kiste eilten sie zum Flugzeug, das schon abflugbereit vor der Halle stand. »Es ist eilig!« rief der erste Mann dem Captain zu, der nur »Ich weiß!« entgegnen konnte. Der Wind war zu stark, um lange zu palavern. Die katastrophale Wetterlage hielt schon einige Tage an, und die Meteorologen prognostizierten weitere üble Tage. Jede Minute zählte. Die Kiste wurde verstaut. Gurte sicherten sie. Dann knallte die Tür des Laderaums zu.

»Na dann mal los!« rief der zweite Mann, klopfte dem Captain auf die Schulter und verschwand mit seinem Kollegen in der Wartehalle des kleinen Flughafens.

Captain Clock stieg in das Flugzeug, schloß die Tür und schnallte sich an. Kurz blätterte er in Unterlagen, dann nahm er das Mikro und sprach hinein: »Hier Flug zwo-acht-sieben, Notdienst. Bitte um Starterlaubnis.«

Das Gerät knackte. Ein kurzes Rauschen war zu hören. Dann quakte es langsam aus der gelben Konserve zurück: »Hier Tower, Flug zwo-acht-sieben Starterlaubnis erteilt, Startbahn vier.«

Captain Clock fuhr los. Langsam rollte das Flugzeug auf dem Asphaltband, immer den blinkenden Bodenlampen folgend. Der Wind fegte heftig über die karge Landschaft. Bäume bogen sich erbärmlich, Äste krachten herunter, Dachziegel lösten sich aus der Verankerung und manche Wiese glich einem plattgetretenen Teppich, so stark stürmte es. Eigentlich viel zu schlechtes Wetter für einen Flug. Aber das galt hier nicht. Captain Clock hatte da etwas sehr Wichtiges an Bord, und somit war es trotzdem der richtige Zeitpunkt dafür. Jedenfalls war auch Captain Clock von dem Vorhaben nicht abzubringen. Es hatte seinen Grund.

Das ganze Flugzeug vibrierte. Es schien, als ob sich der Motor warmlaufen wollte, als ob sich das Flugzeug selbst anfeuerte. Wenngleich Sentimentalitäten nicht auf seiner Tagesordnung standen, hatte Mr. Clock oft das Gefühl, daß seine »Emma« eine Seele besaß. Schließlich ist er bereits viele Routen mit ihr geflogen, war mit seiner Emma schon an der Datumsgrenze unterwegs, flog somit über das Meer und Gebirgsflüge hatten sie auch schon gemeinsam geschafft. »Das schweißt zusammen«, erklärte er immer, wenn er von anderen gefragt wurde.

Datumsgrenze – das ist die gedachte Linie auf der Erdoberfläche, vom Nord- zum Südpol, bei deren Überschreitung sich eine Datumsdifferenz von einem Tag ergibt. Von Ost nach West wird ein Kalendertag übergangen, von West nach Ost zählt man einen Tag doppelt. 1845 wurde sie vereinbart. Sie fällt teilweise mit dem 180. Längengrad zusammen und liegt überwiegend im Meer. 1884 hat man sich auf die 24 Zeitzonen geeinigt, die vom Null-Meridian in Greenwich ausgehen. Eine Zeitzone entspricht 15 Längengraden.

Als Flugschüler hatte sich Mr. Clock natürlich grundsätzlich gefragt, warum man dieses Zeit-System schuf. »Weil Zeitreisen eigentlich unmöglich sind«, hatte der Lehrer geantwortet, »und weil die Sonne nicht überall auf der Erde gleichzeitig scheinen kann.« Schließlich würde ein Flug, der sich theoretisch zeitgleich mit der

Sonne um die Erde zieht, einen unendlichen Tag bedeuten, während auf der Erde die Zeit inzwischen weiter verstrichen wäre, Tage vergangen sind. Interessant war es, als man das Jahr 2000 erwartete. Nicht nur, daß man darüber diskutierte, wann der Jahrtausendwechsel tatsächlich stattfand, nämlich am Anfang oder am Ende des nullten Jahres, sondern auch darüber, wer auf der Erde als erster dieses Ereignis durch den Sonnenaufgang erfahren durfte.

Mittlerweile hatte Captain Clock den Moment erreicht, an dem das langsame Rollen beendet werden mußte. Startbahn vier lag vor ihm. Jetzt hieß es ›Abheben!‹. Der Motor heulte auf. Meter um Meter rollte das Flugzeug, immer schneller werdend, die Startbahn vier entlang. Die Tragflächen seiner Emma wippten stark, fast so, als würde ein kleiner Athlet auf einem Sprungbrett hüpfen. »Los Emma! Wir schaffen das!«, rief Captain Clock in das mit Lärm erfüllte Cockpit, und das Flugzeug schien mit einem heulenden Ton zu antworten. Es war jedoch nur der Wind, der sich am Flugkörper vorbeiquälte. Das Flugzeug hob ab. Das Jaulen des Windes vermischte sich mit dem Motor-Brummen, und wenn der Captain einen Blick zur Seite wagte, sah er die Streben an den Tragflächen, die sich im Wind zu biegen schienen. Aber das beeindruckte ihn noch nicht. Die Maschine stieg. Immer kleiner wurde die Landschaft, die wie eine verwüstete Modellanlage wirkte. Immer vernebelter wurde aber auch die Kimm, gleich einer angegrauten Milchsuppe, für die sich nicht mal eine ausgehungerte Fliege interessieren würde. Kleine Fische, dachte Mr. Clock. Er würde das schon hinkriegen. Er hatte schon ganz andere Brocken an Land geholt. Obwohl es Mr. Clock vermied, sich in Eigenlob zu baden, kamen ihm seine Leistungen der vielen Jahre oft ins Gedächtnis zurück. Auch die anderen Piloten betonten immer wieder, wie gut der Captain doch sei und mit welchen Wassern er gewaschen wäre. Damals … Plötzlich ergriff ihn eine Böe. Für einen Moment glaubte der Captain, daß sich etwas im Laderaum bewegt hätte, doch er ignorierte diesen Gedanken, weil er sich voll auf sein Flugzeug konzentrieren mußte. Dann rumpelte es. Der Captain korrigierte die Emma, sicher, souverän. Mit dem lauten Schrei »Nicht mit mir!« verpaßte er dem wirbelnden Wind eine selbstsichere, trotzige Antwort.

Unruhig flog die Emma weiter, immer wieder von Stößen malträtiert, die sich mal stärker, aber auch mal schwächer bemerkbar machten. Aber damit nicht genug. Plötzlich wurde die Frontscheibe naß. Der Regen quoll aus den schwarzen Wolken über ihm und verwandelte die Scheiben in flache Seen. Es war, als wäre das Flugzeug ins Meer gestürzt, als ob er nicht mit einem Flugzeug, sondern mit einem Tauchboot unterwegs wäre. Der Regen prasselte hart und unentwegt gegen die Frontscheibe. Die ganze Oberfläche glich einem Trommelfell, auf das unablässig Paukenschläge einschlugen, als ob Geschosse aus der alten Emma ein Sieb machen wollten.

Verdammtes Sauwetter, schoß es dem Captain durch den Kopf. Das Flugzeug schmierte ab. Sofort drückte er es in die Ursprungslage zurück. Der Knüppel lag fest in seiner Hand. »Nur kein Moos ansetzen«, sagte er sich immer wieder, doch ihm war sehr wohl bewußt, wie gefährlich Böen sind. Die Luft, so leicht sie auch ist, kann Übles anrichten. Stoßen Warm- und Kaltluft aufeinander, entsteht Wind, eben jener, den die Menschen oft mit der dahinfließenden Zeit vergleichen. Aber diese Metapher ist nicht ganz stimmig. Wind kann heftig sein, aber auch zart. Es gibt sogar Windstille, ein Zustand, indem sich die Luft nicht oder kaum bewegt. Die Zeit aber steht nie. Sie ist immer unterwegs. Der Wind kühlt, er treibt einem den Sand in die Augen, und wenn er allzu stark ist, reißt er Häuser in tausend Stücke. Windhosen, Orkane – die Nachrichten sind voll von solchen Meldungen. Aber noch niemand hat je von Zeit gesprochen, die gekühlt, einem Sand in die Augen getrieben oder gar materiellen Schaden angerichtet hätte.

Nach einiger Zeit lag das Flugzeug höher, aber es flog unruhiger denn je. Er griff die blecherne Wasserflasche, die mit einem Lederriemen an einer Strebe festgeschnallt war. Schnell nahm er ein paar große Schlucke, schraubte den Verschluß zu und packte sie in die Haltevorrichtung zurück. Dann schaute er wieder hinab auf die Landschaft, die hin und wieder unter dem Nebel hervorlugte. Es war ein Wetter wie an einem schlimmen Novembertag. Unter ihm die zermürbte Erde. Über ihm der pechschwarze Himmel. Und mit ihm der nasse Wind. Weltuntergang! Aber er hätte keine Minute früher starten oder später abfliegen dürfen. Es hatte jetzt sein müssen, in diesem Augenblick, an diesem Tag. Der Captain wußte, was hinten im Laderaum verstaut war, und er wußte, daß er nur wenig Zeit besaß, die Kiste in die Stadt zu bringen.

Captain Clock war Realist. Er machte sich nicht viel aus Träumereien. Andere erzählten ihm des öfteren, was sie in den Wolken gesehen hätten. Figuren, die sich immer wieder verändern und nie wieder ihre eben noch gültige Form annehmen würden. Wolken seien wie Geschichten, seien vergänglich wie der Augenblick, eine Zeiterscheinung, erzählten ihm manche, andere wollten wissen, daß sie von Gott kämen, daß sie, genau wie die Wellen eines Meeres, einzigartig seien und ein eigenes Universum bildeten. Nein, er teilte diese Ansichten nicht. Den einzigen Weichpunkt, den er sich gönnte, war seine Emma. Die durfte eine Seele haben. Die Emma und er.

Das Flugzeug bekam nochmals kräftige Stöße ab. Dann sackte es viele Meter herunter. Der Wind zerrte an der Emma, und das Jaulen wollte nicht aufhören. Was war das für ein Unwetter! Captain Clock korrigierte den Vogel wieder, dann schraubte er ihn wieder einige Meter hoch, auf die ursprüngliche Flughöhe zurück. Für einen Augenblick glaubte er, sein Flugzeug in eine ruhige Zone gebracht zu haben, dann aber durchbrach das Jaulen die scheinbare Stille, als ob der böse Geist, der gerade noch abgehängt schien, ihn eingeholt hätte und sein Spiel nun fortsetzen wollte. Aber es kam schlimmer: Die schwarzen Wolken umzingelten das Flugzeug. Es wurde immer dunkler. Immer wieder rüttelte eine unsichtbare Macht an dem Vogel, so wie man einen Schuh schüttelt, um den letzten Sand von Hawaii herauszuschleudern. Blindflug! Nur nach Instrumenten steuern. Vertrauen in die Technik. Mr. Clock bekam trotz all seiner Erfahrung Angst, sein Ziel nicht rechtzeitig zu erreichen. Er wußte genau, was passiert war. Er wußte, daß viel von ihm abhing. Es hatte einst einen Unfall gegeben. Der Beifahrer war schwer verletzt worden. Zu allem Unglück besaß er ein schwaches Herz. Nachdem er mühevoll aufgepäppelt wurde, entschied man sich, ihm ein neues Herz einzupflanzen. Schon länger wartete er auf das neue Organ. Was für ein »Glück«, daß nun ein weiterer Unfall passierte, und daß der Verblichene einen Spenderpaß mit sich führte. Nun lag alles in Captain Clocks Händen. Hinten im Laderaum ruhte das Organ in einer Kühltruhe. Es ging um wenige Stunden – nein, es ging um Minuten. Mr. Clock kniff die Augen fast ganz zusammen. Nicht nur, weil er glaubte, so besser sehen zu können, sondern auch, weil seine Gefühle ihn zu diesem grimmigen Gesichtsausdruck brachten. Er wollte, er mußte es schaffen. Er mußte dieses frisch entnommene Herz, das in der Kühltruhe hinter ihm verstaut war, pünktlich abliefern. Sonst gab es keine Chance für den kranken Mann in jener Stadt, dessen gesundheitlicher Zustand kaum noch Hoffnung zuließ.

Captain Clock erinnerte sich an die letzten Jahre, in denen er Postsäcke auf diverse Inseln transportierte. Von Insel zu Insel zu fliegen, die Sonne im Meer glitzern zu sehen – das war Balsam für seine Seele, die bei einem Katastropheneinsatz stark gelitten hatte. Es war damals so vieles schiefgegangen. Er flog ein Feuerlöschflugzeug und mußte große Waldbrände eindämmen. Viel Elend hatte der Captain gesehen. Häuser, die in sich zusammenfielen, brennende Menschen, die um ihr Leben rannten, Tiere, die sich zwischen Baumstämmen verfangen hatten und dem Feuer ausgesetzt waren, die brüllend in der Hitze verendeten. Glücklich war der, der »nur« obdachlos wurde. Zuletzt mußte er mit ansehen, wie seine Söhne, die im Wald gezeltet hatten, im Feuer umkamen.

Sie verbrannten im lodernden Wald. Der Captain fühlte sich seitdem innerlich zerrissen. Einerseits wußte er, daß er keine Schuld an dem Fiasko trug, andererseits war er der Meinung, nicht genug getan zu haben. Immer wieder ging der gute Mann in Gedanken das Szenario durch, suchte nach Kompromissen, die das Leben seiner Söhne gerettet haben könnten. Aber es nützte nichts. Sie waren nicht mehr am Leben, und die Zeit konnte nicht mehr zurückgeholt werden. Oft genug versuchte er sich damit zu beruhigen, nicht verantwortungslos gehandelt zu haben. Sich selbst in Lebensgefahr zu bringen, hätte nur dann einen Sinn gehabt, wenn damit das Leben der anderen garantiert gerettet worden wäre. Was hätte es gebracht, sich selbst in die Hölle zu befördern und gleichsam unterzugehen? Er brauchte Abstand zu jener Zeit. Zu nahe waren ihm die Erlebnisse gegangen, er sah sich außerstande, weitere Waldbrände zu löschen. Deshalb verdiente sich Mr. Clock seine Brötchen für eine Weile mit Postsäcken, die er auf diverse Inseln ablieferte. So erkannte der Captain nach einem langen, inneren Kampf etwas sehr Wichtiges: Wenn er auch den Verlust seiner Söhne nicht ändern konnte, so war er doch in der Lage, seinem Gewissen eine Entschädigung zu bieten. Die Zeit, die verstrich, wie auch die Chance, seine Söhne zu retten, unwiederbringlich verstrichen war, bedeutete auch etwas Einzigartiges, nämlich eine zweite Chance, eine neue Zeitspanne, in der er etwas viel besser als früher erledigen konnte, weil er aus Fehlern gelernt hatte. Das Leben besteht aus mehreren Abschnitten, einer ungewissen, dennoch relativ langen Zeitspanne, und da die Zeit zerrinnt, sind wir Menschen in der Lage, Dinge zu verändern. Stünde die Zeit still, bliebe alles, wie es war, das Leben wäre eine erstarrte Säule und damit nicht mehr lebenswert.

Nun war da also dieses Herz in der Kiste. Von einem Mann, der das Alter einer seiner verblichenen Söhne hatte. Und dieses Herz sollte nun in einen anderen Körper gepflanzt werden, sollte Leben verlängern, dem nächsten Menschen eine neue Zeit schenken.

Es dröhnte furchterregend. Captain Clock zuckte zusammen. Was war das für ein Geräusch? Der Captain sah sich um, entdeckte aber nichts. Dann musterte er die Instrumente, deren Zeiger sich zitternd hin- und herbewegten. Draußen dunkler Nebel. Keine Sicht. Dann knallte es und der Flugkörper vibrierte wie Espenlaub. Seltsame Geräusche waren zu hören, die er aber nicht orten konnte. Kamen sie von außen? Oder aus dem Innern der Maschine? Er hatte sie doch kürzlich erst überholen lassen. Die ganze Technik war überprüft worden. Der Captain versuchte, per Funk Informationen einzuholen, sich wiederholt mit dem Tower in Verbindung zu setzen. Aber die Verbindung brach immer wieder ab. Stetes Knacken im Lautsprecher, hin und wieder ein verzerrter Ton, mehr war nicht zu hören.

Das Flugzeug schüttelte sich stärker als je zuvor. Dann schien es, als ob eine Faust den Flugkörper rammte. Die Scheiben knirschten, und die Emma stöhnte einen gequälten Ton heraus, gleich einem alten, ausgedienten Schoner, der mit schwerer Ladung durch die aufgewühlte See stampfte. Etwas zerrte am ganzen Flugzeug, und Captain Clock traute seinen Augen nicht: Der Kompaß drehte sich im Kreis. Der künstliche Horizont überkugelte sich. Dann schlug der Wendezeiger hin und her. Die Maschine wurde in die Höhe geschleudert, stürzte daraufhin aber wieder in die Tiefe. Angstschweiß stand auf seiner Stirn. Er war in der Hölle! War das die Strafe für seinen Einsatz, für seinen Übermut? Was sollte er tun? So gut er konnte, fingerte der Captain zwischen Rücken und Lehne etwas Hartes heraus, das ihn gedrückt hatte. Zwar brauchte er jede freie Hand, um die Gerätschaften zu bedienen, aber der Druck im Rücken war zu stark, als daß er ihn ignorieren konnte. Der Captain staunte, als er in seiner Hand die Wasserflasche hielt, die er vor kurzem noch in die Verankerung gestopft hatte. Der tapfere Mann versuchte immer wieder, das Flugzeug in eine ruhige Lage zu bringen, vor allem aber machte er sich daran, aus diesen verdammten Wolken herauszukommen, die ihn festzukrallen schienen. Ja, sie wollten ihn offenbar verschlingen, da konnten auch seine Fliegerkünste nichts daran ändern. Der Captain stemmte sich gegen das Seitensteuer, zog das Höhenruder an. Mit der größten Anstrengung umklammerte er die Hebel, staunte, zu welcher Kraft er noch fähig war. Die Adern seiner Hände schwollen zu dicken blauen Linien an. Aber selbst, als er die Maschine in die gewünschte ruhigere Lage gebracht hatte, tanzte sie, schmierte ab und zischte in die Hölle zurück. Wieder ein Donnern, kurz darauf ein Knall. Dann ein starkes Beben, als ob ein gefangener Riese an seinen Käfigstangen rüttelte. Es wurde immer schlimmer. Aber Mr. Clock ließ sich nicht unterkriegen. Immer wieder stemmte er den Vogel gegen den Druck der Winde, agierte mit den Hebeln und Pedalen. Die Maschine entglitt ihm nochmals, und so hatte er keine Ahnung mehr, in welche Richtung er eigentlich flog. Seine Augen schwammen, so daß sie die Flugüberwachungsinstrumente, auch die Öltemperaturanzeige, nicht mehr entziffern konnten. Aber das war eigentlich eh egal, sämtliche Instrumente spielten verrückt. Wieder einmal stieß eine unsichtbare Kraft gegen die Maschine, dann jaulte sie herunter. Es krachte erbärmlich. Überall splitterte es. Metallisches Schleifen war zu hören. Tiefe Töne, schrille und dumpfe – sie vermischten sich zu einem langen, gequälten Geräusch, das nicht enden wollte. Es war, als ob sich ein Schleifen an das vorige anschloß, als ob die Emma ihre Verzweiflung hinausweinte. Dann kippte sie zur Seite, stürzte einen Hang hinunter und zerschmetterte berstend auf dem steinigen Boden, der trotz des Regens in trockene Gesteinsbrocken zersprang, die durch die Wucht des Aufpralls in die Luft katapultiert wurden. Der Motor quetschte sich in das Cockpit und ein gellender Schrei durchstieß das Spektakel.

Für kurze Zeit war Ruhe. Einige Flugzeugteile flogen noch durch die Luft. Still lag Captain Clock in seinem Flugwrack, mit eingerissenen Klamotten, maskenhaftem Gesicht. Plötzlich knallte es. Ein riesiger Feuerball loderte, und die Emma zerschmolz wie Butter in der Julisonne.

Es war der Moment, an dem das Ende zweier Menschen besiegelt wurde. Die Zeit war dahin, und Mr. Clock hatte keine Chance mehr, sein Gewissen zu beruhigen. Jedenfalls nicht auf dieser Erde und nicht zu dieser Zeit …

***

Ruinen

Die Familie sah sich das reich bebilderte Geschichtsbuch an, der Lauf der Zeit war hier exemplarisch dokumentiert. Der Vater, von Beruf Lehrer, mußte seinen neugierigen Gören anfangs noch Rede und Antwort stehen, und so redete er sich fast die Zunge pelzig. Er erzählte von Erfindungen, Kriegen, Seuchen, von Revolutionen und von den ersten menschlichen Siedlungen. Ganz früher hatte man sie noch mit Ästen und Lehm gebaut, aber später konnte man Steinbrocken bearbeiten, und so schufen sich die Menschen erste wetterfeste Behausungen. Aus vereinzelten Häusern wurden bald Dörfer, aus diesen Dörfern wurden Kleinstädte, die sich wiederum zu Großstädten entwickelten. Manche von ihnen schafften es zu einer Metropole. Immer wieder wurden Häuser abgerissen, um neuen Gebäuden oder Straßen Platz zu machen, so war der stete Wandel das einzig Beständige im Leben – eine Erfahrung, an der kein Mensch vorbeikam.

Viele Generationen haben im Krieg die größten Verluste erlitten. Nicht nur Männer, die an der Front dramatische Kämpfe ausfechten mußten, auch Frauen und Kinder, die daheim ausharrten und in ihre Keller flüchteten, um sich vor Bombenangriffen zu schützen, waren unmenschlichen Lebensprüfungen ausgesetzt. Kawummm! Berlin sah verwüstet aus. Nürnberg sah verwüstet aus. Dresden, Hamburg – von wenigen Ausnahmen abgesehen, gab es überall Trümmer und Leid. Was war das für ein Gefühl, durch die verstaubte Luft zu laufen, sein Haus zu suchen und dann festzustellen, daß es nicht mehr existierte? Möbel, Bilder, Geschirr, alles nur noch Erinnerungen! Es standen nur noch zerbröckelnde Wände aus blankem Mauerwerk. Überall Risse und Löcher. Keine Fensterkreuze mehr, nur noch Schotter. So war das im Zweiten Weltkrieg. Und vielerorts war es auch heute noch so. Der Vater verwies auf die aktuellen Ereignisse in der Welt. Die Medien brachten die Informationen jeden Tag. Aber nicht nur Kriege waren für Zerstörungen verantwortlich, auch Erdbeben, Hurrikans und Überflutungen brachten Häuser zum Einstürzen, machten Menschen obdachlos. Verständlich, wenn die Menschen schnellstens ihre Ruinen niederrissen und auf Teufel komm raus neue Häuser bauten. Häuser, die bestenfalls zwanzig Jahre halten würden, doch allein die Wiederherstellung zählte.

Der Vater blätterte weiter und sah das Foto von einer Berliner Ruine. Ihre sandfarbenen Steine, manche hell, manche schon schwarz, trotzten dem Verfall. An einigen Stellen sah das Gemäuer gut erhalten aus, doch schaute man genauer hin, konnte man die Löcher und fehlenden Wände nicht leugnen. Streben sicherten die Konstruktion, und die meisten Fenster waren offen. Das beschädigte Dach sah wie ein angebissener Schokoladenriegel aus, und wie zum Ausgleich der Zerstörung schmückte eine goldene Uhr die Wand. Ging man um dieses Bauwerk herum, erhaschte man immer wieder ein neues Blickfeld, so sah die Ruine von allen Seiten immer etwas anders aus. Postkarten, Reiseführer, Ölbilder, überall war das Gemäuer abgebildet: die Kaiser-Wilhelm-Gedächtnis-Kirche. Was war sie früher für ein imposantes, schönes Bauwerk. Die Bomben hatten die Kirche zerstört, hatten sie fast in die Erde gestampft. Nur wenig war von ihr übriggeblieben. Es gab Pläne, die letzten Teile der Ruine abzureißen, aber sie wurde wegen der vielen Proteste dann doch als Mahnmal erhalten. Daraufhin kam die Kirche zu dem Namen »Hohler Zahn«.

So steht heute, gewissermaßen triumphierend, dieser alte, löchrige Turm, dessen Foyer zu einem Museum umgebaut wurde, zwischen zwei Neubauten. Auf der einen Seite lädt eine wabenförmige Halle, die eigentliche neue Kirche, nicht nur Touristen zum Verweilen ein. Ihr achteckiger Grundriß ist dem Oberteil der Turmruine nachempfunden. Auf der anderen Seite thront der neue, sechseckige Glockenturm, der von der Ruine noch immer überragt wird. Mit diesen beiden Neubauten, deren betonvergitterte Außenwände nachts durch blaue Glassteine leuchten, schuf man bewußt einen Gegenpol zur alten, ehemaligen Kirche. Aber nicht nur durch ihre äußerliche Architektur grenzen sich diese Gebäude von der Ruine ab, auch in ihrem Innern hat man bewußt eine Veränderung herbeigeführt, die den Neuanfang deutlich machen sollte: Der Altar steht nun in der entgegengesetzten Richtung, als es in der alten Kirche der Fall war.

»Mich durchfährt ein Prickeln, wenn ich zu dieser Turmruine heraufblicke und abends das Gemäuer von gelben Strahlern beleuchtet wird«, hörten die Gören ihren Vater schwärmen. »Die großen Glocken, die im neuen Turm hängen, erklingen jede Stunde, und wenn man Phantasie hat, kann man sich vorstellen, daß diese großen Glocken in der Turmruine läuten, daß diese Ruine damit immer wieder ihr Leid, ihre Mahnung, aber auch ihre Verzeihung ausruft. Dieser alte Bau, der mit Stahlgürteln zusammengehalten wird und dessen Uhr noch immer funktioniert, dessen Dach aufgerissen ist und dessen Wand über dem Eingang ein riesiges Loch hat, ist ein beliebtes Foto-Motiv. Es gibt sogar Leute, die behaupten, die Kirchenruine sei viel zu schön.«

Die Kinder schauten ihren Vater mit ungläubigen Augen an, der ließ aber nur wenig Zeit verstreichen, um die Stille sogleich mit neuen Worten zu füllen: »In Dresden standen lange Jahre die kläglichen Reste der Frauenkirche. Die wenigen Steine sollten erinnern, das Gewissen beschäftigen. Niemand wollte die Kirche neu aufbauen. Nach der Wiedervereinigung aber wurde die Frauenkirche dann doch in mühevoller Kleinarbeit wiedererrichtet. Alte schwarze Steine wurden mit neuen Steinen zusammengefügt. Befürworter und Gegner haben diesen Wiederaufbau lange diskutiert. Man argumentierte, daß das Mahnmal, die Ruine erhalten bleiben sollte, um auch die übernächsten Generationen an den Krieg zu erinnern. Und die Befürworter hielten dagegen, daß das Stadtbild Dresdens durch die Kirche vervollständigt würde und ihr Wiederaufbau eine Signalwirkung haben könnte.«

»Da müssen wir hin!« rief einer der Jungs, und der andere nickte.

»Kennt ihr den Ruinenberg in Potsdam?« fragte die Mutter, die sich sofort an ihn erinnerte, weil sie in dieser Stadt aufgewachsen war. »Da stehen künstliche Ruinen. Die Leute ließen sich von der italienischen Kunst inspirieren und ahmten sie nach. Friedrich der Große hatte die Ruinen an einem Staubecken erbauen lassen. Das Wasserbecken war für die Fontänen im Schloßgarten wichtig.

Man sieht da auch eine Säulengruppe, einen Rundtempel und auch eine Wand des antiken, römischen Theaters.«

Die Gören erinnerten sich an ihre letzte Italienreise, von der sie sich nur den Strand, das Meer und das leckere Essen ins Gedächtnis rufen konnten. »Ich habe Hunger!« riefen beide.

Die Mutter lächelte: »Ihr könnt's wohl kaum erwarten, was? Ein gutes Essen braucht eben seine Zeit. Stellt euch doch einfach vor, ihr seid schon satt. Oder denkt an etwas ganz anderes.«

Die Jungs nickten, verlangten aber nochmals nach etwas Eßbarem.

»Es dauert nicht mehr lange«, beruhigte die Mutter sie. »Der Ofen hat es bald geschafft, dann ist der Braten fertig.«

Sodann verwies der Vater, um das Gespräch wieder in die alte Bahn zu lenken, auf die Pfaueninsel. »Dort steht ein Schloß, ebenfalls eine künstliche Ruine, genau wie auf dem Ruinenberg. Im ganzen wirkt sie aber eher verspielt als verfallen. Auch die Meierei ist im Stil einer Ruine gebaut. Dennoch findet man überall auf der Welt echte, bröckelnde Gebäude und manchmal Burgruinen, die durch Kriege oder auch durch Naturereignisse zerstört wurden. Wenn ihr euch alte Bilder anguckt, seht ihr ebenfalls manchmal zerstörte Gemäuer. Die Maler der Romantik arbeiteten sie in ihre Gemälde ein, nutzten sie als Stimmungselement. Das sind oft die schönsten Bilder.«

Die Mutter bestätigte dies mit eifrigem Kopfnicken.

»Wir brauchen diese Ruinen«, behauptete der Vater. »Gerade in Friedenszeiten. Sie zeigen uns die Unvollständigkeit der Welt, unsere eigene Vergänglichkeit. Sie halten uns einen Spiegel vors Gesicht, so daß wir erkennen müssen, nur Gast auf dieser Erde zu sein. Wer Ruinen ablehnt, lehnt das ganze Leben ab. Genau wie Krankheiten den Körper stählen, konfrontieren uns Ruinen mit unserer eigenen Endlichkeit. Ruinen erzählen Geschichten. Wir können historische Details erkennen und unsere Zeit möglicherweise neu bewerten.«

Die Gören nickten. Sie erinnerten sich daran, wie ihnen einmal ihre Mutter aus einem Märchen vorlas, in dem löchrige Häuser große Schmerzen erlitten und schrien. Damals hatten sie die Mutter gefragt, ob so eine Ruine für alle Zeit diese Schmerzen aushalten müßte, und sie hatte gesagt, daß Schmerzen meistens nicht ewig dauern würden und daß mit der Zeit Heilung den Frieden bringt. Natürlich fehlten in diesen Geschichten die Gespenster nicht, unheimliche Wesen, Geister aus dem Jenseits, die in diesen dunklen Gemäuern ihr Unwesen trieben …

»Ruinen zeigen uns aber auch«, fuhr der Vater fort, »daß es ein ›Dennoch‹ gibt. Sie sagen: ›Seht her, mich gibt es noch. Zwar nicht mehr so stark und schön wie früher, aber immerhin, ich bin noch da!‹ Und ist nicht genau das die Botschaft des Lebens? Trotz aller Widersacher, Rückschläge und dergleichen weiter ein Mensch zu bleiben? Sein Leben in die Hand zu nehmen, etwas aus diesem Geschenk zu machen?«

Der kleinste Junge stand auf und stieß den Legostein-Turm um, so daß er zerbrach. Überall lagen nun die Steine auf dem Teppich verteilt. Nur ein geringer Teil des Modells blieb heil. »Meinst du das so?« frotzelte er und handelte sich von seinem Bruder erheblichen Ärger ein, weil dessen Bastelarbeit nun entzwei war.

»Du bist wohl bescheuert!« rief er wütend und schubste ihn weg. Fast wäre eine Rauferei entstanden, wenn die Mutter nicht dazwischengefahren wäre. Sie drohte mit kleineren Essensrationen, solch ein Argument zog immer bei den ewig hungrigen Knaben.

»Es gibt kein Ende«, philosophierte der Vater weiter, »es gibt nur einen immer wiederkehrenden Kreislauf. Im Dschungel werden die verlassenen Tempel von Pflanzen überwuchert und die Affen nehmen diese mächtigen Gebäude in Besitz. Irgendwann, in wie vielen Jahrtausenden auch immer, wird eine neue Gattung diese Erde besichtigen, Ausgrabungen machen, verlassene Häuser vorfinden. Wir sind zu eitel. Wir hoffen, einzigartig zu sein. Wahrscheinlich sind wir es sogar, aber wir sind nur eine Perle in einer endlosen Kette. Und es gibt ein Leben nach uns. Und ohne uns. Schaut auf die Ruinen.«

Die Jungs nahmen diese Worte nicht mehr auf, da sie sich, letztendlich auf Anraten der Mutter, wieder vertragen hatten und mit dem Wiederaufbau ihres Legostein-Turms beschäftigt waren. Stein auf Stein wuchs der Turm wieder in seine ursprüngliche Form zurück – so wie die Frauenkirche in Dresden. Die Mutter half ihnen dabei und spendierte eine kühle Brause. Kurz darauf gab es endlich das ersehnte Essen, das alle mit großem Appetit verspeisten. Für die Jungs war die Zeit noch nicht gekommen, um Vaters Gedanken, seiner Philosophie nachzugehen. Aber die Gedächtnis-Kirche, die wollten sie sich demnächst genauer ansehen.

***

Das Abstellgleis

Die Sonne schien, keine Wolke schob sich vor die runde Himmelsscheibe. Es war einer der letzten Tage im August, am späten Nachmittag, als sich Mr. Freetime auf den Heimweg machte. Er ging durch den Stadtpark an den vielen Bänken vorbei, auf denen Rentner saßen, die über ihre Vergangenheit diskutierten. Dann führte ihn sein Weg am Teich entlang, in dem Stockenten schwammen, die hier und da einem Rentner auflauerten, der vielleicht eine Tüte Brotkrümel für sie bereithielt. Er lehnte sich an das Brückengeländer und blickte auf das grüne Wasser. Mit etwas Glück konnte man durch diese Brühe einen Fisch schimmern sehen. Es war jedes Jahr dasselbe: Die Algen blühten und verfärbten das Wasser zu einem dicken Spinatbrei. Mr. Freetime ging weiter, wich in letzter Sekunde einem Kind aus, das mit seinem Kinderrad gedankenverloren auf dem Kiesweg dahinsauste und dabei ständig seine Mama rief. Dann lief er zur anderen Seite des beliebten Stadtparkteiches und setzte sich auf eine Bank. »Ach ja«, seufzte Mr. Freetime und vergrub das Gesicht in seinen Händen.

Sein Nebenmann blickte ihn an, wunderte sich, daß es jemand überhaupt gewagt hatte, sich neben ihn zu setzen. Schließlich machten alle Leute sonst einen großen Bogen um ihn, da sein Körper aus allen Löchern seiner alten Lumpen stank. Dann nahm er einen Schluck aus einer Bierflasche und schaute Mr. Freetime nochmals an. »Bist wohl geschafft, was?«

Mr. Freetime blickte den Penner an. Er sah in das

graue, unrasierte Gesicht, dessen Falten ein stolzes Alter verrieten, dessen Augen schon vieles gesehen hatten. »Schlechter Tag heute«, gab er zurück und versuchte, es sich auf der harten Holzbank so bequem wie möglich zu machen.

»Wieso? Scheint doch die Sonne.«

Schweigen. Mr. Freetime war nicht nach einem Smalltalk.

»Ihr fleißigen Arbeitsbienen seid aber nicht sehr gesprächig«, murmelte der Penner und tippte den Mann an. »Lach doch mal. Ist jetzt Feierabend.«

»Mir ist aber nicht nach Feierabend. Ich bin gekündigt. Ist heute mein letzter Tag gewesen. Und nun lassen Sie mich in Ruhe.«

Der Penner guckte die Enten an, die langsam in seine Nähe watschelten. Schließlich hatte er viele Tüten dabei, die im Wind raschelten, und die Vögel brachten dieses knisternde Geräusch mit einer Fütterung in Verbindung. »Hartes Brot, was? Glaub' mir, ich kenne das. Ich bin nicht umsonst in diesen Lumpen unterwegs. Niemand hat sich sein Leben ausgesucht.«

Mr. Freetime schien diese Aussage fast erwartet zu haben, denn er ergriff sofort das Wort: »Doch! Ich habe mir mein Leben ausgesucht. Ich wollte immer schon die Straßenbahn fahren. Jetzt aber stellen sie die Linien ein, und für mich gibt's keine Arbeit mehr. Ich bin jetzt auf dem Abstellgleis.«

Der Penner mußte rülpsen, was Mr. Freetime nicht angemessen fand, da eine leichte Bierfahne um seine Nase wehte. »Es ist alles so traurig. Wie abgeschnitten. Es hat alles keinen Sinn mehr. Was … was soll ich denn tun?«

fragte er und fühlte sich verunsichert, weil er befürchtete, von diesem Penner nicht ernstgenommen zu werden.

»Paß ma uff, Kleena! Dit Leben jeht weita! Gloob ma. Ick bin ooch nich von vorjestarn.«

Mr. Freetime mußte in diesem Augenblick lächeln. Wie wahr! Der Lumpenmann war zwar ein Verlierer der Gesellschaft, aber leben tat er, und daß er sich in einer gewissen Art zu helfen wußte, war ihm anzusehen. »Was waren Sie denn mal von Beruf?« fragte Mr. Freetime zögerlich.

Der Penner hielt kurz inne. »Sach ick späta.«

Für kurze Zeit quakte die vorderste Ente ein paar energische Schnatterlaute hinaus, vermutlich, weil ihr niemand etwas aus der Tüte gab oder weil sich andere Enten von hinten an sie heranschlichen und ihr in die Bürzelfedern bissen.

»Ich muß meine Familie ernähren, das Geld vom Staat reicht hinten und vorne nicht, wie soll ich das schaffen? Einen Fünfundvierziger stellen die doch niemals mehr ein!«

Der Penner nickte. »Dit is richtich«, bestätigte er und kraulte sich die Bartstoppeln. »Aba mehr Freizeit haste jetzt ooch, wa? Kannst mit deinen Jören spielen.«

Mr. Freetime nickte. »Aber ohne Geld gibt es keine Freizeit.«

Der Penner richtete sich auf. Die lümmelhafte Lage auf der Parkbank schien ihm unbequem geworden zu sein, und so saß er jetzt aufrecht, in gleicher Augenhöhe neben seinem Gesprächspartner. Dann atmete er durch und versuchte, seine Philosophie zu vermitteln – diesmal aber nicht im Berliner Jargon: »Die Enten hier, die haben auch kein Geld. Und die leben auch. Zwar nicht so toll wie du, jedenfalls bisher, aber immerhin. In der Bibel steht doch so ein Spruch wie ›wer an mich glaubt, dem wird nichts mangeln‹. Wenn du wirklich keine Arbeit mehr findest, mach' das Beste daraus. Lebe dein Leben, sei froh, daß du nicht sterbenskrank bist. Die Zeit geht auch ohne Arbeiten weiter. Ihr fleißigen Bienen wollt immer irgendwo ankommen, ein Ziel erreichen. Seid ihr angekommen, müßt ihr wieder etwas Neues tun, weil ihr das Erreichte nicht ertragen könnt. Genuß ist bei euch nicht drin. Ihr fallt in ein Loch, spürt eine Leere. Ihr seid enttäuscht, erlebt den Verlust der Illusion, die euch bis dahin getrieben hat. Aber so geht das nicht. Sei spontan!«

Mr. Freetime glaubte plötzlich, einem Seminar über Glück beizuwohnen, und er war verblüfft, daß dieser Lumpenmann solche weisen Dinge wußte. »Guter Mann, es geht ums Geld. Das wissen Sie doch am besten. Man muß die Zeit nutzen. Zeit ist eben Geld. Oder lungern Sie freiwillig so herum?«

Der Penner schüttelte den Kopf: »Die Diskussion über Versicherungen, die einen auffangen, lassen wir mal sein. Ich denke, daß du vorgesorgt hast. Wo ist das Problem?«

Mr. Freetime seufzte und hielt es für überflüssig, die Unterhaltung fortzuführen. Schließlich war auch der Staat knapp bei Kasse und holte sich vom Bürger die letzten Taler aus dem Geldbeutel.

»Sei spontan!« rief der Penner ihm zu, obwohl er direkt neben ihm saß. »Du hast deine Straßenbahn immer nach

Fahrplan geführt, mußtest dich Regeln, Zeiten und Obrigkeiten unterordnen. Jetzt ist Zeit für mehr.«

»Meine Frau hat auch immer gesagt, ich soll spontaner sein«, lästerte Mr. Freetime.

»Nee, dit is wat anderet. Deine Frau wollte, daß du Dinge tust, die sie mochte, so, wie es ihr gerade in den Kragen paßte, und zwar sofort. Das ist für dich keine Spontanität. Spontansein heißt, ohne Zeitplanung, ohne Zwang, also völlig freiwillig etwas tun, was einem gerade einfällt. Es muß unabhängig von der Idee eines anderen sein. Wenn ein anderer deiner Idee folgt, deine Spontanität mitmacht, so ist er nicht spontan, sondern nur folgsam. Er mußte ja zunächst überlegen, ob er das auch wirklich mit dir tun will.«

Mr. Freetime glaubte für Sekunden, daß dieser Kauz seine Frau kennen würde, doch er verwarf diesen Gedanken schnell wieder, weil er es für unmöglich hielt. Wer war dieser Mann? Ein Obdachloser, der eigentlich ein Philosoph sein wollte?

Der Penner beobachtete den Mann und spürte, daß er überlegte. Für einen Augenblick verweilte er in dieser Ruhe, dann atmete er tief ein und fing von neuem an zu erzählen: »Wir reisen alle in die Zukunft. Sekunde für Sekunde werden wir in diese Zukunft befördert. Die Zeit geht dahin, egal, was man tut, ob man im fahrenden Bus oder in der Kirche sitzt, sie zerrinnt wie Sand zwischen den Fingern. Ich denke oft an den burschikosen Busfahrer, der es immer eilig hatte und schnell sein Fahrziel erreichen wollte. Er meinte, die Strecke immer in kürzester Zeit hinter sich bringen zu müssen. Bei ihm haben die Fahrgäste immer gebetet, weil sie Angst um ihr

Leben hatten. Bei dem Pfarrer aber, der seine Schäfchen aufklären wollte, ist die Gemeinde immer eingeschlafen, weil er zu lange predigte. Folglich beteten die Leute nicht. Daraufhin hat der Kirchenrat ihm eine Art Rahmen geschenkt, in dem drei Sanduhren befestigt waren. Eine große, eine mittlere und eine kleine. Spätestens, wenn der Sand der großen Uhr zerronnen war, mußte der Pfarrer aufhören. Dabei ist Zeit etwas sehr schwer Greifbares. Kennst du das Experiment von 1971?«

Mr. Freetime schüttelte den Kopf. Natürlich kannte er es nicht. Jedenfalls glaubte er das.

»Die hatten da mal Atomuhren in Flugzeuge gepackt. Dann sind sie damit um die Erde geflogen. Als sie landeten, stellten sie eine Veränderung fest: Die Uhren in den Flugzeugen zeigten eine andere Zeit an als die Uhren auf der Erde. Man sprach von sogenannten Nanosekunden. Nun wußte man, daß die Zeit keine unveränderliche Große ist, sondern daß man sie mit Geschwindigkeit manipulieren kann.«

»Sie sind nicht zufällig Physiker?«

Der Penner atmete tief durch. »Du gloobst ma ja doch nich«, murmelte er.

Mr. Freetime fühlte sich provoziert: »Wieso soll ich das nicht erfahren? Sie löchern mich ja auch, jetzt will ich mehr von Ihnen wissen!«

Stille. Nur das Entengeschnattere war zu hören. Wahrscheinlich warteten die Watschelvögel immer noch, daß es endlich etwas zu futtern gab. Keck blickten sie zu den beiden Männern. Wenn es ums Brot ging, hatten sie eine Affengeduld.

»Also gut«, entschloß sich der Lumpenmann. »Es

begann vor vielen Jahren. Ich studierte Naturwissenschaften, später Betriebswirtschaft. Das erste Studium brachte kein Geld. Das zweite keine Muße. Ich wollte Geld verdienen. Ich wurde Angestellter einer Firma, später sogar Prokurist. Viele Dienstreisen. International. Dann warb mich die Konkurrenz ab. Ich wechselte. Dort war das Brot noch härter. Alles mußte schnell gehen. Viele Chefs, viel Arbeit, viel Zeitdruck. Bei so einem Job schuftest du mehr als die gewöhnlichen 80.000 Stunden, die ein Angestellter im Laufe seines Lebens absitzt. Ich arbeitete Jahre, ohne Urlaub zu nehmen. Meine Ehe ging kaputt. Unsere Tochter nahm sich das Leben. Es war schrecklich. Inzwischen wurde ich von meinem alten Arbeitgeber verklagt. Ich hätte Betriebsgeheimnisse preisgegeben. Das Verfahren zog sich sehr lange hin. Irgendwann kam meine neue Firma in große Schwierigkeiten und meine Ex-Frau stand auch noch vor der Tür. Sie war inzwischen einer Sekte beigetreten, konnte sich aber von dieser Geißel befreien. Ausgebrochen. Sie ist abgehauen. Weiß der Teufel, wie sie das geschafft hat. Nun konnte sie nur zu mir kommen, weil sie niemanden mehr hatte. Trotz unserer Scheidung war ich ihr letzter Halt. Wir lebten in großer Angst. Die alte Firma hatte mich verklagt, die neue ging den Bach runter, meine Ex war wieder da, und wir fürchteten Anschläge von der Sekte. Aber damit nicht genug: Ich hatte inzwischen eine neue Liebe gefunden, die aber mein Leben inzwischen auch nicht mehr aushielt – genau wie meine Ex. Jetzt lebte ich mit zwei Frauen unter einem Dach. Dann wurde meine neue Flamme krank. Sehr krank. Bald darauf starb sie, und meine Ex zog von dannen. Wir hatten es einfach nicht geschafft, ein neues, gemeinsames Leben aufzubauen. Ich sah sie nie wieder. Die Firma konnte mich nicht mehr bezahlen. Ich wurde arbeitslos. Mit allem waren sie überfordert. Und den Prozeß habe ich auch verloren. Jetzt mußte ich viele Mäuse berappen. Aber woher nehmen? Auch ich war keine dreißig mehr. Niemand wollte mich. Ich war ja nun ein Krimineller. Zu allem Unglück litt auch meine Gesundheit darunter. Ich bekam Depressionen. Hier und da jobbte ich, doch auch dieses Geld war nur ein Tropfen auf den berühmten heißen Stein. Als ich eines Tages nach Hause ging, blickte ich ins Leere: Meine Wohnung war ausgebrannt. Brandstiftung. Vielleicht war es die Sekte gewesen? Wie ich mich auch drehte, jeder Schritt endete im Chaos. Verdiente ich Geld, mußte ich es gleich wieder hergeben, weil ich ja den Prozeß verloren hatte. Bemühte ich mich um eine bessere Stellung, lehnte man mich ab. Eine Wohnung hatte ich nicht mehr, und bezahlen konnte ich ja sowieso keine neue.«

Mr. Freetime schwieg ergriffen. Neben ihm saß einer, den das Leben gezeichnet hatte, der ein ewiger Verlierer und Zeit seines Lebens immer ehrlich gewesen war. Wirklich ehrlich? Hatte der Mann tatsächlich die Wahrheit gesagt? War das nicht alles ein bißchen zuviel auf einmal, was er da auftischte? »Das klingt unglaublich«, sagte Mr. Freetime. »So etwas liest man vielleicht mal in einem Buch, und das soll tatsächlich geschehen sein?«

Der Penner nickte. »Siehste, du gloobst ma nich, wie ick schon sachte.«

Mr. Freetime blickte über das Wasser des Stadtparkteichs, das angenehm glitzerte. Einige Spaziergänger flanierten, Kinder spielten und von fern bellte ein kleiner Hund. »Hatten Sie denn nun Betriebsgeheimnisse verraten?«

Der Lumpenmann schwieg eine Weile, so daß Mr. Freetime glaubte, einen Lügner vor sich zu haben, der sich um seine Antwort drückte. »Nein«, stieß er dann hervor. »Die wollten mich brechen!«

Mr. Freetime vergrub das Gesicht in seinen Händen und massierte sich die Stirn. Was war das für ein anstrengender Tag gewesen. Und zum Abschluß auch noch dieser Typ neben ihm. Dann blickte er den Mann an: »Und deshalb wollen Sie so leben?«

Der Penner nickte. »Hier bin ich ein freier Mann. Ich habe alle Zeit der Welt. Bin ich arm, so bin ich glücklich, weil niemand von mir etwas holen kann. Es gibt keinen Zeitplan mehr für mich, kein Ankommen, keine Hektik. Ich lebe wie die Enten hier, von der Hand in den Mund und mit der Zeit und Güte Gottes.«

Mr. Freetime blieb stumm. Neben seinem Fuß hatte sich eine Ente niedergelassen und schlummerte sanft. Deutlich konnte er ihren weichen, runden Körper sehen, wie dieser sich hob und senkte, weil die Ente trotz ihres im Gefieder vergrabenen Schnabels tiefe Atemzüge nahm. Am liebsten hätte Mr. Freetime sie gestreichelt, doch er beherrschte sich, da er wußte, daß die Ente in dem Augenblick, in dem sie seine Hand spürte, das Weite suchen würde – sofern seine Hand nicht auch noch einen Brotkrümel anbot. Und auf einmal bemerkte er, wie ihn eine sanfte Ruhe durchdrang. Er fühlte einen Frieden in sich, so als ob die Ente ihre Ruhe auf ihn übertragen hätte. Langsam ging sein Atem, wie bei der Ente, die noch immer schlummerte und manchmal fiepte. Beide erlebten denselben Augenblick, dieselbe Zeit, sie atmeten dieselbe Luft und lebten unter derselben Sonne. Ihm wurde auf einmal klar, daß es ihm noch verhältnismäßig gut ging, und daß er bessere Zukunftsaussichten als dieser Obdachlose hatte. Seine Ehe war intakt, seine Kinder lebten noch, er hatte ein Zuhause. Nur Arbeit gab es keine mehr für ihn. Das Leben geht weiter, dachte er sich, und die Zeit zerrinnt so oder so. Mr. Freetime nickte, betrachtete nochmals die schlafende Ente, die wahrscheinlich von leckeren Brotkrümeln oder kleinen, flauschigen Küken träumte. Dann schaute er dem Lumpenmann tief in die Augen. »Sind Sie morgen auch wieder hier?« fragte er ihn.

Der Penner nickte.

»Prima«, sagte Mr. Freetime, »dann komme ich morgen wieder.« Damit stand er auf, ging am Teich vorbei über die Brücke und gelangte zur Straße, in der er wohnte.

***

Der Abschied

Der kleine Junge stemmte sich gegen die Reling, als wollte er das Gestänge verbiegen. Er wäre am liebsten heruntergeklettert. Dabei hatte der Junge sich eigentlich auf sein Zuhause gefreut. Es lagen noch einige freie Tage vor ihm, doch heute wurde es deutlich spürbar: Die Ferien neigten sich dem Ende zu. Was hatte der Knirps für schöne Tage auf der sonnigen Insel gehabt! Fast jeden Tag war er im Meer schwimmen gewesen, spielte mit Freunden, die er auf dem Eiland kennengelernt hatte. Der Junge war mit dem Fahrrad gefahren, auch das Sonnenbaden, ein Leuchtturm- und ein Zirkusbesuch gehörten zu den schönsten Aktivitäten. Abends gab es immer eine große Pizza mit einer Brause und einem leckeren Eis – und nachts konnte er vor Freude auf den nächsten Tag kaum schlafen, wenngleich ihn die Seeluft unglaublich müde machte. Vorbei. Vergangenheit. »Ein Junge weint doch nicht«, bekam er oft zu hören. »Schaue nach vorn«, fügten andere hinzu. Wie wahr. Der Junge erspähte die anderen Gäste, die, genau wie er, ein letztes Mal zur Insel sahen, um sich von ihrem Paradies zu verabschieden. Aber da waren auch viele andere Kinder, Jugendliche, die auf dem Deck herumrannten und sich mit Albernheiten beschäftigten. Hatte ihnen der Urlaub nicht gefallen? Oder war ihnen alles egal? Fragen, die sich ein kleiner Junge nicht stellte.

Dann ertönte das Signal: Lange durchdrang der tiefe Ton die Luft, und mancher Fahrgast wunderte sich, daß die Möwen, die direkt neben dem Schornstein, aus dem das Signal kam, ausharrten, nicht vor Schreck davonflatterten. Kräftige Hände zogen die Rampe zurück, Taue wurden geworfen. Die Reling vibrierte, deutlich war die Bewegung des Schiffs zu spüren, die Kraft, die vom Motor ausging. Das Wasser wurde von der Schiffsschraube aufgewühlt, als ob Neptun unter Wasser einen Feuerkessel gezündet hätte. Los ging's!

Ein letzter Blick. So nahe sah man seine Freunde nicht so schnell wieder. Man hatte sich zuvor am Kai umarmt, geküßt und vielleicht noch eine kleine Träne von der Wange gewischt. Jetzt entfernte sich das Schiff, weil der Zeitpunkt dafür gekommen war. Der Junge winkte eifrig seiner Oma zu, die unten am Kai stand und unter ihrer Metallbrille lächelte. Der Wind durchwühlte ihr weißes Haar und ihr Rock flatterte wie eine Fahne. »Mach's gut, mein Junge! Bleib tapfer«, rief sie ihrem Enkel zu, und der Sprößling, der seine Großmutter nicht hören konnte, flüsterte leise: »Adieu.«

Freunde, Bekannte, Ehefrauen und ihre Männer, Geschwister, Wirte und ihre Gäste, jeder erlebte seinen persönlichen Abschied, ein Auseinandergehen, das sich im Leben ständig wiederholt. Der kleine Junge konnte oder wollte es noch nicht akzeptieren, daß man zu Lebzeiten ständig diese Prüfungen bestehen muß. Auch, wenn er eine gewisse Ahnung hatte und schon in seinen jungen Jahren auf eine bestimmte Erfahrung zurückblicken konnte, war es Teil seiner Jugend, unbelastet zu sein. Aber er wird es lernen müssen. Der Junge wird sich im Laufe der Zeit von vielem verabschieden: von Freunden, der Schule, von Epochen, vom Wissen, von Gefühlen, Einstellungen und Bewertungen, von materiellen Dingen, von seinen Eltern, der Liebe, irgendwann auch von seiner Gesundheit und später auch von sich selbst. Und er wird diese Dinge nicht in der Schule, in keiner Universität und auch in keinem Ausbildungsbetrieb lernen. Schließlich wird man vom Schicksal in diese Situationen gestoßen, kann es sich nicht aussuchen, wann und wo, geschweige denn wie sich etwas abspielt. Dabei sind der Beginn und der Abschied, das Kommen und Gehen, also die Geburt und das Ende etwas völlig Natürliches, vielleicht sogar Notwendiges.

»Tja, so ist das«, seufzte eine betagte Dame mit einem bunten Hut und schriller, farbenfroher Kleidung, die neben der Oma stand.

Die Oma nickte.

»Es ist ein steter Wechsel, alles ist im ewigen Fluß. Und wir merken dabei nicht, daß wir Bestandteil dieses Flusses sind, daß wir nur ein kleines Teilchen darstellen, das erst mit allen anderen in der Gemeinschaft zu etwas Komplettem wird.«

Die Oma nickte nochmals. Gerade wollte sie der Dame eine Antwort geben, als diese schon wieder das Wort ergriff: »Verehrte Frau, Sie sind alt genug, um über das Leben Bescheid zu wissen. Was soll ich Ihnen erzählen? Aber ich muß das tun. Ich habe zu lange geschwiegen, meine Gedanken mit niemandem geteilt. Eigentum verpflichtet. Das gilt auch für das geistige Eigentum. Und Sie scheinen mir die Richtige zu sein, der ich meine Ansichten preisgeben kann.«

»Reden Sie sich alles von der Seele«, konnte die Oma schnell zwischenschieben, obwohl sie eigentlich alleine bleiben wollte – dabei schaute sie dem abfahrenden Schiff hinterher.

Es war ein seltsames Bild: Da stand die Oma, grau, weiß und schwarz gekleidet, ihr weißes Haar leicht verweht, im Gesicht die metallische Brille, klein genug, um auch die Augenbrauen wirken zu lassen – daneben diese Frau, die ihren Kopf mit einem bunten Hut krönte und vom Dekolleté abwärts mit orange-, grün- und blaugestreifter Kleidung protzte.

»Wer den Verlust erlebt, wird zunächst eine gewisse Leere empfinden«, fuhr die bunte Dame philosophierend fort, »akzeptiert er aber dieses Loch, hat er losgelassen und erfährt Frieden. Es gibt dann keine Kontrolle mehr, keinen Widerstand, nur noch Stille. Vielleicht haben Sie schon einmal davon gehört, daß buddhistische Mönche in ihrer Ausbildung neben den Verblichenen meditieren? Wer einen Menschen in seinen letzten Stunden begleitet, so heißt es, sollte schweigen. Worte seien überflüssig, Blicke und die Gegenwart des anderen dagegen würden beruhigend wirken. Andere Leute sprechen davon, daß gerade Gespräche sehr wichtig gewesen wären. Das sind alles Erfahrungen, die jeder für sich alleine machen muß. Auch ich bin mir im unklaren darüber, was ich empfinden werde, trotz meiner Lebenserfahrung. Und mir wird ganz eigenartig dabei ums Herz. Ich … ich bin als Vollwaise in einem Heim aufgewachsen.«

Was für ein deprimierendes Thema, dachte die Oma, während sie ihre von der Seeluft beschlagene Brille putzte. Und was will die eigentlich von mir? »Ja, Sie haben recht«, befand sie schließlich, »wir müssen uns zu Lebzeiten von vielem trennen. Wer es früh lernt, hat für das Leben mehr Zeit.«

Die Dame mit dem bunten Hut nickte glücklich, so

als hätte sie eine neue Freundin gefunden. »Ich würde Sie gerne wiedersehen«, sagte sie.

Kurzes Schweigen. Dann blickte die Oma der Dame tief in die Augen und bot ihr für den nächsten Nachmittag ein Treffen in einem Café an, worauf die bunte Dame einwilligte. Was ist bloß in mich gefahren, fragte sich die Oma anschließend, jetzt habe ich dieser Frau tatsächlich ein Gespräch angeboten, obwohl ich eigentlich meine Ruhe haben will!

Die Oma schritt langsam an der Kaimauer entlang, bis sie zu dem Inselbahnhof kam. Der wartende Zug war abfahrbereit. Fünfzehn Minuten Fahrzeit brauchte die wackelige Bahn bis in die Stadt Borkum. In wenigen Minuten sollte es losgehen. Dampf quoll aus dem Schornstein der kleinen, grünen Lok, die schnaufend auf das pfeifende Trällern des Zugabfertigers wartete. Die alte Dame wußte natürlich aufgrund ihres hohen Alters, daß ein Leben im Einklang mit dem Bewußtsein, einmal gehen zu müssen, das höchste Gefühl des Friedens bringen kann, weil man sich damit von seinem Ich verabschiedet und sich nicht mehr so wichtig nimmt. Das Ich ist nur eine Zeiterscheinung im eigenen Bewußtsein. Vielleicht sogar eine Lüge. Jedenfalls hatte sie sich im Laufe der Zeit dieses Bild zurechtgebastelt. Andere Menschen machten jedoch ihre eigenen Erfahrungen und waren zu anderen Ergebnissen gekommen. Man mußte es ja schließlich mit der Realität auch nicht übertreiben. Ein zu intensives, vor allem problembeladenes Beschäftigen mit dem Ende kann nämlich durchaus in ein längeres Stimmungstief führen.

»Warten Sie, bitte!« rief da die hinterherlaufende bunte Dame der Oma zu. »Warten Sie, ich habe noch eine Frage. Kennen Sie das Phänomen, daß alte Menschen vor ihrem letzten Tag leuchtende Augen bekommen und eine Zufriedenheit spüren, weil sie losgelassen haben? Sie befreien sich von allem Ballast. Man könnte sagen, daß sie schon vor ihrem Ende ausgetreten sind und sich deshalb aufgehobener fühlen. Ich hörte auch, daß solche Menschen von ihren früheren Angehörigen träumen, wie diese sie abholen wollen. Sagen Sie bitte: Kennen Sie das? Haben Sie davon auch schon gehört? Ich will es wissen. Es ist wichtig für mich.«

Wenn auch diese Gedanken sehr interessant sind, geht mir diese seltsame Frau so langsam auf die Nerven, dachte die Oma, blieb aber stehen und erwiderte: »Ja, davon habe ich schon einmal gehört. Ich finde aber, wir sollten das morgen in dem vereinbarten Café besprechen. Drängen Sie sich bitte nicht so auf. Ich habe gerade meinen Enkel verabschiedet, und ich weiß nicht, wann und vor allem ob ich ihn wiedersehen werde. Ich möchte diese Dinge für mich alleine verarbeiten. Bitte lassen Sie uns morgen darüber reden.«

Die bunte Dame nickte. »Gerne, bis morgen dann«, erwiderte sie, und die Oma wunderte sich, daß diese Frau offenbar nicht aufhören konnte, über solche Dinge nachzudenken.

Der Junge wird noch nicht wissen, was es mit »Auf Wiedersehen« auf sich hat, dachte die bunte Dame, er wird sich das vielleicht sogar niemals fragen. Kaum ein Mensch hat die Zeit für solche Themen. Die meisten verbinden mit diesem Abschiedsgruß die Hoffnung, jemanden tatsächlich wiederzusehen. Wer aber »Auf Wiedersehen« sagt, belügt sich selbst. Er ist oberflächlich und leugnet, daß es das Ende gibt, denn er will dieses Ende nicht akzeptieren, will sich vorgaukeln, daß man immer an einen Abschied anknüpfen kann. Er verschiebt das Ende auf das nächste Mal, dann wieder auf das nächste Mal …

Eine Möwe flatterte dicht an ihr vorbei. Die Biester kamen in letzter Zeit sehr nahe an die Menschen heran. Womöglich lag es am Eis, das ein Mädchen neben ihr genoß und auf das der Vogel scharf war. Offensichtlich schmeckte ihm die Süßspeise besser als der dickste Fisch. Man mußte immer auf der Hut sein.

… vielleicht wird der Junge aber doch diese Erfahrungen machen, dachte die bunte Dame weiter, ja, ganz sicher, das Leben wird ihm beibringen, daß man Abschiede willkommenheißen muß, sie geradezu einladen sollte, in die eigene Welt einzutreten, wie einen Gast, den man schätzt und liebt und der irgendwann wieder geht. Wir werden auf eine gewisse Art immer wieder neu geboren. Dann seufzte sie und murmelte leise: »Nur schade, daß jeder Mensch diese Erfahrungen für sich alleine machen muß, daß man die Erfahrungen der Alten nicht wie einen Sack Geld in die Hände seiner Nachkommen weitergeben kann«.

Kaum hatte sie ihre Gedanken beendet, pfiff das schrille Signal durch die Luft. Langsam, schwer schnaufend bewegte sich die kleine grüne Lok und zog die knarrenden Waggons hinter sich her. Die Oma lehnte sich aus dem Fenster des fahrenden Zuges, genauso wie es ihr Enkel an der Reling getan hatte, und blickte dem alten Pott nach, der Kurs auf das Festland nahm.

Das Schiff war inzwischen schon weit von der Insel entfernt und die winkenden Arme der Zurückgebliebenen wurden immer kleiner. Manche von ihnen holten große Tücher hervor und machten dadurch auf sich aufmerksam. Der Junge schaute heckwärts auf das aufgewirbelte Wasser, das grün und weiß anschwoll. Die Sonne schien. Er atmete tief ein und spürte dabei die Frische, die ihn erquickte und zu neuen Ufern blicken ließ. Zu neuen Inseln, neuen Lebenshorizonten. Denn das ist das Wichtige, das Alte mit der Gegenwart zu verknüpfen und damit in die Zukunft zu gehen.

Das Schiff schwankte. Eine andere Fähre, die neue Urlauber auf die Insel beförderte, brachte mit ihrem Wellengang das zum Festland tuckernde Schiff ins Schlingern. Nach kurzer Zeit aber ebbte diese Unruhe ab und die Fahrt verlief wieder ruhig. Der Junge sonnte sich auf dem Deck, streckte sich wie ein müder Krieger. Es war ein echtes Kaiserwetter. Dann drehte sich das Schiff. Sachte hatte der Kapitän eine Kursänderung herbeigeführt, so daß die Schatten der Deckaufbauten zu dem Jungen wanderten. Die Luft trocknete seine letzte Träne und eine Möwe rief zum Abschied in den Wind.

***

Der Philosoph und der Manager

Legen Sie Ihre Uhr ab.«

Der Mann zögerte: »Warum?«

»Weil sie stört. Sie hindert uns am Gespräch.«

Der Mann band die Uhr vom Handgelenk und legte sie auf den Tisch.

»Das reicht nicht«, sagte der bärtige Philosoph, »legen Sie die Uhr in die Schublade und verschließen Sie diese.«

Der Mann tat es. »Ich finde, Sie übertreiben. Das ist doch nur eine Uhr.«

»Nur eine Uhr? Das glaube ich Ihnen nicht. Sie als Manager sind doch von der Uhr abhängig wie ein Drogensüchtiger vom Heroin!«

Der Mann seufzte und blickte den Philosophen erwartungsvoll an. »Und jetzt?« fragte er.

»Ich denke, Sie sind ein wichtiges Glied in der Wirtschaftskette. Ihre Arbeit ist hoch anzurechnen. Sie funktionieren.«

Der Mann nickte. »Vielen Dank. Geht wie Honig runter.«

»Aber Sie sind nicht so, wie Sie glauben. Haben Sie schon mal ohne Uhr gelebt? Haben Sie schon einmal gewartet?«

Der Mann wußte nicht, worauf der Philosoph hinauswollte.

»Wir warten alle. Sind wir jung, warten wir darauf, erwachsen zu werden. Sind wir erwachsen, warten wir darauf, erfolgreicher zu werden. Wir warten an der Ampel, auf den Bus, beim Arzt harren wir lange aus, bis wir endlich drankommen. Und wir warten auf unser Lebensende. Aber wir warten nicht wirklich. Die meisten halten das gar nicht aus. Fast jeder versucht, sich abzulenken, irgendwie die Zeit zu füllen, totzuschlagen. Man beobachtet andere, überlegt etwas oder liest eine Zeitung. Das ist aktives Warten. Wer aber wirklich wartet, tut dies passiv. Sie werden sehen, es funktioniert. Wenn man nichts tut, wirklich gar nichts, und das ist sehr schwer, bekommt man eine völlig neue Wahrnehmung. Wir brauchen die Zeit nicht totzuschlagen. Die Zeit stirbt von selbst. Sie schafft das ganz alleine.«

Der Manager nickte zögerlich.

»Welche Farbe hatte das erste Auto, das Sie heute früh gesehen haben? Mit Ausnahme Ihres eigenen Wagens natürlich.«

»Keine Ahnung. Das ist doch völlig unwichtig.«

»Stimmt. Wenn nicht gerade jemand in dem Wagen sitzt, der Ihre Zeit stehlen will, ist das für Sie tatsächlich von eher nebensächlicher Bedeutung. Aber kommen wir zurück auf die Wahrnehmung, von der ich eben sprach. Versuchen Sie doch einmal, aus sich herauszutreten, Ihr Leben von außen zu betrachten. Sie treten aus Ihrer eigenen Gegenwart heraus, bewegen sich in einer völlig anderen Zeit. Oder beauftragen Sie Ihr Gehirn, einfach mal nach einer verlorengegangenen Erinnerung zu suchen. Irgendeine, meinethalben den ersten Schnurrbart, den Sie heute früh gesehen haben, aber treten Sie endlich aus sich heraus!«

»Ich frage mich gerade, warum ich mir Ihre Ausführungen anhören soll. Ich wollte eigentlich längst unterwegs sein.«

»Weil Sie eine Wette verloren haben«, erwiderte der Philosoph. »Ich fragte Sie, welche der beiden Kerzen länger brennt, die kleine oder die große. Sie sagten, die große Kerze brenne länger, und ich antwortete, daß keine der beiden Kerzen länger brennt, beide Kerzen brennen kürzer. Und wir hatten beschlossen, bei einer falschen Antwort eine Diskussion anzufangen.«

»Ja, ja, schon gut. Ein Scherzrätsel und seine Folgen ...«

»Sie sagten gerade, daß Sie längst unterwegs sein wollten. Vermutlich in einem Auto. Da fällt mir etwas Interessantes ein: Wenn Sie mit Ihrem Wagen über die Autobahn preschen, was empfinden Sie dabei?«

»Dynamik. Vorwärtskommen. Zeitersparnis.«

»Dachte ich's mir. Nun gut. Sie rauschen die Straße entlang, sehen die Landschaft an sich vorbeiziehen und schließen daraus, viel in wenig Zeit zu schaffen. Aber wissen Sie eigentlich, daß Sie auch beim Stillsitzen eine enorme Geschwindigkeit haben?«

»Sie wollen mich doch veräppeln.«

»Nein, ich meine es ernst. Während wir hier sitzen, dreht sich die Erde. Wir merken das nicht. Zwar nehmen wir den veränderten Sonnenstand wahr, die Dämmerung, aber mehr eben nicht. Niemandem wurde bisher von der Erdumdrehung schwindelig. Keiner beklagte sich darüber, daß sich der Planet zu schnell oder zu langsam drehte. Was ich sagen will, ist, daß Geschwindigkeit nicht spürbar sein muß.«

Der Manager nickte. Aber er tat es sehr zögernd, deshalb

sprach der Philosoph weiter: »Wir können natürlich die Sache auch etwas anders betrachten. Wer sagt uns eigentlich, daß alles seinen punktgenauen Gang geht? Niemand. Nehmen wir einmal an, die Erde drehe sich jeden Tag um ein paar Sekunden langsamer, als sie es sonst tut. Gehen wir mal davon aus, daß das ganze Sonnensystem jeden Tag drei Sekunden länger braucht, nach und nach würde sich das um ein Vielfaches addieren. Blenden wir hierbei die Schaltjahre aus, die Veränderung, die ich jetzt meine, geht darüber hinaus. Was würde passieren? Wir würden diese anfänglichen Sekunden nicht spüren. Und wir würden trotzdem eine Zeitverschiebung haben. Der ganze Rhythmus würde sich verlagern, und wenn wir nach zehn Jahren einen prüfenden Rückblick wagten, würden wir feststellen, daß wir von unserer ursprünglichen Zeitmessung meilenweit entfernt sind. Wir hätten einen Zeitbetrug.«

Der Mann grübelte.

»Überhaupt frage ich mich, was mit der Zeit geschehen würde, wenn es keine Nacht gäbe. Wenn wir immer nur Tag hätten, also im All keine rhythmische Veränderung der Planeten ablaufen würde, dann dürfte auch keine Zeit existieren. Und das hieße auch, daß wir nicht altern würden …«

Der Mann grübelte noch immer.

»Würden Sie gerne in die Zukunft fahren?« fragte der Philosoph.

»Wer möchte das nicht?« gab der Manager zurück.

»Es geht tatsächlich. Setzen Sie sich in eine Raumfähre und lassen Sie sich mit Lichtgeschwindigkeit um die Erde fliegen. Sie werden in kurzer Zeit eine lange Zeitspanne der Erde überbrücken. Dann kommen Sie wieder auf unseren Planeten zurück und merken, daß dort vielleicht tausend Jahre vergangen sind, während Sie an sich selbst nur wenige Jahre Alterung verbuchen. Na, wie wäre das?«

Der Manager schmunzelte.

»Aber Vorsicht!« ergänzte der Philosoph. »Ich kann nicht sagen, ob Sie wieder zurückkommen. Eigentlich müßte ein Weg in beide Richtungen begehbar sein, wer also in die Zukunft reist, müßte auch in die Vergangenheit befördert werden können. Wer aber diesen Rückweg geht, könnte dann theoretisch auch seine eigenen Großeltern umbringen. Dies würde allerdings seine Existenz in Frage stellen. Wenn also der Weg zurück nach aller Logik nicht realisierbar wäre, müßte auch der Weg in die Zukunft unmöglich sein.«

»Ja, was wollen Sie mir denn jetzt eigentlich vermitteln? Erst geht es, dann geht es wieder nicht. Ich habe Wichtigeres zu tun.«

»Es sei denn, man stellt sich eine Schiene vor«, fuhr der Philosoph fort, »eine Art Zeit-Welt-Linie. Die müßte dann immer innerhalb eines Lichtkegels ruhen, so daß sie von einem Menschen, von einem Signal durchlaufen werden kann. Man würde zum Ausgangspunkt zurückkehren … Aber nein, das hieße ja, daß man seine eigene Handlung nicht beeinflussen könnte, daß man alles automatisch so tun müßte, wie es geschehen ist … Aber wir haben einen Willen …« Der Philosoph grübelte, wußte aber keinen Rat. Es schien ihm, daß er sich in etwas verrannt hatte, denn er konnte nur in Teilen einen Zusammenhang bilden. Es war ein Puzzle, das nicht zu Ende zu bringen war.

»Wie soll ich denn nun das mit der Wahrnehmung verstehen? Soll ich nun aus mir heraustreten und mich neu wahrnehmen, während ich passiv warte, oder soll ich gar nichts spüren?« versuchte der Mann zum eigentlichen Inhalt des Gespräches zurückzukehren.

»Sie haben ein Problem. Sie denken immer noch wie ein Geschäftsmann. Sie denken, fühlen rational. Das hier ist aber etwas, was aus unserem Alltag verdrängt wurde. Sie müssen lernen, loszulassen.«

Der Mann verdrehte die Augen.

»Versuchen Sie es. Werden Sie wieder ein Kind, das noch staunen kann.«

»Na schön«, seufzte der Geschäftsmann.

»Der Körper leistet Enormes. Während Sie arbeiten, schlafen, essen, Ihr Körper arbeitet immer. Ihr Herz schlägt, Ihre Lungen atmen, Ihr Gehirn verarbeitet Dinge, Gedanken fließen, Zellen teilen sich. Ihre innere Uhr ist immer in Bewegung. Aber haben Sie sich schon einmal gefragt, ob Ihr Herz rückwärts oder vorwärts schlägt?«

»Ich glaube nicht«, antwortete der Manager mit einem gekünstelten Lächeln.

»Es könnte doch sein, daß Ihre Herzschläge in ihrer Summe bereits festgelegt sind und wie bei einer Zeitbombe rückwärts abgearbeitet werden. Ist der erste Schlag erreicht, sterben Sie bei Null. Stellen Sie sich nun Ihre Zeit nach dem letzten Atemzug vor. Man trauert um Sie. Die Gäste unterhalten sich über Ihr Leben. Was Sie alles getan oder auch gelassen haben und so weiter. Dann versenkt man den großen Kasten in die Erde. Die Maden kommen. Ist das nicht erstaunlich? Der leblose Körper leistet nun wieder eine enorme Arbeit. Alles, was einst gezeugt wurde, gewachsen ist, sich verändert hat, zerfällt von selbst. Auch das ist Leben. In der Natur frißt der Große den Kleinen. Am Ende aber kommen die Bakterien, und die Kleinen fressen die Großen. Wenn Sie sich aber dies jetzt vorstellen, werden Sie wahrscheinlich sehr traurig. Alles hat plötzlich keinen Sinn mehr. Wozu etwas Neues schaffen, wenn es doch von vornherein dem Verfall ausgesetzt ist … Aber das ist nicht alles. Diese Gedanken und Gefühle haben nur die Lebenden. Ein Verblichener denkt und fühlt nicht. Er merkt nichts. Er ruht in einer anderen Zeit. Es gibt für uns Lebende nur die Gegenwart.«

»Halt, Professor! Jetzt habe ich Sie ertappt. Woher wollen Sie wissen, daß der Tote nichts merkt? Waren Sie schon einmal im Jenseits? Oder binden Sie mir einen Bären auf?«

Der Philosoph überlegte. Der Mann hat recht, dachte er.

»Sie sagen ja nichts mehr«, triumphierte der Manager.

Der Philosoph öffnete seine Schublade und holte einen Fotoapparat heraus. Dann visierte er den Manager an und drückte auf den Auslöser.

»Was soll das?« fragte der Mann.

»Erzählen Sie mir, was ich eben gemacht habe.«

»Sie haben mich fotografiert.«

»Gut. Aber warum?«

»Weil Sie sich ein Souvenir schaffen wollten?«

»Nein. Warten Sie einen Augenblick. Es ist ein Fotoapparat, der gleich das entwickelte Bild ausdruckt. Aha. Hier ist es ja schon.«

Der Philosoph überreichte dem Manager das Foto. »Was sehen Sie?« fragte er.

»Mich. Ich sehe mich.«

»Was denken Sie?«

»Ich denke, daß ich auf dem Foto zu sehen bin, wie ich jetzt aussehe.«

»Nein. Das war eben. Das waren Sie vor einigen Sekunden. Der Augenblick ist vorbei. Er kommt nicht wieder. Wir können die Zeit nicht anhalten, aber wir meinen, einen Augenblick festhalten zu können. Mit einem Foto, das irgendwann einmal ebenfalls zerfällt. Nichts hält ewig. Ich binde Ihnen keinen Bären auf.«

Der Mann nickte.

»Dieses Haus«, fuhr der Philosoph fort, »habe ich vor wenigen Jahren gekauft. Es hat schon viele Generationen beherbergt. Damals hat hier eine alte Frau gewohnt. Sie lebte ihr Leben, hat sich gefreut, hat geweint, sich verliebt, wurde krank, wurde gesund, wurde alt – und starb. Ich kannte diese Frau nicht persönlich. Aber mir haben die Nachbarn von ihr erzählt. Ich werde nie nachvollziehen können, was sie wirklich gefühlt hat, welche tatsächliche Bedeutung dieses Haus für sie hatte. Sicher, ich kann mir aufgrund eigener Erfahrungen ein Bild davon basteln, aber dies ist ein verfälschtes Ergebnis. Das ist in etwa vergleichbar mit einem Kindheitserlebnis. Als Kind empfinde ich ein Haus als groß, bin ich erwachsen und betrachte das Gebäude nochmals, kann ich die gefühlte Größe von einst nicht mehr verstehen. Erinnerungen sind gefälscht. Sie sind subjektiv und nicht verbindlich. Genauso wie dieses Foto. Es ist Vergangenheit. Es gibt nur diesen einen Augenblick, in dem wir etwas wahrnehmen, eine Wahrheit, später gibt es einen anderen Augenblick, eine neue Sichtweise, eine neue Wahrheit.«

Der Manager atmete tief durch und erinnerte sich an die Aussage, die er vor wenigen Minuten gehört hatte:

»Sie forderten mich vorhin auf, wieder ein Kind zu werden, das staunen kann.«

»Ja, genau.«

»Das erinnert mich an Psychotherapie.«

»Das kann gut sein. Aber das ist nicht zwangsläufig so.«

»Was ist am Kindsein so besonders?« fragte der Manager neugierig.

»Kinder sind die besten Philosophen. Sie hinterfragen alles. Dabei erscheinen uns Erwachsenen ihre Fragen oft überflüssig. Wir glauben zu wissen, warum der Mond untergeht, warum der Apfel herunterfällt und so weiter. Für uns ist das selbstverständlich und inzwischen nebensächlich. Warum ist der Himmel blau? Warum fließt die Zeit vorwärts? Was war als erstes da: die Henne oder das Ei? Kinder sind schlauer, kritischer als ihre Eltern, gewissermaßen jedenfalls. Sie fragen oft Dinge, mit denen sich die Erwachsenen nicht mehr beschäftigen, weil sie aufgegeben haben.«

»Aber ein Kind hat doch nicht die Intelligenz eines Erwachsenen. Kinder können doch nicht Raum-Zeit-Probleme lösen.«

Der Philosoph grinste: »Wissen Sie, was Einstein dazu sagte? Er meinte, daß der Erwachsene über die Raum-Zeit-Probleme nicht nachdenkt, weil er das bereits als Kind erledigt hat. Ist doch erstaunlich, nicht wahr? Zeit allein gibt es nicht. Von Zeit zu reden ist nur sinnvoll, wenn man sie auf etwas beziehen kann. Das versuche ich, Ihnen beizubringen. Ihre Zeiteinteilung, Ihr Management ist etwas Künstliches. Die Probleme, die sich daraus ergeben, haben wir uns selbst zuzuschreiben. Daß eine Ware zu spät ankommt, daß Fristen nicht eingehalten oder Regeln geschaffen werden, das konnte nur der Mensch erfinden. Die Zivilisation hat den ursprünglichen Überlebenskampf vernichtet. Niemand geht heute mit Fellen bedeckt und einer Keule auf der Schulter nach Bären jagen. Deshalb haben wir uns eine neue Herausforderung geschaffen. Eine Pflicht, in der Sie ganz und gar aufgehen. Sie rennen einer Illusion hinterher. Und noch mal: Es gibt keine Zeit. Jedenfalls nicht so, wie Sie sich das vorstellen. Punkt. Basta.«

Der Mann trommelte mit den Fingern auf der Tischplatte. »Sehr interessant«, murmelte er. »Aber ich muß jetzt wirklich gehen. Ich werde aber über das, was Sie mir eben erzählt haben, nachdenken.«

»Gerne«, erwiderte der Philosoph. »Eins noch: Wenn Sie nun rausgehen, betreten Sie eine andere Realität als die, in der wir uns jetzt bewegen. Sie lernen neue Welten kennen, andere Menschen, die in denselben Minuten andere Dinge getan haben und in ihrer Realität lebten. Was auch immer diese Personen in derselben Zeit taten, was auch immer Sie in diesen Minuten versäumt haben, ich kann Sie trösten: Dieser Augenblick kommt nicht zurück. Ob das nun gut oder schlecht ist, wage ich nicht zu beurteilen. Wir werden sehen.«

»Danke«, sagte der Mann und verließ eilig den Raum.

Der Philosoph lächelte. Dann zog er die Schublade auf und holte die Uhr heraus, die der Manager dort hineingelegt hatte. Der Geschäftsmann hat seine Uhr vergessen, dachte der Philosoph, und vielleicht vergißt er auch die Zeit …

***

Die Zukunft

Die Stadt ist groß, kalt und grau.

Kilometerhohe Türme, Glasfassaden mit dunklen Streben und nirgends eine Straße.

Es gibt keine Autos. Eisenbahn? Flugzeug? Was war das?

Das schwebende Rohr durchpflügt die Luft und dockt am Tower sieben an.

Mystische Gestalten eilen durch den langen Gang.

Sie sind ergraut.

Sie kommen nicht mehr zurück. Jeden Schritt machen sie zum letzten Mal.

Sie gehen dahin.

Internet? Was ist das? War das nicht dieses elektronische System, das Kommunikation per Mausklick innerhalb von Sekunden ermöglichte?

Damals, vor Jahrtausenden?

Wie altmodisch.

Heute wird telepathisch kommuniziert.

Mehr noch, Verständigung ist längst passé, heutzutage ist die Antwort vor der Frage da.

Es gibt nichts mehr zu erzählen.

Keine Sprache.

Nichts.

Gar nichts.

Die Gestalten eilen durch den Raum, versinken in diesem Nichts.

Maskenhaft sind ihre Gesichter, augenlos, starr und schwer.

Sie verharren in ihrem ausgehöhlten Körper, der nicht Fleisch, nicht Maschine ist.

Sie kennen keine Zeit.

Sie sind allzeit bereit, ihre Aufgabe zu erfüllen.

Wie immer sie auch sein mag.

Sie wissen nicht, daß sie existieren. Man wird nicht mehr geboren. Man ist nur da.

Sie leben nicht. Sie funktionieren.

Auf der Welt, die nicht die Erde ist.

Zu einer anderen Zeit.

Und sie werden niemals fühlen.

Oder kommt alles anders?

Werden wir glücklich sein und in größter Harmonie leben?

Auf einer anderen Erde? Einer Insel?

Mit Sand und Meer?

Mit saftigen Früchten und ewiger Sonne?

In zeitlosem Frieden?

Wir sehen uns in der Zukunft …

***

Nachwort

Sie erhielten mit diesem Buch natürlich keine praktischen Ratschläge, wie Sie mit der Zeit besser umgehen können. Sie werden auch keinesfalls in der Lage sein, das Rad der Zeit anzuhalten oder gar zurückzudrehen. Aber Sie lasen dieses Buch, und vielleicht erhaschten Sie hier und da einen Gedankensplitter, der Ihnen eine andere Sichtweise schenkte oder einen Denkanstoß gab. Jedenfalls war das mein Anliegen, und ich wünsche mir sehr, daß Sie das Buch »Zeit im Sand« als Ihren persönlichen Gewinn bezeichnen können. Natürlich hätte man statt zu lesen auch ganz andere Dinge erledigen können. Es gibt ganz sicher eine Vielzahl von Möglichkeiten, die Zeit hinter sich zu bringen – aber Sie entschieden sich trotzdem für das Studieren dieser Lektüre, wofür ich Ihnen sehr danke, und so bekamen Sie über den Lesegenuß hinaus noch etwas anderes – nämlich Zeit, die nur Ihnen gehörte. Sie haben sich einfach die Zeit hierfür genommen. Etwas, was Ihnen kein Finanzamt (noch nicht), kein Räuber und kein böser Nachbar stehlen kann. Herzlichen Glückwunsch!

Schreiben Sie mir, welche der Geschichten Ihnen am besten gefallen hat. Vielleicht haben Sie Vorschläge für eine Fortsetzung? Oder völlig neue Ideen? Meine Internetadresse lautet: www.kayfischer.de.

Kay Fischer

Anmerkung des Autors

Ich habe dieses Buch mit einem Computer geschrieben.
Die Geschichten, Figuren und Namen sind von mir erfunden. Eventuelle Namensgleichheiten oder Ähnlich-
keiten sind zufällig. Fantasien, aber auch reale Erlebnisse
sowie Recherchen sind dem Schreiben vorausgegangen.
Insbesondere die Nachforschungen waren sehr umfang-
reich und bilden das Grundgerüst der Geschichten. Hier
sei aber erwähnt, daß »Zeit im Sand« sich der fiktiven
Belletristik zurechnet und keinen Anspruch als Sach-
buch erhebt. Wenn auch gründlich recherchiert wurde,
sind Differenzen im wissenschaftlichen Bereich nie ganz
auszuschließen. Die zehn Illustrationen wurden von mir
freihändig mittels verschiedener Stifte angefertigt und
entspringen meiner Phantasie. Die Kaiser-Wilhelm-Gedächtnis-Kirche (Cover-Foto) habe ich mit einer ADOX-
Kamera Golf IIA, die Sanduhr (Cover-Foto) mit einer
Nikon Coolpix S2 photographiert. Ich danke an dieser
Stelle Erika Fischer und Heinz-German Fischer, die mein
Manuskript korrekturgelesen haben. Als 1970 Gebore-
ner bevorzuge ich die alte, in einzelnen Fällen auch die
gemäßigte neue Rechtschreibung.

Kay Fischer   Berlin 2006

Lesen Sie auch »*Das Wellhornboot*« von Kay Fischer.
Ein Spannungsroman mit Phantasie-Elementen und
Illustrationen.

»Ich komme vom Meer …«

Nora Verlag (Bertelsmann Media on Demand,
ISBN 3-936735-25-5)

»Das Wellhornboot«
– Pressestimmen –

Die BERLINER MORGENPOST schrieb:

»Ein phantastisches Märchen nicht nur, aber sicher auch für Erwachsene, außerdem zugleich ein phantasievoller Roman: Aktueller Hintergrund ist die Umweltschädigung der Meere ... Das Buch soll sensibilisieren. Frage: Endet so die Menschheit? Die Story erzählt vom Öltanker ›Oila-ZA-Q7‹, der um Mitternacht und bei Vollmond in eine Hafenstadt einläuft. Der Tanker ist völlig überaltert. Seine Ankunft wird von dem Leuchtturmwärter, der sich damit die Eintönigkeit seines Jobs vertreibt, in einem Buch vermerkt. Plötzlich schiebt sich eine tiefschwarze Wolkenwand über die Stadt, die alles verdunkelt. Genau in diesem Augenblick taucht ein fischähnliches Tauchboot auf, das neben der Oila am Kai festmacht – bewohnt von einem bärtigen Mann: Mr. Wellhorn. Als sich mitten in der Nacht eine Katastrophe ereignet, findet Mr. Wellhorn vor der dadurch zerstörten Stadt die Kulisse für eine spannungsgeladene Geschichte.«

Die »BZ am Sonntag« schrieb:

»Unfaßbare Vorwürfe kommen ans Tageslicht. Kay Fischers Illustrationen öffnen dem Leser eine interessante Welt gegen das Vergessen.«

www.kayfischer.de